불온한 숨

• 이 도서의 국립중앙도서관 출판시도서목록(CIP)은 e-CIP홈페이지(http://www.nl.go.kr/ecip)와
국가자료공동목록시스템(http://www.nl.go.kr/kolisnet)에서 이용하실 수 있습니다.
(CIP제어번호: CIP2018016548)

불오한 숨

박영 장편소설

은행나무

| 차례 |

한때는 아무도 거들떠보지 않던 미지의 섬이었다. 이름 모를 나무와 잡풀만 무성했다. 낮에 햇볕을 흡수해 한껏 달아올랐던 꽃들은 시들자마자 다시 피었고, 밤이면 피 냄새처럼 진하고 비릿한 향을 멀리 퍼뜨리곤 했다. 경계심을 내려놓은 동물들은 마음대로 밀림을 누비고 다녔다. 거센 바람이 불면 털을 세웠고 바짝 엎드렸다.

어느 날 목선 한 척이 섬에 와닿았다. 해가 지면 구분되지 않는 바다와 하늘의 경계, 어딘가 숨어 있을지 모를 암초의 위협과 시시때때로 찾아오는 태풍을 피해 어둠 속을 미끄러져 온 것이었다. 그때부터였다. 각지에서 하나 둘씩 사람들이 들어와 살기 시작한 것. 사람들은 어느 날 갑자기 자신이 살던 세상을 버리고 이 섬으로 떠나왔다. 아침마다 마주하던 풍경과 일상의 공기, 함께 나이 먹어가던 가족과 친구들, 혹은 연인의 얼굴을 아득한 먼지처럼 뒤에 남겨둔 채. 섬으로 불어오는 북서풍과 남서풍이 그들의 배를 밀었다. 만일 그 광경을 누군가 하늘에서 내려다보았다면, 거대한 자석처럼 보이는 큰 섬이 바다를 건너오는 사람들을 철가루처럼 끌어당기고 있다고 표현했을지 모른다. 그렇게 이 섬은 하나의 나라가 되었다. 그것이 지금의 싱가포르가 되는 데는 긴 시간이 필요치 않았다.

홍등을 켜둔 붉은 집 옆에 흰 대리석으로 지은 양식 주택이 세워졌다. 언덕에는 교회가 허공을 향해 십자가를 세우고, 그곳에서 내려다보이는 거리에는 흰 염소를 신성시하는 힌두교 사원이 자리를 잡았다. 사원과 마주 보고 불상을 모신 불당이 지어졌다. 시장 거리에는 양고기를 굽는 연기와 국수 면을 볶는 연기가 뒤섞였다. 거리에 나온 사람들의 눈 색깔은 모두 달랐고, 그만큼 이 세계를 보는 각도도 조금씩 달랐다. 그 차이가 문제가 되지는 않았다. 오히려 여러 동작이 어우러져 만드는 춤사위처럼 아름다웠다. 다름의 경계는 자연스럽게 강물에 녹아내렸다. 서로 다른 언어와 음식 그리고 각자가 오래도록 섬겨왔던 신들이 경계 없이 하나의 섬 안에서 어우러졌다. 애초부터 신이 건설한 나라가 아니었다. 새로운 곳에서 다시 시작하고 싶다는 사람들의 절박한 욕망이 지은 나라였다.

싱가포르 시내를 가로지르는 강변도로는 정체되고 있었다. 차가 더 이상 움직일 기미가 보이지 않자 나는 차창을 열고 한숨을 내쉬었다. 어둠이 내려앉은 강물은 투명해 보였다. 그러나 강은 사실 맑지 않다. 낮에 내려다본 강물은 녹이 슨 수만 개의 그릇을 씻어낸 뒤인 것처럼 싯누렇다. 그건 싱가포르의 도심지를 가로지르는 강의 하구가 바로 바다와 이어지기 때문이다. 끝까지 떠밀려 내려간 강물은 역류하려는 바닷물과 가슴을 맞부딪쳤다. 바닷물은 끝없이 강물 속을 헤집으며 진한 모래를 게워낸다. 그래서 강은 맑아질 틈이 없다. 해가 떠오르면 밤새 도시의 불빛 아래 맑아 보이던 강물은 다시금 퇴색될 것이다.

나는 시선을 옮겨 강변을 따라 늘어서 있는 가게들을 보았다. 노천 레스토랑 앞 촛불을 밝힌 테이블마다 맥주가 곁들여진 저녁을 먹는 사람들로 붐비고 있다. 대기를 종일 달궜던 해는 자취를 감췄고, 이제야 열기에서 벗어난 사람들은 활기를 되찾은 듯 보인다. 북위 1도 9분. 싱가포르는 적도 바로 아래에 있고, 한낮에 거리를 걷는 사람들의 그림자는 언제나 짧게 분질러져 있다. 바다에서 불어오는 바람이 피부에 닿으면 끈적거리고 입안을 바싹 마르게 한다.

앞 차는 꼼짝할 기미가 보이지 않았다. 레나를 찾으면 무슨 말로 혼을 내야 할까. 어떻게든 속에서 치솟는 화를 가라앉혀야 했다. 어둠이 되비치는 시커먼 강줄기에는 조명 불빛들이 뜨거운 촛농이 흘러내리듯 위태롭게 흔들리고 있었다. 그 불빛들이 나를 향해 깜박이는 마지막 경고의 메시지로 보였다.

1장

강

집에 돌아오자마자 방문부터 걸어 잠갔다. 비로소 가슴에 뭉쳐 있던 숨이 터져나왔다. 몸에 달라붙은 옷을 활활 벗어 던졌다. 피부에 미지근하게 달라붙어 있던 체인 목걸이를 풀고, 브래지어후크를 끌렀다. 그러고는 침대에 쓰러지듯 누웠다. 눈부신 백색 형광등 불빛을 올려다보자 방에 부유하는 먼지들이 드러났다.

발끝에 남아 있던 통증이 종아리 근육을 타고 허벅지 밑을 지나 골반까지 치밀어올랐다. 짜릿한 아픔에 지그시 입술을 깨물었다. 피의 비린 맛이 느껴졌다. 나는 송곳니를 혀끝으로 쓰다듬으며 생각했다.

서른여덟……. 무대 위에 올라 격렬한 춤을 추기에는 나이가 많았다. 그러나 아직은 무대에서 내려오고 싶지 않았다. 단 한 번도 무대에서 내려온 뒤의 삶을 상상해본 적이 없었다. 정기적으로 물리치료를 받고, 진통제와 온갖 영양제를 흡입하듯 삼키며 어떻게든 은퇴를 미루고 있는 중이었다. 연습하다가 힘에 부쳐 수시로 몸의 균형을 잃고 휘청거렸던 순간들이 떠올랐다. 함께 공연을 준비하는 젊은 단원들이 불안한 듯 나를 흘끗거릴 때마다 별일 아닌 척 딴 곳으로 시선을 돌렸다.

'다시 돌아온 프리마돈나' '저물지 않는 해' '불멸의 무용수'. 사람들은 나를 그렇게 불렀다. 해마다 나의 건재함을 알리는 기사가 세상에 뿌려졌다. 그러나 어느 순간부터 나의 몸은 눈에 띄게 마모되고 있었다. 폐활량이 떨어졌고 춤을 출 때면 온몸의 관절들이 비명을 질러댔다. 남들의 시선을 피해 몸에 파스를 붙이고 진통제를 삼켰다. 몸에서는 언제나 파스 냄새가 가시지 않았다.

온몸이 녹아내리는 듯한 휴식은 길게 허락되지 않았다. 급습하듯 누군가 내 방문을 거칠게 두드렸다. 조심성 없는 그 경박한 손짓. 아마도 크리스티나일 것이었다. 이 집에서 그렇게 나를 다급하게 부를 사람은 그녀뿐이다. 크리스티나는 우리 집에서 십오 년이나 함께 거주해온 헬퍼였다. 곧 태어날 아이를 보살펴줄 사람이 필요해서 헬퍼 시장에 나가 내가 직접 선택한 여자였다. 아니, 내가 선택되었다고 하는 것이 정확한 표현일 것이다. 새삼스레 그때가 떠올랐다. 연일 삼십칠 도까지 치솟는 날씨 탓인지 요즘 따라 나는 쓸데없는 회상에 잠기곤 했다.

그녀를 처음 만난 곳은 강변을 따라 불빛을 밝히고 있는 재래시장의 번잡한 거리였다. 여러 나라의 전통 식재료와 소스를 파는 가게들, 그리고 인도와 중국인들의 전통 의상을 내건 가게들을 지나자 시장의 끝자락에 인력을 거래하는 에이전시들이 보였다. 일자리를 구하기 위해 몰려나온 동남아 여자들은 사무실에 자리가 부족한지 아예 거리까지 의자를 가지고 나와 앉아 있었다. 그들의 목에는 시장에 팔려나온 가축들의 팻말처럼 신원이 적힌 카드가 걸려 있었는데, 그들이 어디 출신이고 몇 살이며 얼마만큼의 경력이 있는지 상세하게 적혀 있었다.

그때 나는 스물세 살의 임산부였고, 진은 사람을 거래하는 일에 익숙지 않았다. 그래선지 자신을 데려가달라 올려다보는 여자들의 눈길이 부담스럽기만 했다. 그렇게 겨우 어느 에이전시 앞에 다다랐을 때, 나는 문을 열기도 전에 갑작스레 누군가의 손에 잡히고 말았다. 깜짝 놀라 돌아보자 스무 살도 안 돼 보이는 여자가 눈앞에 서 있었다. 햇볕에 그을린 듯 까무잡잡한 피부에 까맣고 커다란 눈동자. 윤기 나는 까맣고 긴 머리카락을 턱선까지 바짝 잘라내어 그런지 광대뼈가 도드라져 보이는 얼굴이었다. 입술을 야무지게 다물고 있던 그녀가 어설픈 발음의 영어로 말했다.

"나는 힘이 세고 책임감이 강합니다. 나를 고용해 가세요, 마담."

나는 당황한 표정을 숨기지 못하고 그녀의 손을 가볍게 뿌리쳤다.

"미안해요. 우리는 좀 더 경험 많은 헬퍼가 필요해서요."

그렇게 말하고 에이전시 문을 열려 했을 때였다. 그녀가 빠르게 소리쳤다.

"나는 집에서 날마다 어린 동생들을 돌봤어요. 힘도 아주 세고 건강해요. 나는 정말 일을 잘해요, 마담."

그녀는 곧바로 양손가락으로 제 입술을 까뒤집어 치아를 보여주었다. 그런 거친 행동보다 나를 더 놀라게 했던 것은 그녀의 치아였다. 그토록 하얗게 빛나는 치아를 나는 여태껏 본 적이 없었다. 그래도 안 되겠다며 곤란한 표정으로 고개를 젓는 나를 향해 그녀가 다급하게 외쳤다.

"집에 동생이 아파요. 내가 일을 못 구하면 그 아이는 내일 죽어요. 마담, 제발 나를 고용해주세요. 시키는 일은 뭐든 열심히 할게요."

죽는다고? 그 말에 나는 잠시 멈칫했다. 손을 뻗어 그녀의 목에 걸린 신상카드를 자세히 들여다보았다. '나이 20'이라고 적혀 있었지만 그럴

리 없었다. 기껏 해야 열여덟 정도로 보였다. 그녀는 누가 봐도 엄마를 속이고 집을 뛰쳐나온 철부지 가출 청소년으로 보일 뿐이었다. 그럼에도 나는 여전히 그녀 앞에 머물러 있었다. 내가 뿌리치지 못하자 진은 당혹 스러워하는 기색이 역력했다. 나는 그 자리에서 진을 설득했고, 마침내 동의를 받아냈다. 그때 진은 내가 임신으로 벌써 수개월째 무대에 오르지 못하고 있다는 사실에 부채감을 느끼고 있었다. 그래서 웬만하면 내가 원하는 것은 들어주려고 노력했다.

나는 그녀에게 함께 집에 가자고 말했다. 우리는 그날 저녁 에이전시에서 계약서에 서명을 했다. 그로써 이제 그녀는 싱가포르에서 추방되지 않게 되었다. 다달이 아픈 동생의 약값과 가족의 생활비를 고향으로 보낼 수 있게 된 것이었다. 그토록 활기차고 솔직한 그녀였지만, 유독 고향에 대해 물어보면 입을 굳게 다물었다. 뭔가 사연이 많은가보다고 짐작했을 뿐이었다.

며칠 후 함께 앉은 저녁 식사 자리에서, 그녀가 떠나온 나라는 여기보다 훨씬 더 무덥고, 질리도록 많은 고무나무가 자라고 있다는 말을 들었다. 그 나라의 물은 더럽고 해충이 들끓는 데다가 위생관념이 흐릿해서 수많은 사람들이 바이러스로 죽음을 맞이한다고 했다. 무더기로 사람이 죽어가지만 또 엄청나게 많은 신생아들의 울음소리가 끊이질 않는다고. 갓 스무 살이 되었을 뿐이지만 비밀이 많아 보이는 크리스티나는 말했었다. 그 나라에서 아름다운 것은 아파서 언제 죽을지 모르는 동생의 눈동자뿐이었다고.

과연 그날 나는 연민에 사로잡혀 그녀를 고용한 것일까. 그렇진 않았다. 당시엔 몰랐지만 돌이켜보면 그때 내가 그녀를 집으로 데려온 것은 묘한 심리 때문이었다. 나는 그녀의 눈동자에서 절박하게 번뜩이는 욕망을 보았다. 내 입에서 예스, 가 떨어지기를 기대하며 그녀는 초조함으로 떨고 있었다. 동생의 목숨이 내 혀에 달려 있었다. 내 팔을 꽉 잡은 그녀의 악력에 나는 묘한 쾌감을 느꼈다. 그것은 단순한 우월감이 아니었다. 어쩌면 그녀를 곁에 둠으로써 일찍부터 고갈되어버린 생생한 삶의 의지와 욕망을 느껴보고 싶었던 것인지도 몰랐다. 마당에 쑥쑥 키를 높여가는 잡초를 흐뭇하게 지켜보는 심정으로.

물론 그때까지만 해도 그녀와 이렇게 오랫동안 함께 살 것이라고는 예상치 못했다. 어쨌든 그녀는 약속을 잘 지키는 사람이었고, 그해에 태어난 레나를 최선을 다해 돌봐주었다. 그녀와 레나는 피부색이 달랐지만, 어느 때 보면 피를 나눈 자매 같았고, 엄마와 딸처럼 보이기도 했다. 어쩌면 피보다 진한 뭔가로 밀착되어 있었다. 나로서는 틈새를 비집고 들어갈 수조차 없는 그녀들의 관계를 나는 마음껏 이용해왔다. 레나를 향한 크리스티나의 지나친 애정, 그리고 크리스티나에 대한 레나의 이해할 수 없는 애착 사이에서 나는 자유롭게 일에 집중할 수 있었다.

나는 탯줄을 자르자마자 레나를 크리스티나에게 던져놓고 무대로 복귀했다. 또 체형이 망가지는 것이 두려워 한 번도 모유 수유를 하지 않았다. 그 때문이었을까. 때때로 늦은 밤 공연을 마치고 집에 돌아오면 섬뜩한 광경을 맞닥뜨리기도 했다. 그건 크리스티나가 레나에게 빈 젖을 물리고 자기 나라의 말로 된 자장가를 불러주고 있는 모습이었다. 달빛이 스며드는 창가에 앉아 크리스티나는 제 젖가슴을 아무렇지 않게 꺼내놓고, 그 새까만 유두를 레나의 작은 입술에 물리고 있었다. 그러고는 종종 간지러움을 태우듯 진저리를 치며 웃어대곤 했다. 탈진 상태로 돌아온 나는 거실 바닥에 앉아 그녀의 자장가를 들었다. 크리스티나가 매일 밤 저렇게 레나의 귀에 대고 내가 알아들을 수 없는 노래를 불어넣어주고 있었을 걸 생각하니 묘한 불안감과 질투심에 사로잡혔다.

이제 레나는 열여섯이, 크리스티나는 서른여섯 살이 되었다. 그때의 불안이 무색하리만치 레나는 별 탈 없이 자라왔다. 나는 나보다 신체 조건이 좋은 레나에게 당연하단 듯 무용을 시켰고, 레나는 이제껏 별다른 저항 없이 내 계획대로 살아오고 있었다. 그런데 요즘 들어 레나는 이상해졌다. 시키는 대로 묵묵히 무용 레슨을 다니고, 스트레칭을 하고, 균형 잡힌 식단으로 식사를 하던 유순한 딸이 아니었다. 단지 사춘기 때문이라고만은 볼 수 없었다. 레나의 얼굴에서 더 이상 나와 진을 찾아보기 힘들었다. 어딘가 얼굴이 묘하게 비틀려가는 느낌이었다. 전에 없던 야생적인 기운이 눈에 실렸고, 학교를 마치고 나면 날이 새도록 밤거리를 쏘다니다 돌아오는 모양인지 하얗던 피부는 점점 까무잡잡하게 그을려졌다.

어느 날 나는 집 앞 벤치에 앉아 있는 레나를 보고 소스라쳤다. 무용으로 단련되어온 길쭉한 다리를 꼬고 앉아 비스듬히 어딘가를 올려다보고 있는 레나가 너무나 낯설어 보였기 때문이었다.

"레나!"

나도 모르는 절박함으로 그렇게 소리쳤을 때였다. 레나의 눈빛에는 아무런 감정도 담겨 있지 않았다. 분노도 애증도 싫증도 사라진 완전히 텅 빈 눈동자였다. 그러다 이내 나를 알아보자마자 애증의 감정이 실리며 또렷해졌다. 그때 나는 레나가 결국은 누구를 닮게 되었는지 똑똑히 보았다. 레나는 자신에게 젖을 물려주었던 크리스티나를 닮아가고 있었다.

처음 인력 시장에서 내 손을 잡고 동생이 죽는다고 맹랑하게 외쳤던 크리스티나에게 잠재되어 있던 열대의 기운이 레나에게서 뿜어져나오고 있었다.

그날부터 나는 크리스티나를 내쫓을 궁리를 하기 시작했다. 다시 모든 것을 원점으로 돌리고 싶었다. 다시 레나를 순순히 복종하게 하고 싶었다. 그렇게 된다면 레나는 무난히 무용계에 입문할 것이었다. 내 인생의 계획이 크리스티나 때문에 어그러지는 것을 더 이상 견딜 수 없었다. 아니, 이제 크리스티나는 내 삶에 필요하지 않았다. 오히려 위태로운 요소로 돌변해 있었다. 그녀가 다시 바이러스가 창궐하고 죽음의 위기가 수시로 찾아드는 나라로 돌아가버리기를 바랐다.

조금 전부터 나의 휴식을 방해하겠다는 듯 크리스티나가 계속 방문을 두드리는 게 못마땅했던 데는 그런 이유가 있었다. 그 정도로 나는 심사가 뒤틀려 있었다.

"무슨 일이야, 크리스티나?"

그러자 그녀는 거의 울 듯 숨넘어가는 목소리로 말했다.

"마담, 레나의 남자 친구에게 전화가 왔어요. 지금 레나가 술을 너무 많이 마셔서 거리에 누워 있대요. 사고라도 나면 어떡해요. 얼른 가보시라고요, 마담!"

나는 침대에서 일어났다. 성가시다는 느낌이 와락 치밀었다. 벗어 던졌던 옷을 다시 껴입고 문손잡이를 잡다가 순간 멈칫했다. 나는 크리스티나의 눈을 똑바로 쳐다보며 추궁하듯 물었다.

"솔직하게 말해봐. 레나에게 남자 친구가 생겼어? 언제부터?"

크리스티나는 금세 주눅이 들어서는 안절부절못했다. 나는 이 기회를 놓치지 않고 더욱더 몰아붙일 생각이었다. 어떻게든 빌미를 잡아 그녀를 내쫓아야 했다. 그런데 그녀는 더 이상 아무런 말도 하지 않고 두 눈만 끔벅거렸다. 어쩌다 레나의 비밀을 발설하긴 했지만 해줄 수 있는 말은 거기까지라고 선을 긋는 듯했다. 그러다 잠시 후 나를 쏘아보며 말했다.

"지금은 레나를 데리러 가는 게 더 중요해요, 마담."

"……다녀와서 이 문제에 대해 다시 얘기하자고."

나는 싸늘한 목소리로 말하고 집을 나섰다.

*

강변에 딱 붙어 거의 기어가는 속도로 한참 동안 차를 몰던 나는 너무 지쳐 있었다. 술을 마시고 어딘가 길거리에 누워 있다는 레나……. 내 사춘기 때와 비할 수 없이 분방한 그 아이를 생각하자 다시 속이 타는 듯했다. 어느 낯선 동네에 이르렀을 즈음, 건물들 사이로 난 길 쪽으로 핸들을 꺾었다. 도로의 폭이 점점 좁아졌고 막다른 골목에서 몇 번인가 방향을 돌렸다. 어느 순간부터는 거리의 불빛마저 줄어들더니 사람들 눈에 잘 띄지 않는 으슥한 공간이 드러났다. 나는 액셀러레이터에서 발을 떼고 천천히 주위를 살폈다. 크리스티나는 분명 레나가 이곳에 있다고 말했다. 학교 끝나고 집으로 곧장 왔어야 할 레나가 대체 왜 이런 으슥한 데에 있다는 건지 도무지 납득이 되지 않았다. 뭔가 잘못되고 있었다.

얼마간 비좁은 길을 헤매고 다니다가 어디선가 들려오는 음악 소리에 귀를 바짝 세웠다. 빠른 비트의 곡이 심장을 툭툭 건드렸다. 그쪽으로 방향을 틀자 셔터를 내린 어느 가게 앞에 레나 또래의 아이들이 모여 있는 게 보였다. 그들은 저마다 셔터에 기대어 있거나 바닥에 주저앉아 무심한 표정을 짓고 있었다. 그들이 피워올리는 담배 연기가 무더운 밤공기 속으로 흩어지고 있었다. 나는 건물 기둥에 머리를 기대고 쓰러져 있는 레나의 얼굴을 확인하자마자 브레이크를 밟았다.

헤드라이트 불빛에 드러난 레나의 얼굴은 핏기 없이 창백했다. 다른 아이들과 달리 술에 취한 듯 몸조차 가누지 못하고 있었다. 그러고 보니 거리에는 빈 술병들이 굴러다니고 있었다. 막 잠에서 깬 듯 레나가 나른한 눈으로 이쪽을 건너다보았다. 시동을 끄자 헤드라이트 불빛이 일순 꺼지며 레나는 다시 어둠 속에 묻혀버렸다. 나는 핸들에서 손을 떼지 못한 채 잠시 몇 번 심호흡을 했다. 그러고는 차에서 내려 레나에게 걸어갔다. 음악에 취해 흐느적대고 있던 아이들이 뭐냐는 듯 이쪽을 흘끗 쳐다보았다. 그들은 금방이라도 나른한 몸속에 억누르고 있던 공격성을 드러낼 것 같았다. 나는 일순 공기 중에 흐르기 시작한 팽팽한 긴장감을 뚫고 레나에게 명령하듯 말했다.

"일어나, 레나."

그러나 레나는 미동조차 하지 않았다. 나는 잠시 레나를 지켜보고 있다가 몸을 숙여 레나의 손을 잡고 끌어올리며 소리를 질렀다.

"어서 일어나라고. 너, 여기서 왜 이러고 있는 거니? 얼른 가자."

내가 그만 자제력을 잃고 레나의 몸을 거칠게 몇 차례 흔들었을 때였다. 레나가 나를 노려보더니 소리쳤다.

"퍽 오프!"

나는 그대로 몸이 얼어붙었다. 지켜보던 아이들이 재밌는 구경거리라도 생겼다는 듯 쿡쿡대기 시작했다. 레나와 어떻게 아는 사이들인지 짐작조차 할 수 없었지만 다행히 아무도 간섭하려 들진 않았다. 그저 이쪽을 건너다보고 있을 뿐이었다. 나는 레나의 몸을 잡아 끌다시피 해서 강제로 차에 태웠다. 등 뒤에서 야유 소리가 날아왔다.

"아줌마, 우리랑 한잔하고 가요."

나는 레나를 뒷좌석에 밀어넣고 차에 올라탔다. 차내에 금세 지독한 술 냄새와 싸구려 화장품 냄새가 가득 찼다. 새빨간 립스틱을 바르고 아이라이너로 눈에 음영을 넣은 레나가 너무 낯설었다. 최대한 빨리 이 으슥한 골목을 벗어나고 싶었다. 그러나 비좁고 구불거리는 골목길은 물속 그물처럼 흔들리며 우리가 빠져나가지 못하게 옥죄어오고 있는 것만 같았다. 큰길로 빠져나오고 나서야 나는 잔뜩 움츠리고 있던 어깨를 폈다.

극심한 정체를 빚었던 강변도로는 이제 한산해져 있었다. 스쳐지나가는 차들의 속도감이 느껴졌다. 나는 좀 더 세게 액셀러레이터를 밟았다. 반쯤 열어둔 차창으로 아직 채 식지 않은 공기가 새어들어왔다. 어쩐지 밤새 달려도 여전히 뜨거운 공기 속일 것만 같았다. 헤드라이트 불빛을 받아 빛나던 레나의 눈동자가 눈앞에 어른거렸다. 다시는 이 세상으로 건너올 마음이 없어 보이는 눈빛이었다. 신호대기에 걸려 차를 멈춰 세웠다. 룸미러를 보자 레나가 유리창 너머를 응시하고 있었다.

밤이 깊어 강변의 레스토랑들은 이제 하나 둘씩 셔터를 내리고 있었다. 주인들이 끄는 걸 깜빡한 듯 여전히 켜져 있는 조명 불빛들이 컴컴해진 강물에 떠올라 있었다. 지금도 강은 쉴 새 없이 출렁이고 있는 모양이었다. 동그란 불빛의 그림자들이 화면에 떠오른 노이즈처럼 흔들렸다.

처음 이 나라에 왔을 때 내게 익숙했던 건 그 강물에 어른거리고 있는 불빛들뿐이었다. 한국에서 내가 살던 교회 부속 보육원에서도 멀리 한강이 보였다. 나는 다른 아이들이 모두 잠들고 난 뒤에도 깨어 있었다. 남몰래 이층침대에서 사다리를 타고 내려와 창문 앞에 붙어 서서 바라보던 강에 떠올라 있는 불빛들을 세어보았던 기억이 떠올랐다.

어느 날 보육원에 찾아왔던 영국 여자가 나를 선택했던 이유는 내가 죽은 자신의 딸과 닮아서라고 했다. 나는 그녀를 따라 이곳 싱가포르로 건너왔다. 낮에도 어두침침했던 영국 여자의 집에는 살아생전 제인이라는 여자 아이가 입었던 발레복과 발레슈즈 들이 고스란히 남겨져 있었다. 처음에 나는 여자의 말을 알아듣지 못했다. 다만 여자의 눈짓에 따라 발레슈즈에 내 발을 처음으로 집어넣었을 때 나는 소스라쳤다. 마치 죽은 여자 아이의 서늘한 손이 내 발을 붙잡는 느낌이었다. 마저 타이즈를 신고 발레복까지 입었을 때 나를 바라보고 있던 여자의 눈빛에 온기가 돌았다.

나는 여자가 밤새 보여준 동영상 속 제인을 따라 어지러운 스텝을 밟아야 했다. 제인의 옷은 내 몸에 비해 커서 끝없이 흘러내렸고 몸에 익숙하지 않은 스텝을 밟던 나는 수시로 넘어져 무릎에 멍이 들었다. 발등으로 몸무게를 지탱하려고 할 때마다 온몸이 깎아지른 벼랑 위에서 버티듯 다리가 후들거렸다. 그러나 동작을 멈출 수가 없었다. 그 여자가 나를 바라보며 웃고 있었다.

날마다 발에 피가 나도록 춤을 취야 했다. 한 번도 힘들다는 말을 하지 못했다. 내가 사실은 임선경이라는 사실을 들키는 날이 올까봐서 긴장을 늦출 수가 없었다. 그러나 내 몸은 빠르게 자라났다. 마치 뜨거운 태양이 지지 않는 숨 막히는 그 나라의 나무들처럼. 더 이상 제인의 발레슈즈가 맞지 않게 되었을 때조차 나는 억지로 발을 욱여넣고 발에 피가 나도 이를 악물고 춤을 추었다. 여자가 절뚝거리며 집으로 돌아온 내 발에 연고를 발라줄 때 나는 입술을 지그시 깨물고 견디고 있었다. 여자가 이렇게 말할까봐 너무나 두려워서였다.

"너는 더 이상 제인이 아니야!"

*

집에 들어가자 크리스티나가 바짝 따라붙었다. 나는 레나를 이끌다시피 하여 방으로 데리고 들어갔다. 술이 좀 깼는지 레나가 붙잡힌 손목을 비틀어 빼냈다. 그러고는 제 침대에 걸터앉았다. 내가 무슨 말을 하든 대답하지 않겠다는 듯 시선을 내리깔고 있었다. 나는 흥분을 억누르며 차분하게 물었다.

"아까 그 아이들은 누구니?"

레나는 입술을 다물고 어딘가를 멍하니 응시하고 있었다.

"술은 그 아이들이 마시자고 했어? 대체 어디서 만난 애들이야?"

레나는 여전히 내 말 따위는 들리지 않는다는 듯 멍한 표정을 하고 있었다. 화를 참을 수 없었다. 나는 나도 모르게 손을 쳐들어 레나의 뺨을 후려쳤다. 아이의 살갗이 붉게 달아올랐다. 레나가 고개를 쳐들고 나를 노려보았다. 문밖에 서 있던 크리스티나가 뛰어들어와 내 손목을 붙잡으며 말했다.

"말로 하세요."

크리스티나가 나를 경멸하듯 바라보고 있었다.

"네가 상관할 일이 아니야. 당장 이 손 못 놔."

"그럴 수 없어요."

크리스티나의 목소리는 단호했다. 나는 크리스티나의 까맣게 이글거리는 눈동자를 쏘아보며 말했다.

"착각하지 마. 너는 레나의 엄마가 아니야. 끼어들지 마."

크리스티나가 여전히 나를 똑바로 쳐다보며 말했다.

"마담, 그동안 레나를 키운 건 나였어요. 그러니 우리 둘이 이야기를 할 수 있게 해주세요."

그녀의 단호한 말에 나는 그만 그녀를 노려보던 시선을 피해 레나를 바라보았다.

"제발 부탁이야. 나가줘."

레나가 부탁하듯 정중하게 말하자 온몸에 힘이 빠져버렸다. 나는 경련이 이는 얼굴을 감추기 위해 황급히 돌아섰다. 도망치듯 문을 열고 나와서도 꼼짝도 하지 못하고 그 자리에 서 있었다. 방문 너머에서 크리스티나의 목소리가 들려왔다. 한층 더 낮고 부드러워진 목소리였다.

"레나, 도대체 어떻게 된 거야?"

나는 귀를 바짝 세우고 레나의 다음 말을 기다렸다. 그러나 레나는 아직 내가 문밖에 있을지 모른다는 사실을 의식해선지 목소리를 낮춰 말했다. 그러자 이번에는 크리스티나도 목소리를 낮췄다. 잘 들리지 않아 방문에 귀를 가져다대보았다. 한참 만에 들려오는 그녀들의 쿡쿡대는 웃음소리가 내 귀를 간질였다. 한동안 말소리가 들려오지 않았다. 다만 서랍을 여닫는 소리, 뭔가 바닥에 쿵 떨어지는 소리가 내 귀에 와닿을 뿐이었다.

굳게 닫혀 있던 방문이 와락 열렸다. 눈이 마주치자 크리스티나가 살짝 멋쩍은 얼굴로 말했다.

"수영 좀 하고 와서 자려고요."

내가 날카롭게 맞받았다.

"자정이 다 됐는데, 지금 수영을 하겠다고? 게다가 레나는 술에 취해 있어. 제정신이야?"

크리스티나가 요령껏 말했다.

"아주 잠깐만이에요, 마담. 걱정하지 말고 먼저 자요. 레나가 미친 듯이 덥대요. 수영을 꼭 하고 싶대요. 앞으로는 술 마시지 않기로 나랑 약속했어요."

나는 그녀의 등 뒤에 숨은 레나를 바라보았다. 그사이에 레나는 울었는지 눈가에 아이라이너가 시커멓게 번져 있었다. 입술에 바른 립스틱이 빰까지 번져나가 슬픈 광대 같은 얼굴을 하고 있었다. 레나가 나를 바라보는 천진한 표정에 나는 마지못해 길을 비켜섰다.

*

삼 층 집 테라스에서 수영장이 내려다보였다. 욕실에서 타월을 여러 장 챙겨 수영장으로 향했다. 정신 사나웠던 하루를 정리하고 이만 자야 할 시간이었다. 다음 날 아침에 중요한 미팅이 예정돼 있었다. 더 이상 레나의 철부지 짓에 한숨을 쉬며 밤을 샐 수는 없었다.

바깥에 나가자 덥고 습한 공기가 피부에 감겨왔다. 수영장에 가까워질수록 그녀들의 웃음소리가 커졌다. 나무들에 둘러싸인 수영장은 물속 조명을 받아 한밤중에도 파랗게 빛나고 있었다. 수영장 앞으로 바짝 다가선 나는 소스라쳤다. 크리스티나가 티셔츠를 벗어 던지고 가슴을 그대로 드러낸 채 헤엄을 치고 있었다. 자리에 서서 머리를 쳐들 때마다 물에 잠겨 있는 그녀의 새까만 유두가 내 눈을 찔러왔다. 나는 속삭이듯 빠르게 크리스티나를 불렀다.

"크리스티나, 지금 뭐하는 짓이야? 어서 옷을 입지 못해?"

"마담, 어차피 밤이라 아무도 보는 사람이 없는걸요?"

그녀의 얼굴에는 잔뜩 웃음기가 묻어 있었다. 나는 주위를 두리번거렸다. 그녀 말대로 가로등 불빛 아래 벤치들은 모두 텅 비어 있었지만, 나는 어쩐지 누군가가 나무 뒤에 숨어 이쪽을 훔쳐보고 있을 것만 같았다. 재밌어 죽겠다는 듯 레나는 계속해서 깔깔거렸다. 나는 또다시 목소리를 낮추어 그들에게 말했다.

"이제 그만 다들 나와. 여기 타월로 몸 닦고 바로 집으로 들어오란 말이야. 알겠어?"

내가 버티고 서서 노려보자 그들은 마지못해 물속에서 나왔다. 레나의 긴 머리카락은 흠뻑 젖어 얼굴에 달라붙어 있었다. 몸에서 떨어진 물방울이 말라 있던 나무 바닥에 적셔들었다. 레나가 내가 내민 수건을 거칠게 받아들고는 몸을 닦아냈다. 크리스티나가 젖은 티셔츠를 껴입고는 내게 다가왔다. 나는 그녀에게 타월을 내밀며 쏘아붙였다.

"다시는 벗고 수영하지 마."

크리스티나는 고개를 끄덕였지만 나는 여전히 마음이 놓이지 않았다. 처음 인력 에이전시 앞에서 그녀가 내 손목을 낚아채듯 잡았던 순간이 떠올랐다. 우리 집에 와서 함께 생활한 뒤로 오랜 시간이 흘렀다. 그렇지만 그녀가 몸속에 품은 그 야성적인 기질은 잊을 만하면 오늘처럼 고개를 쳐들곤 했다. 그럴 때마다 나는 앞으로 크게 번질 불씨를 밟아 끄듯 그녀를 단속하곤 했다.

집으로 돌아오자 현관문이 열려 있었다. 진이 돌아온 모양이었다. 나는 집 안으로 들어가며 그를 불러보았다.

"당신 이제 온 거야? 그런데 왜 문도 잠그지 않고."

진은 손발을 닦고 막 욕실에서 나오다가 나를 돌아보며 말했다.

"들어오다가 당신을 봤어. 이 늦은 시간에 웬 수영들이야?"

나는 곧장 작업실로 들어가는 진의 등 뒤에 대고 오늘 무슨 일이 있었는지 말하려다 말고 입을 다물었다. 어차피 진과 얘기를 나눠봐야 무의미한 결론에 이를 것이었다. 다만 나는 그를 따라 들어가 재킷을 벗고 있는 그에게 통보하듯 말했다.

"크리스티나를 해고하는 게 좋겠어."

그러나 진은 아무 말도 못 들었다는 듯 묵묵히 셔츠 단추를 풀어내고 있었다.

"레나가 크리스티나에게 안 좋은 영향을 받고 있는 게 틀림없어. 이대로 방치할 수는 없어."

진이 간단히 내 말을 자르고 들어왔다.

"크리스티나가 없었다면 레나는 저렇게 자라나지도 못했을 거야. 알잖아. 당신은 레나 곁에 있어주지 못했어. 그런데 이제 와서……."

나는 진에게 날카롭게 되물었다.

"그렇다고 저런 꼴로 레나가 망가지는 걸 그냥 두고만 볼 수는 없어. 레나가 잘못되는 건 지켜볼 수가 없어."

"왜지?"

반문하는 진의 얼굴에는 적대감이 어려 있었다. 그러고는 그는 책상에 앉아 노트북을 열었다. 내가 무슨 말을 해도 상대하지 않을 거라는 듯 완

강한 태도였다. 나는 더 이상 아무런 말도 할 수 없었다. 차마 크리스티나가 수영장에서 가슴을 훤히 다 드러내고 수영을 했다고는 말할 수 없었다. 오래전 그녀가 어린 레나를 안고 내가 알아들을 수 없는 제 나라의 말로 자장가를 불러주었을 때 불길한 예감이 솟구치곤 했다는 말도 할 수 없었다. 그 노랫소리가 어쩐지 원시림 속을 하염없이 떠돌아다니는 바람 소리처럼 음험하고 을씨년스럽게 느껴졌다고. 그리고 또 나는 얼마 전 보았던 광경에 대해서도 진에게 털어놓을 수 없었다.

집에 늦게 돌아온 날 밤이었다. 그날도 혹독한 연습으로 온몸이 욱신거렸던 나는 어서 쉬고 싶은 생각뿐이었다. 그런데 집이 너무 조용한 게 이상했다. 현관에는 레나의 신발이 가지런히 놓여 있는데 레나는 어디에도 보이지 않았다. 집 안을 돌아다니며 문을 열어보던 나는 부엌과 연결된 작은 방문 앞에 멈춰 섰다. 그곳은 메이드를 위해 따로 마련된 공간이었다. 한 사람 이상 누울 수 없는 창고처럼 비좁은 방이었다. 크리스티나는 십오 년 전부터 그곳에서 지내고 있었다. 나는 웬만하면 그 방문을 열어보지 않았다. 그러나 그날은 어쩐지 불길한 예감에 사로잡혀 있었다. 그 문 뒤에 은밀한 비밀이 도사리고 있을 것만 같아서였다.

방문을 열었을 때 나는 하마터면 소리를 지를 뻔했다. 아마도 무더위 때문이었겠지만 발가벗다시피 한 두 사람이 그 비좁은 방에서 거의 살이 엉긴 채 잠들어 있었다. 까무잡잡한 크리스티나의 다리가 레나의 흰 종아리 위에 포개져 있었다. 약에 취한 듯 곤히 잠들어 있는 레나의 목덜미에 크리스티나의 뜨거운 숨결이 간헐적으로 가닿고 있었다. 나는 비밀을 엿본 사람처럼 조용히 방문을 닫고 돌아섰다. 그런 이야기를 차마 진에게 할 수는 없었다. 내가 우두커니 서 있는 동안에도 진은 여전히 고집스럽게 입을 다물고 노트북에 시선을 고정하고 있었다.

방을 나가려는데 문밖에서 레나와 크리스티나가 집 안으로 들어오는 소리가 들렸다. 그들은 캠프 온 어린 아이들처럼 흥분해서는 목소리를 낮춰 대화하다 말고 킥킥대곤 했다. 그들이 각자 제 방으로 들어가는 소리를 듣고 나서야 진의 방을 나왔다.

이상했다. 불 꺼진 집은 마치 빈집처럼 황막해 보였다. 그 무엇으로도 채울 수 없는 넓고 서늘한 벽을 마주 보고 있는 기분이었다. 나는 어딘가에 이끌리듯 바깥 도시의 불빛이 번져 들어오고 있는 거실의 창으로 다가갔다. 레나와 크리스티나가 방금 전까지 물장구를 치며 놀았던 수영장의 수면은 감쪽같이 잔잔해져 있었다. 바람 한 점 불지 않는지 파랗게 빛나는 거울처럼 반짝였다. 그 거울 같은 수면 위에 무언가 불길한 형상이 언뜻 비쳐 들 것만 같아 나는 몸을 움츠렸다.

그제야 잠시 잊고 있던 내일 아침 미팅이 떠올랐다. 이제 더 이상의 고민은 내일로 미루고 조금이라도 잠을 자야 할 것이었다. 요즘 들어 수면 시간이 조금만 부족해도 컨디션을 회복하는 데 제법 오랜 시간이 걸렸다. 이미 나는 얼마 자지 못하고 약속 장소에 나가야 할 것이었다.

내 방으로 돌아와 문을 잠갔다. 모두가 암묵적으로 알고 있듯 여기에 들어올 수 있는 사람은 나뿐이다. 어린 레나조차 함부로 들어오지 못했다. 레나는 내가 오랜만에 집에 돌아오면 나를 보러 방문 앞을 서성이곤 했는데, 그때마다 나는 완강하게 침묵했다. 아무리 문을 두드리고 엄마를 찾아도 미동조차 하지 않았다. 레나는 기다리면 방문이 열릴 거라고 굳게 믿고 있었고, 크리스티나가 데려갈 때까지 떠나지 않았다.

집으로 돌아올 때마다 레나는 몰라보게 자라 있었다. 처음에 왔을 땐 두 발로 걷더니 그다음엔 나를 엄마라고 불렀다. 레나는 오랜만에 나를 바라볼 때마다 열렬하게 반가워했다. 아무런 꾸밈없이 눈동자가 반짝였다. 그렇지만 나는 일정한 시간이 지나면 방으로 들어가버렸다. 방문 앞에 어른거리던 레나의 그림자는 어느덧 크리스티나에 의해 거두어지곤 했다. 그럴 때마다 나는 가슴이 아릿하며 한편으로는 참았던 숨을 내쉬었다. 그러다 어느 날 내가 돌아왔을 때였다. 레나는 더 이상 나의 곁에 머물러 있지 않았다. 방문 앞을 서성거리는 레나의 그림자 같은 건 없었다.

방에 특별한 비밀이 있거나 남의 눈에 띄고 싶지 않은 기묘한 물건이 놓여 있는 것은 아니었다. 내 방은 여느 사람들의 방과 다를 바가 없었다. 열대지방에 흔한 고무나무로 짠 흰색 붙박이옷장과 더블침대, 화장대, 침대를 향해 비스듬히 놓여 있는 책상 하나가 전부였다. 두툼한 소재의 자줏빛 암막커튼이 조금의 햇빛도 허용하지 않고 창가에 드리워져 있을 뿐이었다.

그러나 이 보잘것없는 밀실에 몸을 밀어넣을 때에서야 비로소 긴장이 풀리고 하루 종일 억눌렸던 감각들이 깨어나는 듯했다. 피부로 숨을 쉬는 양서류들처럼 나는 온종일 햇빛 아래 피부가 바짝 말라 숨을 쉬지 못하다가 어두운 저수지 안으로 미끄러져 들어온 느낌이었다. 쩍쩍 갈라지던 피부가 미지근한 물에 젖으며 다시 미끈거리기 시작했다.

나는 화장대 거울 앞에 앉았다. 거울…… 싱가포르로 건너와 춤을 추기 시작한 일곱 살 때부터 지금까지 한 번도 나는 거울에서 벗어나보지 못했다. 거울들은 햇빛을 반사해 나를 되쏘았다. 돋보기에 햇빛을 모아 비추면 타들어가는 흰 종이의 모퉁이처럼. 사면의 거울에 둘러싸여 오래도록 춤을 추다 보면 내 몸에서 바스락거리는 소리가 들리곤 했다. 어느 순간부터는 귀부터 말려들어가는 듯도 싶었다. 의지와 상관없이 내 몸이 납작해지면서 둥글게 휘말려가기 시작했다. 사방의 거울에는 발레 자세를 취하고 있는 나의 전신이 떠올라 있었고, 이쪽에서도, 저쪽에서도, 등 뒤에서도 또 다른 내가 나를 지켜보았다. 춤을 출수록 거울은 점점 나를 향해 좁혀왔다. 어느덧 나는 사방이 유리로 된 관 속에 갇혀 턴을 돌고 있는 것만 같았다. 숨이 막혔다. 하지만 그런 내 안의 불안감과 공포를 그 누구에게도 털어놓은 적이 없었다. 나는 언제나 시치미를 떼고 누구보다 강인한 모습으로 스텝을 밟았다.

거울 속 얼굴을 뒤덮은 화장이 말라붙어 갈라지고 있었다. 클렌징크림을 듬뿍 손에 묻혀 얼굴에 바르고 뻣뻣한 고개를 뒤로 젖히며 눈을 감았다. 독하게 피부에 배어 있던 화장이 녹아내리며 턱을 타고 흘러내려왔다. 서늘하고 끈적이는 클렌징크림이 목을 타고 내려와 깊은 가슴골을 따라 흘렀다. 그렇게 크림이 지나가는 자리마다 살이 녹으며 열기 앞에 고무처럼 늘어나고 있었다. 목이 한없이 엿가락처럼 늘어나 무거운 머리통만 추처럼 허공 속을 까닥이는 듯 아찔한 기분이 들었다. 소스라치며 고개를 들어올렸다. 분장이 녹아내린 뒤의 얼굴이 나를 바라보고 있었다. 붉게 충혈된 눈동자, 눈가와 입가에 자리 잡기 시작한 주름이 적나라하게 비쳐 보였다. 고개를 돌렸다. 얼마나 더 버틸 수 있을까. 이제 무대에 오르지 못하게 될 거라는 두려움이 엄습했다.

그러므로 이대로 잠들 수는 없었다. 내일 오전 호텔 카페에서 안무가 텐과 이번 공연의 총책임자인 예술감독 레이철과의 미팅이 있었다. 가볍게 조식을 먹으며 공연 안무에 대한 첫 브리핑을 들을 예정이었다. 나는 조금 긴장된 마음을 가라앉히려 한 번 숨을 들이마셨다. 사실 아직 확정된 것은 아무것도 없었다. 내일 미팅이 잘못 진행되면 텐과의 공연이 취소될 수도 있었다. 나는 피로한 몸을 이끌고 책상 앞에 앉았다. 스탠드를 켜고 노트북을 열었다.

아직 텐의 안무 스케치를 보지 못했다. 나에게조차 보안이 유지되고 있었다. 내일 아침이면 확인할 수 있을 것이었다. 지난번 만났을 때 레이철은 햇빛이 강하게 비쳐 드는 창가에 자리를 잡고 앉아 나를 건너다보며 조심스럽게 발음했다. 아마도 제인이 이제껏 한 번도 경험해보지 못했던 '그로테스크한' 무대가 될지도 모른다고.

마흔을 앞두고 있는 무용수가 새로운 스타일에 도전할 수 있는 기회는 흔치 않았다. 머리가 백발이 될 때까지 춤을 춘 무용가들 역시 몇 되지 않았다. 그들에게는 모두 운 좋게 다가온 유명 안무가들이 있었다. 나에게는 텐이 그런 존재일지 모른다는 생각이 들었다. 그의 명성에 대해서는 나도 어렴풋이 들어본 적이 있었다. 오래도록 죽어 있는 것만 같았던 가슴속에서 다시 한번 어떤 열정이 되살아나는 기분이었다.

판도라의 상자를 열어젖히듯 레이철의 이메일을 검색했다. 그녀는 주도면밀한 면이 있었다. 내일 미팅에 도움이 될 만한 텐의 자료들을 미리 나에게 보내주었다. 최근 삼 년간 텐이 국제무대에서 선보였던 공연의 동영상 자료와 기사 들이었다. 맨 위에 첨부된 텐의 이력에 대한 기사를 열어보았다.

'안무가 텐은 중국인 아버지와 프랑스인 어머니 사이에서 태어나 세

명의 누나와 함께 성장했다. 아버지가 프랑스 파리 근교에서 작은 여관을 운영했기에 텐은 여관의 사 층 작은 방에서 유년 시절을 보내게 된다. 텐의 말에 따르면 그때의 자신은 전혀 지금의 모습을 상상할 수 없었다고 한다. 가족들은 모두 그가 살아남을 수 없을 거라 생각했다. 그는 태어날 때부터 몹시 병약했으며 온갖 알레르기를 갖고 있었다. 신경병을 앓고 있었고, 통증과 약 냄새로 범벅된 여관에서의 삶은 섬뜩한 것이었다. 방음이 잘되지 않는 벽 너머에서는 언제나 낯선 사람들의 웃음소리, 혹은 고함 소리와 신음 소리가 건너왔고, 그것들은 그를 잠들지 못하게 했다. 그의 첫 안무 〈Sand 1〉은 그 무렵의 고통스러운 기억에서 비롯된 것이었다. 그의 첫 작품을 본 관객들은 모두 이런 걸 춤이라 할 수 없다 분개하며 환불을 요청했다. 그의 안무는 기존에 볼 수 없던 낯선 형식이었으며 무엇보다 공포감을 선사했다. 무용수들은 관객이 한 사람도 남지 않은 가운데 계속해서 춤을 추어야 했다. 그러나 텐은 굴하지 않고 계속해서 파격적인 공연을 선보였다. 그렇게 재도전을 거듭하다가 불시에 잠적했던 텐은 다시 돌아와 재기했고 이번에도 굴하지 않고 또다시 연작 〈Sand 2〉를 선보였다. 그러자 이번에는 놀라운 일이 일어났다. 누군가 그의 무대를 몰래 촬영해 유튜브에 올린 것이 텐에게는 뜻밖의 기회가 되었다. 그의 안무는 폭발적인 조회수를 기록하며 전 세계인들의 이목을 집중시켰고, 급기야 공연은 연일 매진되기에 이르렀다. 최근 가장 주목받는 안무가로 평가받고 있는 텐은…….'

나는 거기까지 읽고 기사 스크롤을 내려 흑백사진 속 그의 얼굴을 바라보았다. 이쪽을 바라보며 묘하게 찡그리듯 웃고 있는 서른일곱 살의 텐에게는 동양인의 피도 흐르고 있었지만, 언뜻 보기에는 서양인에 가까워 보였다. 부드럽게 웨이브 진 헤어스타일로 반쯤 가려진 눈동자는 날카로웠고, 손가락은 길었다. 그가 등지고 앉아 있는 격자무늬 창문 너머로 지나가던 사람의 윤곽은 흐릿하게 초점을 비껴나 있었다. 파리 시내의 어느 카페에서 진행된 인터뷰인 것 같았다. 표면이 거칠어 보이는 작고 둥근 테이블에는 에스프레소 잔이 놓여 있고, 그는 테이블에 올려놓은 두 손을 맞잡고 있었다. 상대가 볼 수 없게 가린 손바닥, 굳게 다문 입술 때문인지 어쩐지 나는 그가 속내를 잘 드러내지 않는 사람일 거라 짐작했다.

눈앞이 침침했지만 나는 첨부된 동영상을 열어 보았다. 기사에 언급된 〈Sand 1〉이었다. 영상은 극의 중반부터 촬영한 듯했고 화면은 수시로 흔들렸다. 깡마른 반라의 무용수가 어딘가를 향해서인 듯 절박하게 무대를 가로질렀다. 터질 듯 가쁜 숨을 몰아쉴 때마다 가슴뼈가 드러났고 비닐막처럼 투명한 피부에 퍼런 핏줄들이 비쳐 보였다. 순간 천장에서 흰 모래가 흘러내리기 시작했다. 마치 투명한 모래시계 안에 갇힌 듯 그녀는 더욱 다급하게 내달렸다. 광기에 사로잡힌 듯 거친 동작이었다. 그러나 모래는 걷잡을 수 없이 쏟아져 내렸다. 점차 바닥에 쌓인 모래로 그녀의 움직임이 둔감해졌다. 어느 순간 그녀는 길고 검은 머리카락을 부채꼴로 펼치며 모래 위로 쓰러졌다. 그 순간 화면이 심하게 흔들리더니 암흑이 되었다. 아무것도 보이지 않았다. 다만 스피커를 통해 일정하게 가느다란 모래가 끝없이 흘러내리는 소리가 들릴 뿐이었다. 그 소리는 그칠 것 같지 않았다. 나는 뭔가에 결박된 듯 꼼짝할 수 없었다. 잠시 숨을 고르고 경직된 손을 들어 마지막 파일을 열어보았다.

스물아홉 살 여자 무용수가 텐을 고소했다는 기사였다. 무용수는 텐이 공연을 준비하는 과정에서 내내 정신적인 학대를 일삼았으며, 그 과정에서 자신의 육체와 영혼이 완전히 피폐해졌다고 호소하고 있었다. 지속적인 거식증과 악몽 그리고 불면증에 시달려 생명의 위협까지 느끼고 있다는 것이었다. 이에 대해 텐 쪽에서도 변호사를 선임해 명예훼손으로 맞고소를 한 상태였다. 그러나 여자 무용수 측이 주장하는 학대에 대한 법적 증거가 충분하지 않기 때문에 무용수는 불리한 입장이라는 내용으로 기사는 끝을 맺고 있었다. 텐을 고소한 무용수는 방금 전 본 〈Sand 2〉에 출연한 여자였다. 나는 정지된 동영상 안에서 죽어가는 나무처럼 온몸이 말라 있는 그녀의 얼굴을 다시 바라보았다.

　나도 모르게 그 여자의 고통에 몰입하고 있을 때였다. 멀리서 조심스럽게 현관문을 여닫는 소리가 들려왔다. 시계를 보았다. 새벽 두 시가 다 되어가고 있었다. 나는 조심스럽게 의자를 뒤로 밀치며 일어났다. 얇은 소재의 원피스 자락이 바닥에 쓸렸다.

　조심스럽게 방문을 열고 나갔다. 초침 소리가 응접실의 적막함을 날카롭게 저미고 있었다. 나는 방금 전에 누가 이 집을 빠져나갔는지 알아챘다. 부엌에 딸려 있는 크리스티나의 방문 틈이 새가 살을 쪼아 먹고 버린 조개처럼 벌어져 있었다. 거실의 베란다 창 앞으로 다가갔다. 닫아두었던 블라인드의 틈새를 벌리고 아래를 내려다보았다. 그런데 어떤 시선이 느껴졌다. 나는 찌를 문 물고기처럼 그 시선을 따라 고개를 움직였다. 수영장 한쪽 귀퉁이에서 누군가가 나무 그림자에 몸을 숨긴 채 이쪽을 올려다보고 있었다. 얼굴이 자세히 보이지는 않았지만 어둠 속에 언뜻 드러난 실루엣은 길고 호리호리했다. 거리가 멀었지만 어쩐지 그의 시선이 나를 노려보고 있는 것만 같았다. 날카로운 바늘 끝이 입천장을 뚫고 들어오는 듯 온몸의 근육이 긴장되었다.

잠시 뒤 누군가 남자를 향해 다가가고 있었다. 크리스티나였다. 바람이 부는지 크리스티나의 검은 머리카락이 흩날렸다. 그들은 오랜 기다림 끝에 가까스로 겹쳐지는 시침과 분침처럼 보였다. 크리스티나는 오래도록 공허하게 원을 돌다가 마침내 그 남자에게로 다가서고 있었다.

저 남자는 누구일까. 나는 요즘 들어 얼굴에 혈색이 돌고 눈빛이 짐승처럼 번들거리던 크리스티나를 떠올렸다. 물속에 비친 그녀의 새까만 유두는 막 익은 포도송이처럼 싱싱하고 달콤한 냄새를 풍기고 있었다. 금방이라도 물새가 날아와 부리로 낚아챌 것처럼 위태로운 느낌을 자아냈다. 남자는 그녀가 다가가자 그림자 바깥으로 잠시 걸어나왔다. 그랬다가 다시 크리스티나와 함께 그림자 안으로 숨어들었다. 그들은 약간의 거리를 두고 나란히 걸어갔다. 그들에게서 만난 지 얼마 되지 않은 연인들에게서 느껴지는 다소간의 어색함과 긴장감이 느껴졌다. 그들은 수영장 뒤편 잡목을 심어놓은 인공숲 속으로 사라졌다. 그러나 아무리 기다려도 그들은 나오지 않았다. 숲이 그들을 집어 삼킨 것만 같았다.

숲의 나무들은 서로의 그림자를 포개고 있었다. 숲속에는 점묘화를 그리는 화가의 붓끝이 수없이 덧칠한 듯 어둠이 밀도 있게 차올라 있었다. 어쩐지 귓가에 숲의 잡풀들이 수런거리는 소리, 더운 공기에 단단한 열매처럼 아물어 있던 꽃봉오리의 실밥이 터지며 열리는 소리 따위가 들려오는 것만 같았다. 그리고 서로에게 매달리는 간헐적인 숨소리, 절박한 가슴속에서 밀려나오는 더운 공기가 내 귓가에 와서 부딪히는 것만 같았다. 나는 조금 뻑뻑해진 눈으로 뒤돌아서 가죽소파에 가 앉았다. 나도 모르게 그들이 어둠 속에서 엉기는 모습을 상상하고 있었다.

크리스티나의 새까만 포도송이를 턱이 매끄러운 남자의 입술이 머금었다. 남자의 입술은 침으로 번들거리고 가끔씩 드러나는 크리스티나의 잇새는 숲처럼 어두웠다. 그녀의 신음 소리에 잠들어 있던 벌집의 벌들이 윙윙거리며 날갯짓을 했고 벌집은 달아올랐다. 그들은 뱀처럼 단단히 똬리를 틀며 엉겼다. 자신들이 갈망하는 한 지점을 향해 끝없는 추락과 상승이 지속되었다. 민들레 홀씨들이 훑고 지나갈 만큼의 틈새가 열렸다 닫히기를 반복했다. 나는 상상만으로 숨이 가빠지고 목덜미가 뜨거워지는 느낌이었다. 고개를 돌려 벽시계를 보았다. 초침은 빠르게 돌아가고 있는 중이었다.

문득 동영상 속 텐의 안무가 떠올랐다. 어둠 속에서 비극적으로 움직이고 있던 마른 여자. 그녀가 휩쓸고 지나다니던 무대에 내가 앉아 있는 것만 같았다. 홧홧하게 달아오르고 땀으로 끈적이는 내 몸에 모래가 쏟아져 내리는 것만 같았다. 모래무덤에 결박되어 옴짝달싹하지 못할 것만 같은 불안감에 짓눌릴 즈음이었다.

희미하게 동이 터왔다. 어둠 속에 심연처럼 깊어 보였던 숲은 밝아오는 하늘 아래 정체를 드러내고 있었다. 푸른 잎사귀들의 테두리가 선명하게 도드라졌다. 싱가포르의 도심을 가로지르는 강에서 허연 안개들이 피어오를 시간이었다. 등 뒤에서 현관문 열리는 소리와 함께 안개가 집 안까지 밀려들어왔다. 안개에서는 비릿한 강물의 냄새가 났다. 나는 그제야 뻣뻣하게 굳어 있던 몸을 일으켜 뒤돌아보았다. 소리를 죽여 몰래 걸어 들어오고 있던 크리스티나가 나와 눈이 마주치자마자 얼어붙은 듯 자리에 멈춰 섰다.

나는 그녀에게 다가갔다. 그녀의 땀에 젖은 뺨에는 머리카락이 달라붙어 있고 입술은 벌에 쏘인 듯 부풀어올라 있었다. 헐렁한 티셔츠 속으로 목덜미에 진하게 남아 있는 잇자국을 보았다. 쾌락이 절정에 오른 순간에 그 남자의 송곳니가 박혔던 흔적일 것이다. 나는 당장에라도 그녀를 발가벗겨 몸에 남아 있을 흔적들을 모조리 들여다보고 싶었다.

"따라 들어와."

나는 한 번 숨을 놀아쉬고 나지막하게 말했다. 그러고는 부엌에 딸려 있는 그녀의 작은 방으로 들어갔다.

"무단 외출하면 해고 사유가 되는 거 알고 있지?"

크리스티나의 눈동자가 커지며 심하게 흔들렸다.

"네가 나갈 때부터 지켜보고 있었어. 그 남자는 누구지?"

입을 틀어막은 그녀의 손끝이 바들바들 떨리고 있었다. 곧 숨이 멎을 것처럼 보여 두려울 정도였다. 지나친 반응이었다. 이제껏 크리스티나는 잘못을 추궁당할 때마다 오히려 더 당당하게 대들곤 했었다. 그런데 지금 그녀는 상처받은 눈빛을 하고 곧 무너져 내릴 듯 보였다. 그녀의 눈동자에서 풀즙 같은 눈물이 뚝뚝 떨어져 내리기 시작했다. 그럴수록 그녀에게서 비릿한 냄새가 진동을 했다. 그녀의 땀에 젖은 종아리에는 마른 풀들이 달라붙어 있었다. 나는 나지막하게 뇌까렸다.

"불결해 견딜 수가 없어. 나는 네가 무단 외출했다고 해고 사유를 적을 거야. 똑바로 말해. 또 뭐라고 적어줄까? 나는 너를 다시는 이 땅에 발붙이지 못하게 만들 수도 있어."

나는 그때까지만 해도 그녀가 해고의 두려움으로 떨고 있다고 생각했다. 그러나 곧이어 입을 꾹 다물고 떨고 있던 그녀는 내게 뜻밖의 질문을 했다. 이제껏 살아오는 동안 나에게 그런 유의 불온한 질문을 한 건 그녀가 처음이었다.

"마담은 이제껏 누군가를 사랑해본 적이 있나요?"

헛웃음이 났다. 나는 힐난하듯 물었다.

"내가 왜 그따위 질문에 대답해야 하지?"

나를 노려보는 눈동자에 핏발이 섰다. 낯선 모습이었다. 이제껏 아무리 나무라도 뻔뻔하게 능치고 흐드러지는 웃음으로 응수하던 크리스티나가 아니었다. 나는 당황했지만 이 기회를 놓치고 싶진 않았다. 어떻게든 눈앞에 서 있는 그녀를 이만 내쫓고 싶었다. 그녀의 겨드랑이에서 피어오르고 있을 것만 같은 그 은밀한 야성의 냄새가 다시는 이 집에 풍기게 하고 싶지 않았다.

"그날 시장에서 네 손을 뿌리쳤어야 했어. 다시 그때로 돌아간다면 결코 너를 데려오는 일은 없을 거야. 알아? 레나가 저렇게 된 건 다 너 때문이야. 너를 흉내 내다가 저렇게 천박하게 굴고 있는 거라고. 다시는 너를 보지 못하게 할 거야. 너의 모든 것을 다 잊어버리게 할 거야. 이제 우리 식구 중 누구도 너를 기억하지 않을 거야. 다시는 아무도 너를 찾지 않을 거야."

그러나 그런 나의 비명 같은 절규에 그녀는 아랑곳하지 않았다. 그녀는 나와 불협화음을 일으키며 또다시 도발적인 질문을 했다.

"마담, 내가 사랑하고 있는 남자가 누군지 아세요?"

나는 나무 그림자 속에 숨어 이쪽을 올려다보던 남자를 떠올렸다. 동이 틀 때까지 크리스티나와 숲속에서 엉켰을 그 남자.

나는 말없이 그녀의 눈을 노려보았다. 그녀가 떨리는 입술로 말했다.

"바로 내 동생이에요."

나와 그녀 사이에 잠시 무거운 정적이 흘렀다. 나는 너무 놀라 대꾸할 말을 찾지 못했다.

"그 아이는 엄마가 낳은 아홉 번째 아이였어요. 엄마는 아이가 죽었다며 이불로 싸매어놓고 기절하다시피 잠들었어요. 우리 집에서 죽은 아이를 내버리는 건 언제나 내 몫이었기에 그날도 나는 아이를 안고 밖으로 나갔어요. 무턱대고 아주 먼 데까지 걸어가는데 품속 아이가 꿈틀댔어요. 이불을 들추자 아이의 맑은 눈동자가 나를 봤어요. 그때 결심했어요. 무슨 짓을 해서라도 아이가 죽게 내버려두지 않겠다고 말이에요."

잠시 무언가 고통스러운 듯 숨을 멈추었던 그녀가 다시 말했다. 그녀의 말은 견고한 둑을 무너뜨리려는 파도처럼 나를 향해 거칠게 달려들고 있었다.

"올해 스무 살이 된 그가 처음으로 나를 만나러 왔어요. 나는 강가에 서 있는 그를 보자마자 말했어요. 돌아가라고요. 이렇게 몰래 널 만나러 온 걸 마담이 알면 나는 쫓겨나게 될 거라고 말했죠. 아무리 돌아가라 해도 그는 나를 그림자처럼 따라다녔어요. 계속 주변을 맴돌았어요. 이제는 정말 마지막이다, 생각하고 나는 그를 만나러 갔어요. 그가 지내고 있는 작고 허름한 방은 낮에도 몹시 어두웠어요. 우리는 이제 마지막 만남이라 생각하고 술을 나누어 마셨어요. 침묵하고 있던 그가 이야기를 하나 들려주었어요.

우물에 물을 길러갔다가 우물 속에 빠져 있는 개를 보게 되었대요. 개는 온 힘을 다해 벽에 매달려 있더래요. 그런데 그 개의 눈동자가 너무나 슬퍼 보여서 그는 끈 하나에 의지해서 깊은 우물을 내려갔다는 거예요. 드디어 개를 한 팔로 껴안고 로프를 잡고 올라오는데 힘이 남아 있지 않아 하마터면 로프를 놓칠 뻔했대요. 그런데 그 순간 어릴 때 보았던 내 얼굴이 떠올랐대요. 그때 그의 가슴속에 깊은 슬픔이 밀려왔다는 거예요.

그가 슬픔, 을 발음할 때 나는 펑펑 울기 시작했어요. 그가 내 얼굴에 흐르는 눈물을 손등으로 닦아주었어요. 그러다가 급기야 내 입술에 제 입술을 포갰어요. 우리는 그 순간 마치 비좁은 우물 안에서 하나의 끈에 매달려 있듯 서로의 입술을 떼어내지 못했어요. 너무나 깊은 슬픔이 북받쳐 올랐기 때문이에요. 그의 숨결이 점점 거칠어지는 게 느껴졌어요. 나는 그만 도망치듯 떠나왔어요. 지금 이 감정이 뭔지 나도 혼란스러워요. 다만 나는 이제 더 이상 그를 만나지 않고는 살 수 없을 것 같아요. 내 가슴에 슬픔이 우물처럼 깊어져서 슬픔이 나를 덮쳐오기 전까지 다시 그를 만나러 뛰쳐나가야만 하는 거예요. 안 되는 걸 알면서도, 죄인걸 알면서도 어쩔 수 없는 거예요. 우린 둘 다 두려움에 떨고 있어요. 우리가 어디까지 가려 하는 건지 알 수가 없어요."

그녀는 떨리는 몸을 더 이상 가누지 못하고 내 앞에서 스르륵 미끄러져 내렸다. 무릎을 바닥에 꿇고 앉아 그녀가 나지막하게 읊조렸다.

"마담, 당신 같은 여자는 죽어도 모를 거야. 가슴속에 슬픔이 차오르도록 누군가를 그리워하고 누군가를 사랑하는 이 마음에 대해서 말이야. 당신이란 여자는 늙어 죽는 날까지 깨닫지 못할 거야. 지금 당장 누군가를 끌어안지 못하고는 숨조차 쉴 수 없는 이 깊은 슬픔을 말이야. 죽어도 좋을 만큼 누군가를 사랑해본 적이 없을 테니까."

나는 그녀가 꺽 쉰 목소리로 이성을 잃고 중얼거리고 있는 모습을 지켜보았다. 그녀는 마치 세상을 향해 용서를 구하듯 절박한 눈으로 나를 올려다보았다. 그러나 나는 싸늘하게 말하고 돌아섰다.

"다시는 이 집에 올 생각 하지 마. 내일 레나가 학교에 가면 조용히 짐 싸서 이 집을 떠나. 남편과 레나에게는 절대로 내가 지금 들은 이야기는 하지 않을 거야. 앞으로도 그냥 조용히 입 닥치고 살아. 아무에게도 이야기하지 마. 평생 너의 비밀을 네가 껴안고 살아. 그 누구에게 말하고 싶어도 절대 하지 마. 아무도 네 사랑을 이해하지도 용서하지도 않을 테니까."

나는 도피하듯 돌아서서 내 방으로 돌아왔다. 한 점의 빛도 허용하지 않는 어둠 속에 다시 몸을 숨겼다. 깊은 우물 바닥으로 추락하듯 그제야 바닥에 무릎을 대고 꿇어앉았다. 나는 고개를 숙이고 소리를 낮추어 흐느끼기 시작했다. 눌려 있던 모든 감정이 갑작스럽게 폭발하는 기분이었다. 그동안 살기 위해 억척스럽게 매달려 있던 로프를 일순 놓아버린 기분이었다.

나는 죽음 같은 나락으로 힘없이 떨어져 내리고 있었다. 그동안 내가 은폐해놓았던 밑바닥으로 한없이 추락하는 듯했다. 곧 이어 깊은 우물의 표면에 감춰놓았던 내 얼굴이 비쳐 보일 것만 같았다. 아무도 보아서는 안 되었다. 나는 바닥을 짚고 온몸을 떨고 있었다. 크리스티나가 내게 던졌던 질문이 어둠 속에서 날렵하게 손을 뻗어와 내 손목을 덥석 잡았다.

마담, 당신은 누군가를 사랑해본 적 있나요? 죽어도 좋을 만큼 누군가를 끌어안고 싶었던 적이 있나요?

2장

회전

암막커튼을 걷자 눈부신 빛과 열기가 눈을 찔렀다. 머릿속에 간밤의 일들이 스쳐지나갔다. 한차례 폭풍이 휩쓸고 지나간 숲을 바라보듯 참담한 기분이었다. 그렇다고 아침 약속을 미룰 수는 없었다. 레이철은 그동안 텐을 섭외하기 위해 애를 써왔는데 치열한 경쟁 속에서 그가 기적처럼 우리 쪽을 선택한 것이라 했다. 한창 주가가 오르고 있는 안무가가 더 큰 무대를 꿈꾸는 게 당연할 텐데, 그는 세계적인 명성을 가진 극장들의 러브콜을 거절하고 싱가포르를 선택한 것이었다. 그런 그와 손잡고 무대에 오를 수 있는 기회를 날려버릴 수는 없었다.

 나는 화장대 거울 앞에 앉았다. 눈두덩이 부어올라 있었다. 나는 재빨리 차가운 녹차 팩을 얼굴에 올리고 선명한 빛깔의 블라우스를 꺼내 입었다. 팩을 떼어낸 뒤에는 평소보다 공들여 화장을 했다. 아이라이너로 눈매를 또렷하게 살리고 눈가를 환하게 밝힌 대신 입술에는 누드 계열의 차분한 빛깔을 얹었다. 가볍게 입꼬리를 당겨 올려보았다. 어디에도 지난밤의 흔적은 보이지 않았다. 어두운 골목에서 정체 모를 아이들과 어울리고 있던 레나에 대한 기억도, 크리스티나가 절규했던 기억도, 더이상 내 얼굴에서 찾아볼 수 없었다. 나는 그 모든 기억과 무관한 얼굴이 되어서야 거울 앞에서 벗어났다.

약속 장소인 호텔 카페는 이십일 층에 있었다. 레이철의 이름으로 예약된 자리에는 아직 아무도 나와 있지 않았다. 자리에 앉자 전면 유리로 강줄기를 따라 형성된 도시의 풍광이 한눈에 들어왔다. 간밤에 강물에 흔들리던 불빛들이 허상이었나 싶게 모두 증발해 있었다. 어둠을 되비쳐 투명하고 맑아 보였던 강물이 대낮의 열기 속에서 다시 그 싯누런 속을 드러낸 채 한시도 멈추지 않고 하류로 흘러가는 게 보였다.

눈앞에 흰 점들이 떠다니는 것만 같았다. 손을 내저어보았지만 그 점들은 쉬이 사라지지 않았다. 아마도 간밤에 잠을 자지 못해서인 것 같았다. 눈앞이 부옜고 이따금 머릿속이 흐릿해졌다. 지금 누가 말을 건다면 어눌한 발음으로 아무 뜻도 없는 소리를 지껄일 것만 같았다. 나는 앞에 놓여 있는 얼음물을 모조리 들이켠 뒤에 손을 들어 또 한 잔을 부탁했다. 얼음이 가득 담긴 물잔이 내 앞에 놓일 때였다. 누군가의 그림자가 내 앞에 드리워졌다.

"기다리게 해서 죄송합니다. 텐입니다."

순간 나는 고개를 들어올렸다. 역광을 받고 선 얼굴이 잘 보이지 않았다. 무표정하게 나를 바라보고 있는 그는, 중국인 아버지에게서 물려받은 검은 머리칼을 갖고 있었고, 만지면 서늘할 것 같은 피부와 푸른 눈동자는 프랑스인 어머니를 닮은 것 같았다. 삼십 대 중반이 넘었는데도 섬세하고 긴 속눈썹에 가려져 있는 푸른 눈동자 때문에 소년 같은 느낌을 주었다. 어젯밤 사진에서 보았던 것과는 전혀 다른 사람처럼 보였다. 사진에선 잘 보이지 않았던 흉터 때문이었다.

테이블에 거침없이 올려놓은 그의 한쪽 손등에서부터 시작된 흉터는 반팔 티셔츠를 입은 그의 팔뚝을 지나 어깨 쪽으로 이어지고 있는 듯 보였다. 찢어진 가죽을 거칠게 꿰맨 자국 같은 그것이 그의 준수한 외모와 어울리지 않았다. 그러고 보니 나를 무표정하게 바라보고 있는 그의 얼굴도 다소 이중적인 느낌을 주었다.

"안녕하세요. 제인이에요."

그가 표정을 바꾸지 않고 나를 빤히 바라보았다. 불손한 태도였지만 나는 불쾌함을 드러내지 않으려 시선을 피했다. 그가 말했다.

"처음 본 사람처럼 인사를 하시는군요."

나는 그의 얼굴을 바라보았다. 얼음을 가득 채운 물을 마셨지만 아직 몽롱한 탓일까. 어쩐지 불투명해 보이는 그 푸른 눈동자 뒤편에 그가 감추고 있는 듯한 모종의 감정을 감지해내기가 어려웠다. 한없이 나른하고 무방비한 목소리가 내 입에서 흘러나왔다.

"우리 어디에서 본 적이 있던가요? 죄송합니다. 저는 기억나는 게 없어서요."

그러자 그가 명쾌하게 답하며 입가에 웃음을 머금었다.

"아, 너무 신경 쓰지 마세요. 뭐 그럴 만도 합니다. 워낙 짧은 순간이었을 테니까요."

그의 입가에 장난기처럼 번져나갔던 웃음기가 금세 싹 지워졌다. 그는 선하고 천진한 사람과 악하고 비열한 사람을 반씩 잘라 꿰맨 사람처럼 묘한 분위기를 풍겼다. 종잡을 수가 없었다. 그런 느낌을 자아내는 건 그의 몸을 지나가고 있는 뚜렷한 흉터 때문일까. 나는 당혹감을 감추기 위해 말했다.

"레이철은 좀 늦나보네요. 중요한 손님이니 저에게 늦지 말라고 말해 놓고선 말이에요. 우리 먼저 식사를 시키는 게 어떨까요?"

그러자 그가 아무런 대답 없이 웨이트리스를 향해 손을 번쩍 들었다. 그러고는 망설임 없이 주문을 넣었다.

"여기 스테이크는 레어로, 감자 샐러드와 탄산수도 같이 준비해주세요."

그는 내게 의향을 묻는 듯한 표정을 지어 보였다. 나는 짧게 말했다.

"감자 샐러드로 할게요."

음식이 나올 때까지 그는 다른 생각에 잠긴 사람처럼 침묵하고 있었다. 나는 어색한 침묵 속에서 그를 잠깐이라도 보았던 그때가 언제였는지를 떠올려보려 애썼다. 그러나 내 머릿속 어디에도 텐에 대한 기억은 남아 있지 않았다. 어쩌면 내가 수시로 지워버리는 기억의 조각들 가운데 남아 있던 얼굴일지도 모르겠다는 생각이 들었다. 나는 나에게 도움이 되는 기억들과 혹은 믿고 싶은 기억들만 남겨두는 습성이 있었다. 그는 내가 기억을 떠올리기 위해 애쓰고 있다는 사실을 알아차린 듯 침묵을 깨고 불쑥 다시 물었다.

"그래 기억은 떠올랐나요?"

"네? 뭐가요?"

나는 더듬거렸다.

"대학에서 본 적 있습니다, 우리. 제가 한 학년 후배였죠."

그의 대답에 내 입술에 빠르게 경련이 일었다. 졸업한 뒤로 나는 대학 때 알고 지냈던 사람들을 가급적 만나지 않았다. 그때의 기억을 떠올리고 싶지 않았고, 외국에 나가 장기 체류하며 공연을 할 때면 그 세계로부터 벗어나 있는 것만 같아 숨이 트이곤 했었다. 그랬기 때문에 텐의 이야기가 그 시절을 회상하는 쪽으로 흘러가지 않기를 바랐다. 나는 억지웃음을 띠며 화제를 돌렸다.

"러브콜이 많으신데 이쪽으로 와주셔서 감사합니다. 요즘 한창 바쁘시겠어요."

차마 뒤의 말은 할 수 없었다. 그는 지금 어떤 무용수와 소송 중이었고, 그 무용수의 말에 따르면 그에게 정신적으로 학대를 당했다고 했다. 텐은 변호사를 고용해 맞서고 있는 중이었다.

나는 그를 고소했다던 무용수가 어두운 무대 위에서 춤추던 모습을 떠올렸다. 동영상 속의 그녀는 가죽만 남은 사람처럼 보였다. 너무나 말라서 피부에 퍼런 실핏줄이 드러날 정도였다. 무대의 조명 아래 그녀를 가만히 세워두고 지켜보면 몸속에 흘러다니는 핏줄기의 방향을 가늠할 수 있는 것만 같았다. 그녀는 모래먼지가 자욱한 무대를 눈을 부릅뜬 채 거침없이 내달렸다. 그녀의 몸이 모래무덤에 갇혀 영원히 결박되는 순간을 목도하게 될까봐 나는 불안했다.

레이철은 한창 전성기를 맞이했고 어디로든 원하는 곳으로 갈 수 있었던 텐이 이번에 우리와 함께하기로 결정하면서 내건 조건이 하나 있다고 했다. 그건 바로 내가 그의 무대에 오르는 것이었다. 거기까지 생각이 미쳤을 때 어느덧 테이블에 주문했던 음식들이 날라져 왔다. 그는 극심한 허기를 느끼고 있었던 사람처럼 바로 나이프를 들고 스테이크를 썰어 먹기 시작했다. 나는 그의 나이프가 고기를 자를 때 거의 익히지 않은 고깃덩어리에서 분홍빛의 핏물이 스며나오는 것을 지켜보았다. 그러고는 허기를 채우는 데 여념이 없는 그를 은밀하게 바라보았다. 순간 그가 나를 똑바로 바라보았다. 잘 닦인 나이프의 표면처럼 차갑고 투명한 눈동자였다.

"글쎄요. 저는 제 무대에 만족해본 적은 없습니다. 요즘의 인기는 어디까지나 운이죠. 요즘 사람들은 사는 게 너무나 지긋한 나머지 생소한 것에 목말라 있더군요. 만일 제 안무가 그 자체로 완벽하다면 진즉에 찾는 사람들이 많았어야 해요. 저는 언제나 지금 같은 스타일의 안무를 고수해왔습니다. 지난 십 년간 비난에 익숙해져 있었죠. 다만 사람들은 그동안 날마다 반복되는 삶이 너무나 권태로운 나머지 어느 날 제 공연을 보고 이렇게 결정한 겁니다. '아, 이 괴상한 안무를 오늘부터 열광하며 좋아하기로 하자.'"

그는 스테이크 한 조각을 입안에 넣고 씹으며 냉소적으로 말했다.

"물론 언제까지 그들이 제 안무를 좋아해줄는지는 모르겠습니다. 어쨌든 저는 기회를 얻었고 이 기회에 해보고 싶었던 것을 하러 왔습니다."

나는 마지못해 고개를 끄덕였다. 수시로 멍해지는 의식을 붙잡으며 그에게 물었다.

"하고 싶었던 거라는 게 뭐죠?"

그러자 그가 내 쪽으로 나이프를 겨누며 말했다.

"제인을 제 무대 위에서 춤추게 하는 거요."

그의 턱관절이 거칠게 삐걱대는 소리가 들리는 것만 같았다. 그때 레이철이 도착했다.

"정말 죄송해요. 오늘 아침에 갑자기 단원 하나가 사고가 나서요. 요즘 공연 스케줄이 정말 빡빡하거든요. 솔로리스트라 구멍이 커요. 일단 병원에 데려다놓고 상태를 조금 보고 오느라 늦었어요. 너무 경황이 없어 전화도 못했네요. 정말 죄송합니다."

텐은 흔쾌히 그녀에게 말했다.

"아뇨, 덕분에 영광스럽게도 제인과 단둘이 앉아 대화를 나누고 있었습니다."

그러자 레이철이 웃으며 말했다.

"저희가 영광이죠. 그렇게 흔쾌히 수락해주실 거라곤 예상치 못했어요. 전부터 텐 씨의 공연에 매료되지 않을 수 없었죠. 다소 그로테스크한 측면이 강하다고 느껴지더군요. 제인은 우리 쪽에서 물론 최고의 무용수입니다. 하지만 염려되는 건 그동안 제인이 보여줬던 스타일과는 조금 달라서, 텐 씨의 안무를 과연 소화할 수 있을까…… 제인의 의견도 중요하지만, 먼저 안무가의 말씀을 듣고 싶군요."

나는 긴장감과 두려움이 교차하는 것을 느끼며 레이철과 가볍게 눈을 마주쳤다. 텐이 여전히 태연하게 고깃점을 입으로 가져가며 말했다.

"제가 이번에 무대 위에 올리려는 안무 말입니다. 그 춤을 이 세상에서 가장 잘 출 수 있는 사람은 단 한 사람, 제인뿐입니다."

그의 대답은 너무나 단호하고 명쾌해서 레이철도 나도 더 이상 아무것도 물어볼 수 없게 만들었다.

"지금부터 제 안무에 대해 브리핑을 하면 제인은 곧 알아차리게 될 겁니다. 왜 본인이 이 안무의 최적격자인지."

텐은 그제야 손에 쥐고 있던 나이프를 테이블 위에 내려놓았다. 그러고는 눈을 촉촉하게 빛내며 말하기 시작했다. 그의 목소리에서 가벼운 흥분이 느껴졌다.

"무대 위에 오른 남녀 무용수는 옷자락이 바닥에 끌리는 헐렁한 옷을 걸치고 있습니다. 그들의 발에는 아무것도 신겨져 있어서는 안 됩니다.

그들은 보기에 따라서는 아직 이 세상에 태어나지 않은 태아 같기도 하고, 아니면 에덴에 버려진 이브와 아담처럼 보이기도 합니다. 왜냐하면 그들의 눈에는 흰 천이 감겨 있거든요."

텐의 말을 따라가던 나는 불쑥 내 눈에 흰 천을 싸매던 손길이 떠올랐다. 일순 몸이 뻣뻣하게 경직되었다. 또한 동시에 몸이 덜덜 떨리기 시작했다. 나는 이런 상황을 들키지 않으려고 입술을 꾹 깨물고 있었다.

"우리는 모든 것을 눈으로 보아야 믿습니다. 또 실체를 확인해야만 안도합니다. 자신이 본 것이 있는 그대로의 세상이라고 믿는 거죠. 하지만 그렇지 않다는 걸 그들은 이제부터 깨닫게 됩니다. 처음에 아무것도 보이지 않아 불안에 떨던 그들은, 점차 그동안 억압해왔던 몸의 또 다른 감각들이 열리기 시작하는 걸 느낍니다. 그들은 눈을 가린 채 서로에게 다가갑니다. 그리고 서로의 몸을 향해 손을 뻗죠."

텐은 최면술사처럼 나의 의식을 어딘가로 데려가고 있었다. 기억 속 어둠 한복판에 떨어진 나는 한 걸음씩 내딛기 시작했다. 앞으로 걸어갈 때마다 발목에 육중한 추를 매단 것처럼 힘겨웠다. 등 뒤에서 누군가 내게 말하는 소리가 들렸다.

제인, 두려워하지 말고 앞으로 걸어나가. 그 누구의 눈치도 보지 말고 네가 가고 싶은 곳으로 걸어가, 제인.

뺨에 와닿는 바람의 감촉이 느껴졌다. 코끝으로 밀려들던 바람의 냄새, 깊은 숲속에서부터 날아든 나무뿌리들의 냄새, 그리고 곧이어 바로 앞으로 다가온 그의 체취가 맡아졌다. 긴장감과 두려움으로 나와 마찬가지로 땀을 흘리고 있는 그에게서 풍겨 나는 살냄새. 그의 살갗에서 배어나온 호르몬의 냄새. 그의 몸속에 흐르고 있을 피 냄새가 맡아지는 것만 같았다. 그런 것 따위에 이끌려 나는 어둠 속에서 멈추지 않고 그의 몸을 더듬어나갔었다.

너의 솔직한 욕망을 따라 몸을 움직여, 제인. 멈추지 마.

나는 어느 순간 내 손끝에 만져지는 그의 체온을 느꼈다. 손끝으로 더듬어나가고 있는 그의 몸이 다채로운 이미지로 다가왔다. 습지에 돋아난 꽃봉오리들, 혹은 잎사귀에 궤적이 묻어나 있는 달팽이 점액질의 빛깔로. 그의 몸이 내 손끝에서 물에 젖은 비누처럼 빠져나가려 할 때마다 나는 안간힘을 써 그의 몸을 더듬었다.

"포인트는 지금부텁니다. 그들이 그렇게 서로를 간절하게 욕망할 때 그들의 몸을 로프로 결박합니다. 그들은 순간 단단한 매듭에 의해 어딘가에 붙들립니다. 그것은 그들이 살아오며 가슴속에 억누르고 감춰왔던 욕망이 깨어나자마자 곧바로 벌어진 일입니다. 마치 교미를 통해 절정에 다다른 순간 암사마귀에게 목이 잘리는 숫사마귀처럼 말입니다. 그들은 거친 매듭이 자신의 몸을 결박하고 억압했기 때문에 오히려 더욱 상대를 절박하게 원하게 됩니다. 무대 위에 절대로 뽑히지 않을 것처럼 단단하게 쳐놓은 거대한 쐐기못. 거기에 매인 로프는 그들의 절박한 몸부림에 의해 어둠 속에서 느슨해졌다 팽팽해지길 반복합니다. 그 로프는 그러나 쉽게 끊어지지 않습니다. 인생이란 그렇게 호락호락하지 않거든요. 이 세상에는 인간들이 욕망대로 살아갈 수 없게 만드는 냉정하고 엄격한 장치들이 너무나 많습니다. 그것은 규율이기도 하고 법이기도 하고 또한 타인의 시선이기도 합니다. 로프가 팽팽하게 당겨질 때마다 그들은 숨이 막혀옵니다. 그들은 자신의 허파와 폐와 심장이 터질 듯 짓눌리는 것도 모른 채 무대 위에서 발버둥 칩니다. 뭐랄까요, 마치, 덫에 걸린 뒤

부터 몸부림쳐서 오히려 뼈까지 드러난 새처럼 보인다고 할까요? 그들
의 몸부림은 저절로 춤이 됩니다."

방금 전 내 손끝에 와닿았던 그의 체온과 감촉이 광막한 어둠 속으로
사라져버릴 때마다 나는 숨 막히는 고통 속에서 절규했다. 나를 설레게
만들었던 것, 나의 온몸을 떨게 만들었던 그의 따뜻한 몸이 어둠 속에서
먼지처럼 부서져 바람에 흩어지고 있었다. 나는 다시 한번 그를 느끼기
위해 안간힘을 썼다. 그러나 그럴수록 나의 몸을 로프가 고통스럽게 파
고들었다. 수없이 바닥을 차느라 피부가 벗어진 발끝이 화끈거렸다. 어
느덧 발에서 흐른 피로 홍건한 바닥에 나는 자꾸만 미끄러졌다. 피와 땀
으로 얼룩진 바닥에서 덫에 걸린 새처럼 푸드덕거리며 안간힘을 썼다.
그런 나를 향해 누군가 읊조렸다.

*그래, 제인. 바로 지금 네가 밟고 있는 스텝이 춤이라는 거야. 춤이라
는 건 내면의 욕망에 귀 기울이는 것. 바로 거기서부터 시작되는 움직임
인 거야. 기억해, 제인.*

나의 감긴 눈에서 뜨거운 눈물이 흘러내렸다. 오래전 지우기 위해 안
간힘 썼던 그녀의 목소리는 마치 지금 내 곁에서 읊조리는 것처럼 너무
나 생생하게 귓속을 파고들었다.

"잠깐만요."

나는 다급하게 자리에서 일어났다. 레이철이 당혹스러운 목소리로 나
를 향해 물었다.

"제인, 지금 우는 거예요?"

나는 아무 대답을 못 한 채 황급히 자리를 벗어났다. 길고 어두운 회랑
을 지나 화장실로 급하게 숨어들었다. 거울 속에는 흰 대리석이 차갑게

빛나는 화장실의 실내만 비쳤다. 나는 세면대 모서리를 두 손으로 붙잡고 참고 있던 가슴의 통증을 가라앉히기 위해 몸을 앞으로 숙였다. 속에서부터 치밀어올라오는 구역질에 저절로 턱관절이 움직이며 입이 벌어졌다. 끈적이는 침이 흘러내렸다. 차가운 수돗물로 입안을 여러 번 헹구어 냈다. 고개를 들어 거울 속 나의 얼굴을 바라보았다. 흰 눈자위에 실핏줄이 올라와 있었다. 아침에 바르고 나온 아이라이너 역시 번져 있었다.

그제야 나는 텐이 왜 나를 선택했는지 알 수 있었다. 조금 전 텐이 브리핑한 안무는 한때 내가 추었던 춤이었다. 이 세상에서 그 춤에 대해 아는 사람은 나를 포함해 셋뿐이었다. 나와 맥스 그리고 마리. 그 셋에 해당되지 않는 텐이 어떻게 그 안무에 대해 그토록 자세하게 알고 있는 걸까. 텐……. 나는 그 이름을 입속에 굴려보았다. 그에 대한 기억은 나의 뇌리 어디에도 남아 있지 않았다. 나는 휴지를 거칠게 뜯어 번진 아이라이너를 닦아냈다. 심호흡을 하고 다시 거울을 바라보았다. 조금 전 텐이 했던 말이 그 위에 잔상처럼 떠올랐다.

그 춤을 이 세상에서 가장 잘 출 수 있는 사람은 단 한 사람, 제인뿐입니다.

나는 다시 찬 수돗물에 거칠게 손을 씻으며 마음을 다잡기 위해 노력했다. 자리로 되돌아가야 했다. 태연한 얼굴로 그와 마주 앉아야 했다. 그가 방금 전 이야기한 안무에 대해 나는 전혀 아는 체해서는 안 되었다. 어떻게든 자연스럽게 이 자리를 모면해야 했다. 그러나 지금 내가 할 수 있는 거라곤 차가운 물에 손을 씻고 또 씻는 것뿐이었다. 그가 레이철에게 어디까지 발설할지 모른다는 두려움으로 숨이 가빠졌다. 그럼에도 도무지 아무렇지 않은 낯으로 마주할 자신이 없었다. 나는 그만 수돗물을 잠그고 떨리는 손으로 레이철에게 문자를 보냈다.

'정말 죄송합니다. 개인적인 사정이 생겨 저는 먼저 돌아갈게요.'

가만히 액정에 뜬 문장을 보다가 나는 한 문장을 덧붙였다.

'텐 씨에게는 제가 다시 연락드리겠다고 전해주세요.'

전송 버튼을 누르고 나는 이십일 층 카페를 황급히 벗어났다.

*

나는 어딘가로부터 도망치듯 차를 몰았다. 나를 알아보는 사람은 그 누구라도 마주치고 싶지 않았다. 흰 천으로 나의 눈을 가리던 순간이 떠올랐다. 귓가를 따갑게 스치던 혀끝과 미친 듯 삐걱대던 위태로운 나무 바닥의 소리. 때때로 비명을 질러대듯 낡은 유리창 틈새로 들려오던 바람 소리가 들려오는 것만 같았다.

한참을 달리던 나는 어느덧 막다른 길에서 차를 멈추어 세웠다. 어느 낯선 숲에 다다라 있었다. 비틀대며 차에서 내렸다. 길이 끊어진 곳부터 깊은 숲이 시작되고 있었다. 태곳적부터 아무도 침범한 적 없는 듯 평화로워 보이는 숲이었다. 습한 바람이 끈적이며 피부에 감겨왔다. 나는 혼미해지려는 정신을 붙잡으며 숲속으로 나 있는 좁은 길을 따라 무턱대고 걸었다. 누군가 나를 따라붙는 기분이었다. 높은 허공에서 경고하듯 새가 날카롭게 울었다.

텐은 누구일까? 나를 내려다보듯 하던 그의 오만한 눈빛과 간혹 경멸하듯 입가에 스치던 웃음이 떠올랐다. 섬뜩했다. 무엇보다 나를 바라보는 그의 푸른 눈동자는 마치 오래전의 그 날을 목도하고 있는 듯 보였다.

나의 가슴이 옥죄어왔다. 넋을 잃고 정처 없이 걷던 나는 어느 순간 걸음을 멈추었다. 한참 이어진 길이 끝나는 지점에 석판이 깔려 있는 은밀한 공터가 나타났다. 바닥을 빼곡하게 뒤덮으며 뻗어나간 이끼들은 마치 푸른 불꽃처럼 거대한 불상의 둥근 몸을 타고 올라가고 있었다. 대체 이곳에 누가 저런 불상을 가져다놓은 것일까. 어쩌면 오래전 사람들은 이곳 숲속까지 걸어와 기도를 올렸는지도 모르겠다. 아무도 엿들어서는 안 되는 은밀한 기도를.

가까스로 불상의 얼굴을 마주 본 나는 소스라쳤다. 아마도 숲에 내리친 스콜의 날카로운 빗발들이 깎아놓은 듯 불상의 얼굴 한쪽은 파여나가 있었다. 그나마 남아 있는 한쪽 눈동자마저 질기게 돋아난 이끼들이 삼켜버린 뒤였다. 나는 처참하게 망가져 이제는 모호해 보이는 불상의 얼굴을 바라보았다. 어쩐지 그 얼굴이 자신의 정체를 숨기고 있는 텐처럼 의뭉스러워 보였다. 어느덧 나무들 사이로 비집고 들어온 햇살에 드러난 불상의 입매에 나를 조롱하는 듯한 웃음이 떠올랐다. 나는 뒤돌아섰다. 그러고는 불상의 시선으로부터 달아나려는 듯 왔던 길을 빠르게 되짚어 나갔다. 숨이 턱까지 차올랐다.

*

강변을 따라 형성된 빌라촌 로버트슨 키에 있는 건물들의 일 층에는 저마다 레스토랑과 카페가 들어와 있었다. 강변에 줄지어 늘어놓은 테이블에 초를 밝히면 특별히 호객 행위를 하지 않아도 사람들은 자연스레 모여들곤 했다. 도무지 고통이나 두려움 따위가 틈입할 새가 없어 보이는 평화로운 동네였다. 그제야 집으로 돌아왔다는 안도감이 들었다. 어서 나의 어둡고 비밀스러운 방으로 들어가 다시 숨을 고르고 기운을 차리고 싶었다.

그러나 빌라에 들어서자마자 가뜩이나 예민해져 있던 신경이 더욱 팽팽하게 당겨졌다. 차를 세우고 룸미러를 올려다보았다. 거기에 비친 교복을 입은 여학생은 분명 레나였다. 아침에 방문을 열어 보았을 때 이미 레나는 집을 빠져나가고 없었다. 대체 밥이나 먹고 다니는지 알 수가 없었다. 아무리 전화를 해도 매번 조금의 망설임 없이 레나는 내 전화를 끊어버렸다. 룸미러에 비쳐 보이는 레나는 빌라 정문으로부터 조금 떨어진 거리에 서서 누군가와 대화를 나누고 있었다. 짧게 줄인 스커트 자락 아래로 드러난 레나의 긴 다리가 유난히 매끈해 보였다. 레나의 몸이 율동하듯 좌우로 흔들릴 때마다 스커트 자락이 다리를 스쳤다. 차에서 내려 레나를 부르려던 나는 잠시 멈칫할 수밖에 없었다. 방금 전 스치듯 보았던 레나의 맞은편에 서 있던 남자 때문이었다. 믿어지지 않았지만 아무래도 그 남자가 아침에 카페에서 만났던 텐인 것만 같았다.

하지만 텐이 우리 집 앞에서 레나와 이야기를 나누고 있다는 사실은 아무래도 상식적이지 않았다. 또다시 착각한 것이리라 미심쩍어 하는 사이 나는 이미 후진기어를 넣고 차를 조심스럽게 뒤로 빼내고 있었다. 다시 왔던 길을 되짚어갈수록 멀리 떨어져 있어 희미했던 레나의 얼굴이 점차 뚜렷해졌다. 차를 완전히 정문에서 빼냈을 때 나는 눈앞에 보이는 남자의 얼굴을 보고 몸이 굳어버렸다. 텐이 차창으로 나를 지그시 내려다보며 손을 들어올려 인사를 건넸다. 우연이라고 하기에는 너무나 이상한 상황이었다.

물론 텐이 이곳을 지나치다 나와 마주칠 수도 있다. 하지만 그가 하필 내 딸과 친한 사이처럼 이야기를 나누는 모습은 결코 예사로 보아 넘길 수가 없었다. 불길한 예감이 엄습했다. 떨리는 손으로 차문을 열고 내렸다.

"당신이 여기는 어쩐 일로……."

텐이 아무렇지 않은 얼굴로 대답했다.

"그냥 가버리시는 바람에 대화를 끝내지 못하지 않았습니까? 어디 가서 다시 차분하게 이야기를 나눌까 하고 근처에 와서 배회하고 있던 중이었습니다."

그가 휴대폰을 들어올리며 말했다.

"아무리 연락을 해도 받지 않으시더군요. 그래서 무턱대고 찾아왔습니다. 이것도 전해야 하고 말이죠."

미팅 자리에서 허겁지겁 나오는 바람에 미처 챙기지 못했던 내 핸드백이었다. 나는 텐이 건네는 핸드백을 낚아채듯 받아들며 고맙다는 말조차 생략해버렸다. 대신 레나에게 쏘아붙였다.

나는 레나를 돌아보며 말했다.

"레나, 너는 집에 왔으면 얼른 들어가지 않고 뭐해?"

팽팽한 긴장감이 주위를 떠돌았다. 차에 놓고 내린 휴대폰이 끝없이 울려댔다. 더 이상 무시하기가 힘들게 느껴질 쯤 레나가 이 불편한 상황을 끝내겠다는 듯 훌쩍 차 안으로 뛰어 들어가 휴대폰을 가지고 나왔다. 나는 어쩔 수 없이 전화를 받았다. 그러고 보니 낮에 숲을 헤매고 있을 때에도 끝없이 전화가 울렸던 게 떠올랐다. 진의 다급한 목소리가 들려왔다.

"당신 대체 왜 이렇게 연락이 안 돼?"

"무슨 일인데?"

나는 잠긴 목소리로 되물으며 텐을 주시했다. 텐은 이 상황이 재미있다는 듯 나를 바라보며 한쪽 입가를 올려 웃어 보였다. 수화기 너머에서 진이 심각한 투로 물었다.

"지금 운전 중이야? 그러면 잠시 차를 세워봐."

"아냐, 집 앞이야."

"놀라지 말고 들어. 지금 집에 경찰들이 와 있어."

나는 순간 신경이 날카로워지며 되물었다. 가슴이 심하게 두근댔다.

"경찰이 왜?"

진은 나를 원망하는 투로 말했다.

"올라와 보면 알아. 정말 몇 번이나 전화를 했는지 모르겠어. 대체 뭘 하고 있었길래."

그는 이 순간에도 내가 자기 전화를 받지 않은 사실에 더 화가 나 있는 것처럼 보였다. 언제나 그런 식이었다. 그는 내가 자신에게 관심이 있는지를 시험해보고 절망했다. 그런 순간들이 거듭되며 그는 점차 나에게 마음을 닫아걸었다. 나는 진의 목소리를 들으며 한편으로는 여전히 앞에 버티고 서 있는 의뭉스러운 텐의 얼굴을 바라보고 있었다. 통화를 마치고도 어쩌지 못하고 서 있는 내게 텐이 말했다.

"급한 일이 생긴 모양인데, 오늘은 일단 돌아가보겠습니다. 다시 연락을 주시지 않는다면 그땐 레나를 통해서……."

"아뇨, 제가 연락드릴게요."

나는 그의 말을 자르고 냉랭하게 말했다.

고개를 돌려 레나를 바라보았다. 레나는 어느덧 나에게 붙잡히지 않으려는 듯 벌써 멀어져 있었다. 그쪽으로 걸음을 옮기는 텐을 지켜보다 다급하게 외쳤다.

"어디 가시는 거죠?"

그러자 텐이 나를 돌아보며 말했다.

"걱정이 많으신가봅니다. 연락을 기다려야죠. 어디로 갈지는 그다음에 결정할 일이고요."

나는 레나 쪽으로 그림자를 드리우는 그를 보며 가슴이 두근댔다. 그의 마지막 말이 의미심장하게 가슴을 조였다.

*

엘리베이터가 열렸을 때 나는 놀라운 광경을 맞닥뜨렸다. 집 현관문이 활짝 열려 있었고, 에어컨 바람으로 차가워진 집 안 공기가 바깥으로 흘러나오고 있었다. 나는 어안이 벙벙해진 채 걸음을 옮겼다.

욕실 근처에 몰려 있던 서너 명의 경찰들이 흘긋 돌아보았다. 그러나 까딱 목례만 할 뿐 무슨 상황인지 설명해주려는 사람은 없었다. 나는 참담한 표정을 짓고 있는 진에게 다가가 물었다.

"어서 말해줘. 무슨 일이야?"

"크리스티나가…… 자살기도를 했어. 집에 돌아와서 씻으려고 욕실 문을 열어보니 욕조에…… 일단 병원으로 옮겼어."

진의 말이 다 끝나기도 전에 나는 몸을 돌려세웠다. 그러고 보니 문이 열려 있는 욕실에서 역한 피비린내가 밀려나오고 있었다. 그러자 등 뒤에서 진이 나지막하게 말했다.

"제인, 보지 않는 게 좋아."

그러나 나는 아랑곳하지 않고 다가갔다. 마치 크리스티나가 나를 초대하기 위해 문을 열어놓은 것 같았다. 창백한 대리석으로 이루어진 욕실 안에서 크리스티나가 피를 흘리며 보란 듯이 나를 기다리고 있을 것만 같았다. 끝내 내게 다 하지 못한 말을 하기 위해서라도 기를 쓰고 죽음의 경계를 넘지 않고 버티고 있을 것 같았다. 죽음의 이면을 들추어보듯 욕실을 들여다보았다. 순간 뒷머리를 흉기로 가격당한 듯이 눈앞이 컴컴해졌다. 가까스로 심호흡을 하며 욕실 안을 똑바로 응시했다. 크리스티나는 없었다. 다만 흰 욕조에서부터 흘러내린 선명한 핏물이 하수구를 향해 흘러내리다가 굳어가고 있었다. 뒤돌아보자 나를 지켜보고 있던 경찰이 바짝 다가와 취조하듯 물었다.

"최근에 크리스티나 씨에게 무슨 일이 있었나요?"

나는 무슨 말을 해야 할지 몰라 연신 머릿속을 뒤적거렸다. 몇 개의 장면이 슬라이드처럼 생생하게 떠올랐다 사라졌다. 어둠 속에서 나의 손목을 낚아챘던 크리스티나의 손, 입술을 까뒤집고 드러내 보였던 하얀 치아, 짐승의 그것을 닮은 웃음, 낯선 남자와 어두운 숲으로 들어가던 그녀의 뒷모습이.

"마담?"

"아뇨, 아무 일 없었습니다. 우리 헬퍼는 언제나 성실하게 맡은 일에 대해 최선을 다했어요. 그 밖에 사적인 일에 대해서는 아는 게 없군요."

"그럼 마지막으로 확인할 것이 있습니다."

그가 조금 전보다 더 낮은 목소리로 물었다.

"크리스티나 씨가 회복된다면, 다시 고용할 의사가 있습니까? 거절한다면 이번 일로 그녀는 본국으로 추방될 겁니다. 지금 꼭 대답하실 필요는 없습니다. 며칠 시간이 있으니 고민해보고 알려주세요."

나는 고개를 돌려 잠시 진과 눈을 마주쳤다. 그러고는 서로 복귀할 채비를 하는 방금 전의 경찰을 불러 세웠다.

"잠시만요."

그가 나를 돌아보았다. 그건 어려운 일이 아니었다. 그러므로 최대한 간결하고 분명하게 말하리라 결심했다.

"우리는 더 이상 그 헬퍼를 고용하지 않을 거예요."

"아, 그렇다면 우리 쪽으로 오셔서 간단히 서류를 작성해주셔야 합니다. 돌아가 연락드리죠."

그들이 떠난 뒤에 한동안 이어지던 침묵을 깬 건 진이었다.

"괜찮을까?"

"뭐가?"

날카롭게 되물으며 그를 바라보았다. 그제야 그의 셔츠에 묻은 핏자국이 눈에 들어왔다.

"크리스티나를, 그렇게 우리 맘대로 추방해도 괜찮은가 해서."

"레나에게는 절대 사실대로 말해서는 안 돼."

나는 돌아서다 말고 그에게 말했다.

"아, 그리고 그 옷은 벗어 세탁기에 넣어. 아니, 쓰레기통에 버려. 레나가 보기 전에. 얼른."

그가 고개를 끄덕이며 다급한 손짓으로 셔츠의 단추를 풀기 시작했다. 나는 뒤돌아서서 욕실에 굳은 핏자국을 바라보았다. 어떻게든 흔적을 남겨서는 안 된다는 생각뿐이었다. 맨발로 선뜩한 욕실 바닥을 밟고 들어갔다. 수납장을 열어 크리스티나가 정리해둔 세정제들 가운데 하나를 골라 들었다. 마개를 열자 독한 소독약 냄새가 코를 찔렀다. 물에 희석할 겨를도 없이 바닥에 뿌렸다. 크리스티나의 핏자국은 세정제를 뿌리자마자 거품을 내며 끓어오르기 시작했다. 나는 솔로 그것을 있는 힘껏 문질렀다.

당신은 누군가를 사랑해본 적이 있나요?

어디선가 크리스티나의 새된 목소리가 들려오는 것만 같아 동작을 멈췄다. 그러다 곧 다시 재바르게 움직였다. 마지막으로 샤워기의 미지근한 물을 틀어 바닥에 흩뿌렸다. 희석된 핏물이 타일 위를 굽이치며 하수구로 흘러내려갔다. 물끄러미 그것을 지켜보다가 문득 오래전의 기억에 사로잡혔다. 그 기억은 어둠 속에서 불쑥 튀어나와 내 손목을 그러잡고 놓아주지 않았다.

*

오래전 비가 퍼붓던 날 밤이었다. 나는 마지막까지 남아 연습을 끝내고 무용과 건물을 빠져나왔다. 예술대학의 캠퍼스는 숲 한가운데에 있었다. 그래선지 빗발이 나뭇잎에 부딪는 소리가 더욱 가깝게 들렸다. 그때 나는 연습하느라 모든 힘을 소진해 빗속을 뚫고 갈 기운이 남아 있지 않았다. 빗줄기가 나를 비좁고 깊은 통 안에 가둬버린 듯했다.

한참 만에 우산을 펴고 몇 걸음 걸었을 때였다. 어둠 저편에서 갑자기 강렬한 불빛이 나타나 내 쪽을 비추었다. 그것은 막막한 바다 위 조류에 떠밀려 흘러가는 나를 발견한 구조선의 불빛 같기도 했고, 동시에 어두운 숲속에서 나를 노리고 있는 산짐승의 살기 어린 눈빛 같기도 했다. 어느 쪽인지 한 번에 판단이 서지 않았다. 부신 눈을 깜박이며 마비된 듯 그 불빛을 정면으로 바라보고 서 있을 뿐이었다.

어느 정도 눈이 빛에 적응했을 즈음 나는 그 불빛의 정체를 깨달았다. 운전석에서 나를 노려보고 있는 사람의 얼굴을 보았다. 나는 생각했다. 이제 곧 저 불빛이 달려 들어와 나의 목덜미에 뾰족한 이빨을 박아넣을 것이라고. 그러면 날마다 고통스럽고 힘겨웠던 이 생의 무대에서 그만 내려올 수 있을 것이라고. 빛이 내 쪽으로 빠르게 다가왔다. 나는 질끈 눈을 감았다.

잠시 후 엄청난 굉음을 듣고 놀라 눈을 떴을 때, 나는 거대한 나무와 부딪혀 심하게 부서진 차를 보았다. 나무가 되쏘는 헤드라이트 불빛에 앞유리가 환히 드러났다. 그리고 살짝만 건드려도 와르르 깨져버릴 듯한 거기에 배어 있는 핏자국을 보곤 숨이 가빠졌다. 그것이 내 쪽으로 번져 오기 전에 자리를 벗어나야 했다. 나는 숲 반대쪽으로 빠르게 걸어갔다. 그 뒤 다시는 돌아보지 않았다.

*

타일에 남아 있던 핏자국은 완벽하고 말끔하게 닦여나갔다. 물기 어린 대리석 표면이 조명 불빛을 반사하며 더욱 빛나고 있었다. 등 뒤에서 현관문이 열렸다 닫히는 소리가 들렸다. 레나일 것이다. 나는 샤워기의 물을 비틀어 잠그고 아무런 일도 없다는 듯 욕실을 빠져나갔다. 집 안으로 걸어 들어오고 있는 레나를 유심히 바라보았다. 어쩐지 레나의 얼굴이

상기되어 있는 듯 보였다. 룸미러로 훔쳐보았던 레나는 오랜만에 누군가를 향해 치아를 드러내 웃으며 교태를 부리듯 몸을 좌우로 흔들고 있었다.

"레나, 텐이라는 사람을 네가 어떻게 알고 있는 거니?"

나는 에두르지 않고 물어보았다. 레나가 나를 흘긋 바라보며 대수롭지 않게 말했다.

"엄마 대학 때 친구라던데? 엄마한테 급하게 상의할 일이 있어서 왔다고 했어."

"그러니까 그 사람을 어떻게 아느냐고 물었어."

레나는 천연덕스러운 목소리로 말했다.

"어쩌다 그렇게 됐어."

나는 말문이 막혔다. 텐은 나의 과거만이 아니라, 내가 살고 있는 집도, 레나도 알고 있다. 아마도 나에 대한 모든 것을 미리 알아봤으리란 생각이 들었다. 그는 내가 조용히 살고 있는 숲속으로 찾아온 사냥꾼처럼 사방에 덫을 놓아 나를 포위해 들어오고 있는 것이다. 내가 빠져나갈 틈조차 주지 않은 채 모든 것이 신의 장난을 가장한 텐의 치밀한 계획 같다는 느낌이 들었다.

레나에게 다시는 그 사람을 만나지 말고 말도 섞어서는 안 된다고 다짐을 놓으려다가 말을 멈췄다. 마침 서재에서 나온 진이 우리를 바라보고 있었기 때문이었다. 얼굴이 하얗게 질린 나에게 레나가 어딘가 들뜬 목소리로 물었다.

"그런데 크리스티나는 어디 갔어? 장 보러 갔나. 전화도 계속 안 받던데."

"그건……".

불쑥 끼어든 진의 말을 자르며 내가 태연하게 말했다.

"크리스티나 동생이 몸이 많이 안 좋아졌대. 걱정돼서 다녀오겠다고 급히 떠났어. 그런데 돌아올 수 있을진 모르겠다."

레나의 눈동자에는 긴장감이 감돌고 있었다. 조금의 미동도 없이 그저 무표정한 얼굴로 나를 바라보고 있었다. 그러더니 잠시 뒤 싸늘한 목소리로 뇌까리듯 말했다.

"거짓말하지 마. 나한테 말 한마디 안 하고 가버릴 리가 없잖아? 이제 더 묻지도 않을 거야. 어차피 사실대로 말해주지도 않을 테니까. 내가 직접 알아볼 거야."

레나는 돌아서서 집을 뛰쳐나갔다. 나는 목소리를 높였다.

"또 어딜 가는 거니! 어서 들어와."

그러나 현관문은 불어오는 바람에 쾅 소리 나게 닫혔다. 돌아보자 진이 화난 눈으로 나를 바라보고 있었다. 그런 진의 시선을 피해 나만의 방 안으로 숨어들었다. 문을 잠그고 방 안의 어둠 속으로 스며들어갔다. 햇볕과 열기에 말라붙은 나의 피부가 어둠에 젖을 때까지 가만히 서 있었다. 문득 레나가 다시 격해진 감정으로 집을 뛰쳐나가 텐을 찾아가고 있는 모습이 눈앞에 어른거렸다. 나는 그 상상을 떨쳐내기 위해 고개를 흔들었다. 그러나 한번 시작된 상상은 집요하게 꼬리를 물고 이어졌다. 텐이 자신의 포악스러운 본성을 감추고 레나를 향해 다정하게 웃는다. 그는 자신의 이중적인 얼굴 가운데 하나만 드러내고 있다. 레나의 귓가에 대고 속삭인다. 크리스티나에게 데려다주겠다고. 텐의 손이 레나의 한쪽 어깨를 잡는다. 부술 듯이 레나의 어깨를 비틀기 시작한다. 그의 손등에 감추어져 있던 흉터가 정체를 드러내기 시작한다. 모래 속에 몸을 숨기고 있다가 사냥감이 나타나자 윤곽을 드러내는 코브라처럼. 걷어붙인 팔소매 안으로 파고들고 있는 뱀이 혀를 날름거리며 레나의 어깨를 올라탄다. 그러고는 레나의 등을 부드럽고도 농밀하게 타고 내려와 가녀린 허리를 친친 휘감기 시작한다.

나는 당장 휴대폰을 꺼내 부재중으로 떠 있는 전화번호들을 검색해 나갔다. 모두 진의 번호였다. 그 번호들 틈새에 두어 번 나에게 연락을 걸어온 번호를 찾았다. 집 앞에서 나에게 몇 번 전화를 했다는 텐의 번호일 것이다. 다급하게 문자를 보냈다.

'안녕하세요. 제인이에요. 아침에 그렇게 가버려서 다시 한번 죄송해요. 개인적으로 너무나 급한 사정이 생겼어요. 이번 공연에 대해서 의논 드리고 싶습니다. 언제 어디로 가면 만날 수 있는지 알려주세요.'

그렇게 문자를 보내놓고 나는 가쁜 숨을 몰아쉬고 있었다. 이제 남은 일은 텐의 회신을 기다리는 것뿐이었다. 일단 그를 만나면 나는 말할 것이다. 이번 공연을 함께할 수 없을 것 같다고. 미안하지만 당신의 안무에 더 적합한 사람을 찾아보라고. 나는 그렇게 파격적인 안무의 적임자가 아니라고. 그러나 나는 결코 그 춤을 출 수 없는 진짜 이유를 말하지는 않으리라. 그리고 결코 묻지 않을 것이다. 왜 나를 찾아왔는지, 나에게 무엇을 원하는지에 대하여. 대체 왜 집요하게 내 삶에 파고들고 있는지에 대해서도 따져 묻지 않을 것이다. 지금 내가 원하는 것은 그저 텐이 원래의 자리로 조용히 되돌아가주는 것이다. 아무런 문제도 일으키지 않고, 그 어떤 과거도 들춰내지 않은 채 얌전하고 은밀하게 왔던 길을 되짚어 돌아가는 것이다.

그만 죽음처럼 무겁게 느껴지는 눈꺼풀이 감겨왔다. 침대 위에 반듯하게 누워 나락 같은 잠으로 빠져 들어가고 있을 때였다. 불현듯 울린 전화 벨 소리가 나를 생시로 되돌아오게 만들었다. 누군가의 손아귀에 붙들려 다시 서늘한 밤공기 속으로 얼굴을 내민 사람처럼 정신이 얼얼했다. 체온이 급격히 떨어졌는지 몸을 덜덜 떨며 전화를 받았다. 수화기 저쪽에서는 간헐적으로 뱉어내고 있는 끈적거리는 숨소리만 들렸다. 그 숨소리는 마치 바로 곁에서 들려오는 것같이 나의 귓가에 부어졌다. 아무도 들어올 수 없는 나만의 방문을 텐이 은밀히 열고 들어와 내 침대 위로 미끄러져 들어와 있는 것만 같았다. 그러고는 나의 등 뒤에 바짝 붙어 앉아 나에게 속삭이고 있는 것만 같았다.

"텐입니다. 내일 보도록 하죠."

나는 어째서 집 앞까지 찾아왔던 거냐고, 당신이 레나는 어떻게 알고 있는 거냐고 따져 묻고 싶었지만 아무런 말도 할 수 없었다. 긴장감으로 아래턱이 떨려 입이 잘 떨어지지 않았다.

"여보세요? 제인?"

텐은 마치 다정한 연인을 부르듯 내 이름을 불렀다. 나는 심호흡을 한 번 하고 차분하게 답했다. 내 입에선 체념 어린 목소리가 흘러나왔다.

"어디로 가면 될까요?"

나는 철저하게 약자의 입장이 되어 있었다. 그는 나에게 정체불명의 존재였고 동시에 나를 훤히 꿰뚫어 보고 있었다. 나의 과녁에는 그가 들어와 있지 않았지만 그는 정확히 나의 심장을 조준하고 있었다. 지금은 몸을 틀어 도망치려 해도 위험해질 뿐이었다. 일단은 침착하게 다음 기회를 노려야 했다. 그가 뜸을 들이다가 말했다.

"학교로 오시죠. 요즘 우리 모교에서 학생들 마스터 노릇을 해주고 있거든요. 괜찮으시겠습니까?"

나는 기회를 놓치지 않으려 재빨리 대답했다.

"네, 그럼요. 내일 뵙겠습니다."

내가 전화를 끊으려는 순간 그가 말했다.

"역시 제인의 인내력은 놀랍군요."

"그게 무슨 말씀인가요?"

"보통 사람이었다면 먼저 그걸 물어봤겠죠."

나는 숨죽였다. 아무런 대꾸도 할 수가 없었다. 그런 나에게 그가 단정지어 말했다.

"당신은 누구냐고 말이죠. 그렇지만 당신은 역시 그렇게 쉬운 상대가 아니란 말이죠. 생각보다 흥미로워지는군요."

그는 그 말을 남기고 일방적으로 전화를 끊어버렸다. 그동안 아무도 침범할 수 없었던 나만의 어두운 밀실로 텐이라는 남자가 불시에 침범해 들어왔다. 그는 이 방에 존재하는 모든 서랍들을 열어보고 나갔다. 그러나 나는 그가 내 방에서 은밀하게 꺼내 들고 간 그것이 무엇인지 전혀 알 수가 없었다.

*

'어디쯤 오고 있습니까?'

나는 멈춰 있는 차 안에서 텐의 문자를 확인했다. 그렇지만 선뜻 차문을 열고 밖으로 나가지 못하고 있었다. 핸들을 붙잡은 손등은 핏기가 가셔 창백해져 있었다. 유리창으로는 무용과 건물의 외벽을 타고 뻗어올라가고 있는 넝쿨들이 보였다. 아래에서부터 불길처럼 위태로운 느낌을 자아내며 솟구친 그것들을 시선으로 따라 올라가자 삼 층 연습실 창문에 나무들의 그림자가 되비치고 있었다. 언뜻 누군가 창가에 서서 이쪽을 내려다보고 있는 것만 같았다.

건물의 입구로 들어서 계단을 올랐다. 연습실이 가까워지자 라벨의 〈볼레로〉가 들려왔다. 무대의 서막이 열리는 듯 장중한 분위기의 선율이 가파른 층계를 타고 흘러내려왔다. 단조롭게 이어지던 선율이 점차 달아오를 즈음 무렵 나는 연습실의 문손잡이를 비틀어 열었다. 한낮인데도 나무들의 그림자로 어두침침한 연습실의 황막한 풍경이 눈앞에 드러났다. 사방의 거울에는 텐의 지시에 따라 홀로 춤을 추고 있는 여학생의 몸짓이 넋의 그림자처럼 어른거리고 있었다. 텐이 여학생을 향해 건조한 톤으로 지시하듯 말했다.

"아직은 숨을 쉬면 안 돼." "아니야. 안 돼. 발등은 더 구부려야지. 핏줄이 드러나 보이게."

사면의 거울 안에서 춤을 추고 있는 여학생의 발등의 뼈가 곧 부러질 듯 휘어졌다.

"물론 너는 죽었지만 그렇다고 발이 늘어지면 안 돼. 너의 발은 호흡이 끊어지는 그 순간까지도 끝까지 긴장을 유지하고 있어야 해."

텐의 목소리가 고조되었다. 상대방의 숨통을 조이려는 듯 집요했다.

"너만 죽는 거야. 너의 발은 끝까지 살아남아야 해." "바로 지금이야! 움직여. 더! 더! 빠르게. 아니 아니지, 겨우 그 정도로는 안 돼."

흰 티셔츠를 입은 여학생이 땀에 흠뻑 젖은 채 격정적인 선율에 맞춰 빠르게 턴을 하며 연습실 바닥을 가로지르고 있었다. 여학생은 가빠지는 호흡을 거칠게 몰아쉬며 사면의 거울 속에서 여러 개의 몸으로 갈라지고 있었다. 여학생의 긴 머리채가 허공에서 너울거렸다. 거울 속에 비친 사방에서 춤을 추고 있는 여학생의 얼굴은 점차 죽은 사람처럼 납빛으로 지질려갔다. 그녀가 가쁜 숨을 몰아쉴 때마다 땀에 젖은 티셔츠 속으로 가슴뼈의 윤곽이 드러나 보였다. 연습실에는 위태로운 분위기가 감돌았다. 여학생의 가슴은 크게 부풀어올라 표면이 얇어질 대로 얇어진 풍선처럼 터져버릴 것 같았다. 그런데도 텐은 그녀를 계속 몰아붙이고 있었다. 그는 자신의 머릿속에 있는 이상적인 지점을 여학생의 몸을 통해 도달하려 하고 있었다. 그가 소리 지를 때마다 나도 모르게 몸이 움찔거렸다. 문득 텐을 고소했다는 무용수의 인터뷰가 떠올랐다.

텐과 작업하는 시간은 지옥 같았어요. 그는 내가 하루 종일 춤을 추게 했어요. 쉬는 시간이라고는 없었어요. 나는 춤을 추다가 잠든 적도 있었어요. 그런 나에게 그는 찬물을 뿌리며 소리쳤어요. 멈추지 말라고 말이에요. 어느 날은 끝없이 회전을 돌다가 발목에 인대가 늘어나버렸어요. 그런데도 회복할 시간을 전혀 주지 않으려 했어요. 나를 죽이려 드는 것 같았어요.

나는 두려움이 엄습했지만 물러나지 않았다. 어둡게 그림자 진 연습실 구석에서 집요하게 눈을 빛내고 있는 텐. 날카로운 콧날의 그림자로 인해 그렇지 않아도 병약해 보이는 그의 얼굴은 더욱 예민해 보였다. 나는 그가 감추고 있는 진짜 얼굴을 보기 위해 애썼다. 그러던 어느 순간이었다. 공기 중에 팽팽하게 흐르고 있던 긴장감의 막을 찢고 춤을 추던 여학생이 소리를 질렀다.

"이제 그만! 더 이상은 못하겠어요."

여학생이 방향을 틀어 내 쪽으로 달려오기 시작했다. 이제껏 그녀의 움직임에 몰두하고 있던 텐은 그제야 시선을 돌려 문 앞에 서 있는 나를 바라보았다. 순간 그의 눈동자가 흔들리는 것을 나는 놓치지 않았다. 그러나 착각이었는지 그는 어느새 나를 향해 입가에 여유로운 웃음을 띠고 있었다. 나는 순간 그가 정말로 반가워하는 줄 알고 미소로 화답할 뻔했다. 텐은 여학생이 연습실을 뛰쳐나갔다는 사실에 아랑곳하지 않고 내 쪽으로 걸어오기 시작했다. 그러다 그가 너무 가까이 다가왔을 때 나도 모르게 한 걸음 뒤로 물러났다.

"제인이 와 있는지도 몰랐네요. 죄송합니다."

그의 목소리는 매우 낮게 깔려 있었다. 방금 전 감정적인 소모로 기진해진 음성이었다. 연습실 유리창으로 스며드는 햇빛이 그의 눈썹 뼈 부근에 튕겨나가고 있었다. 그늘진 얼굴에 허탈감이 비쳐 보였다. 텐은 손바닥으로 마른세수하듯 얼굴을 부비더니 무심한 투로 말했다.

"어제도 잠을 못 잤습니다. 이상해요. 밤이 되면 오히려 맑은 거울에 내 의식을 비추고 있는 듯 명료해지거든요. 그래서 잠을 이룰 수가 없습니다."

그렇게 말하며 나를 바라보는 그의 눈가에 진 음영을 나는 훔치듯 보았다. 한눈에 알아볼 수 있었다. 그는 아마도 고질적인 불면증에 시달리고 있을 것이다. 그에게는 마찬가지로 새까만 밤이 되어도 잠들지 못하는 사람들끼리만 알아볼 수 있는 지독한 피로가 엿보였다. 사람의 피를 검게 말리는 시간. 나를 제외하고 모두가 잠들어간다. 무대 위를 비추고 있던 조명들이 하나 둘씩 꺼져 들어간다. 그럴수록 초조해진다. 조명이 꺼질 때마다 함께 춤추고 있던 무용수들이 잠들어간다. 마지막까지 꺼지지 않는 조명 하나. 그 빛은 끈질기게 나의 머리에만 떨어진다. 나는 빛의 감옥에 갇히고, 그 너머는 모두 컴컴하고 적막한 어둠 속에 잠들어 있다. 그 빛으로부터 도망치는 방법은 없다. 아무리 소리를 지르고 악을 써도 그 빛으로부터 놓여날 수가 없는 것이다. 그것은 철저하게 한 사람을 어둠 속에 몰아넣고 고립시킨다. 그렇게 빛의 감옥에 갇혀 있다 풀려난 듯 피로해 보이는 그의 눈동자에 순간 사악함이 떠올랐다.

"그나저나 제인, 이제 들어보죠. 어젯밤 제게 하고 싶다던 말씀이 뭔가요?"

순간 희롱하듯 나를 유심히 바라보는 그의 깊은 시선이 내 속을 비집고 들어오려 하는 것처럼 보였다. 나는 그의 눈을 피하다가 그만 그의 손등에서부터 시작되어 팔을 타고 올라가는 흉터에 도로 붙들려 매어졌다. 그가 한 손으로 흉터를 쓸어내리며 말했다.

"오래전 사고 때문에 생긴 겁니다. 더 가까이서 보고 싶어요?"

"아, 아뇨, 불쾌했다면 죄송합니다. 일부러 보려고 한 건 아니었어요."

나는 짓눌린 목소리로 더듬거렸다. 그러자 그가 의미심장한 표정을 지으며 말했다.

"사실 누구나 이런 흉터 하나쯤은 다 있죠. 단지 숨기고 살아가는 것뿐이죠. 안 그런가요, 제인?"

그는 그렇게 말하며 또 한 걸음 나를 향해 바짝 다가왔다. 그러고는 깊이 파인 디자인의 셔츠를 입고 있어 훤히 드러난 나의 목덜미를 지그시 내려다보았다. 나의 약점을 노리는 듯했다. 그때까지 조용했던 연습실에 갑자기 다시 음악이 흘러나오기 시작했다. 소스라치며 숨을 멈춘 내게 그가 낮은 목소리로 말했다.

"당신은 어땠나요, 제인? 나는 당신 생각이 궁금해요."

"뭐가 말이죠?"

그의 입가에 야릇한 웃음이 스쳐지나갔다.

"저번에 말씀드렸던 제 안무 말입니다."

정말로 궁금해서가 아니라 나를 떠보려고 던진 질문이었다. 나는 아무런 대답도 하지 못했다. 그 안무가 왜 당신 것이냐고, 그건 우리 세 사람만의 춤이었다고 따져 물을 수 없다는 사실을 즐기고 있는 것 같았다. 갑자기 그가 한 발자국 더 가까이 다가왔다. 훅 그의 체취가 맡아졌다. 여려 보이는 외모 뒤에 감추고 있는 도발적이고 어딘가 폭력적인 체취가 스킨의 알코올 향으로도 지워지지 않고 진동하고 있었다. 텐이 힘주어 말했다.

"당신의 눈을 가릴 겁니다. 그리고 로프로 몸을 묶을 거예요."

그는 나의 귀에 대고 차갑게 절제된 음성으로 말했다.

"제인, 당신은 아무것도 볼 수 없는 어둠의 나락 속에 고립될 겁니다."

그때까지 비스듬히 나를 내려다보았던 시선을 들어올려 텐은 나의 눈을 깊게 응시하며 말했다. 나는 그 눈을 힘겹게 마주 보며 그 자리에 버티고 서 있었다.

"그다음은 어떻게 될까요? 또다시 어둠 속에 내쳐진 당신이 이번에는 어떤 선택을 할지 몹시 궁금합니다. 자, 이제 말해보세요. 당신은 지금 어떤가요? 그 춤을 다시 추게 되어 기대되나요? 두렵나요? 비참한가요? 아니면 흥분되나요?"

그는 나를 몰아붙이고 있었다. 나는 그의 지시에 따라 끝없이 춤을 추고 난 뒤의 무용수처럼 온몸이 나른해졌다. 발목에 힘이 풀리며 호흡이 가빠졌다. 나는 끝까지 차분하게 말하려 애썼지만 끝내 목소리를 떨고 말았다.

"전 텐 씨와 이 춤을 출 수 없습니다. 그 말씀 전하러 왔습니다. 이 춤은 나와 어울리지 않아요. 그리고 뭔가 오해하신 것 같은데 나는 이 춤을 춘 적이 없습니다."

그의 입가에서 웃음기가 증발했다. 가까이 다가와 있는 그의 몸에 체온까지도 떨어지는 느낌이었다. 그가 낮게 내쉬는 한숨 소리가 날카롭게 내 귀 끝을 베고 지나갔다. 음악의 비트가 어느덧 절정을 향해 치닫고 있었다. 나는 그의 손아귀를 벗어나고 싶어 한 무용수처럼 온몸에 땀을 흘리며 뒤돌아섰다. 그곳에서 도망치듯 문을 열고 나가려 할 때였다. 어느덧 곁으로 바짝 다가온 그가 문손잡이를 붙잡고 있는 내 손 위에 자신의 손을 아무렇지 않게 포갰다. 흉터가 시작되고 있는 손이었다. 그가 내 귀에 입술을 가까이 대고 속삭였다.

"우린 다시 만나게 될 겁니다, 제인."

어느덧 내 눈앞에서 문 틈새가 벌어지며 휑한 복도가 드러나 보였다. 등 뒤에서 단호하게 문이 닫혔다. 벼랑 끝으로 떠밀린 기분이 들었다. 그러나 나는 태연한 얼굴로 앞에 길이 없다는 걸 알면서도 복도를 걸어나갔다. 그러다 어느 순간 걸음을 멈추었다. 그러고는 뒤돌아보았다. 어쩐지 지금 다시 돌아가 닫혀 있는 문을 열어젖히면 그곳에는 텐이 아니라 레이가 서 있을 것 같았다.

*

텐은 모르고 있었다. 내가 자신을 만나기 전 먼저 학교 행정실에 들렀다는 사실을. 집에서 출발하면서 연락을 나눴던 여직원이 나를 알아보고 자리에서 일어났다. 그녀는 내가 앉은 자리로 미리 부탁했던 것들을 가져다주었다. 2004년부터 2007년까지의 졸업앨범들이었다. 텐은 나보다 한 학년 후배라고 했으니 특별한 사정이 없었다면 그즈음에 졸업했을 거였다. 물론 그가 누군지 알아내는 방법이 이것만은 아니었다. 연락을 거의 안 하고 지냈지만 안부 인사를 핑계로 후배들에게 물어볼 수도 있었고, 여의치 않으면 레이철을 통해서 더 자세한 것들을 물어볼 수도 있었다. 그렇지만 나는 누구와도 텐에 대해 이야기를 나누고 싶지 않았다. 혹시라도 그와 나의 관계를 의심할지 몰랐고, 사람들의 상상 속에서 함부로 부풀려질지 모를 불온한 이야기의 주인공이 되고 싶지 않았다. 그리고 무엇보다 나는 이상하게도 텐의 과거 속 얼굴을 직접 보고 싶었다. 내 기억에 남아 있지 않은 그 얼굴을 꼭 한 번은 내 눈으로 확인해야겠다는 강박에 사로잡혔다.

왜였을까. 텐이 대학에서 만난 적이 있다고 무심을 가장한 듯 내뱉었을 때 나는 삼켜서는 안 되는 것을 삼킨 사람처럼 가슴이 갑갑해졌다. 십오 년의 시간이 흘렀다. 언제나 여름인 싱가포르의 나무는 변함없이 푸르렀지만 그 시절에 만났던 사람들은 모두들 조금씩 변해갔을 것이다. 거울 속 나의 얼굴도 눈에 띄게 변했다. 되도록 감정을 숨기고 이성적인 논리와 사실만을 언급하며 살아왔다. 그러는 동안에 나의 얼굴은 누구에게도 허점을 드러내지 않는 빈틈없는 얼굴로 변해갔다. 그 시절 내 광대

뼈 부근에 감돌고 있던 열기와 눈동자에 떠올라 있던 혼란을 나는 어느 덧 감쪽같이 감추었다. 텐도 그 시절에는 전혀 다른 사람처럼 보일지 몰랐다. 거울을 바라볼 때마다 텐의 얼굴에서는 점차 무엇이 은밀하게 어둠 저편으로 은닉되어갔을까.

여직원이 테이블 위에 두고 간 2004년 졸업앨범을 나는 열어보지 못하고 있었다. 높은 천장에서 회전하고 있는 선풍기 날개가 습한 공기를 가를 때마다 더운 바람이 목덜미에 부어졌다. 그럴 때마다 나는 소스라치며 아득해지려는 정신을 다잡았다. 나는 졸업앨범을 열고 무용과의 사진을 넘겨 보았다. 마흔여덟 명의 학생들 가운데 남학생은 열한 명에 불과했다. 그들의 얼굴을 하나하나 손가락으로 짚어가며 따라가 보았다. 그러나 어디에도 텐의 얼굴은 없었다. 어쩌면 잦은 휴학이나 알 수 없는 다른 이유로 졸업이 늦어졌을 수도 있었다. 그럴 수 있다는 가능성을 염두에 두고 부탁했던 2005년, 2006년 앨범들도 순차적으로 열어 보았다. 그러나 어디에도 텐은 없었다.

마지막으로 나는 여직원에게 그 후의 졸업앨범들도 부탁했고 한참 만에 내 앞에 날라져 온 또 다른 앨범들도 확인해나갔다. 설마 했던 마음이 점점 기정사실화되어가고 있었다. 결국 어디에서도 나는 텐을 찾을 수 없었다. 막막한 심정으로 천장에서 공허하게 회전하고 있는 선풍기 날개 소리에 귀 기울이고 있던 나는 생각난 듯 다시 처음에 살펴보았던 2004년 졸업앨범을 집어 들었다. 이번에는 무용과 사진을 보지 않고 앨범 맨 마지막에 부록으로 수록되어 있는 사진들을 하나씩 훑어나갔다. 학교 행사일에 무작위로 사진사의 카메라에 잡힌 수십 장의 사진들이었다. 붉은 등불 아래 폭죽을 터뜨리며 웃고 있는 학생들, 거리에서 연기를 피워대며 훈제구이를 팔고 있는 학생들, 무대 위에서 역동적인 군무를 추고 있는 학생들의 얼굴이 포착되어 있었다. 그중 나는 어떤 사진을 들여다보다가 호흡이 멎었다. 가슴에 저릿한 통증을 견디며 애써 피하지 않고 그 사진 속에 포착된 한 얼굴을 오래 들여다보았다.

여섯 명의 남학생들이 멀리 바다를 배경으로 늘어서 있었다. 그들 뒤편으로 아득하게 햇빛을 받아 빛나는 해안선과 허공을 파고들며 멀어져가는 케이블카가 보였다. 아마도 바다에 함께 간 날을 기념하려고 찍은 사진인 것 같았다. 사진의 맨 왼편 비스듬히 홀로 다른 데를 바라보고 있는 남학생의 얼굴을 나는 숨죽여 바라보았다.

그는 내가 영원히 다시는 기억하지 않으려 했던 맥스였다. 그런데 사진 속 맥스를 보자마자 놀랍게도 그의 모든 것들이 손에 잡힐 듯 생생하게 되살아났다. 맥스와 파 드 되(Pas de deux)를 출 때면 귓가에 바짝 와닿았던 그의 거친 숨소리, 춤을 추다가 스쳤던 그의 손바닥의 열기 따위가 나의 암흑 같았던 기억에서 양각무늬처럼 도드라졌다. 2004년 4월 5일, 그 사진 속의 맥스는 곧 다가올 운명에 전혀 무관심한 얼굴로 다른 데를 바라보고 있었다. 그 순간 그의 시선을 사로잡았던 것은 무엇이었을까. 허공을 스치듯 지나가던 부리가 노란 새일 수도, 막 몰려오고 있는 먹구름일 수도 있었다. 오랜만에 마주하게 된 맥스의 얼굴에 시선을 빼앗기고 있던 나는 한참 만에야 그에게 붙들어 매어져 있던 시선을 옮겼다. 그러고는 그 사진을 벗어나기도 전에 또 한 번 시선을 빼앗겼다. 나는 소스라치며 맥스의 곁에 서 있는 남학생의 얼굴을 들여다보았다. 전체적으로 몸이 길고 가느다란 체형에 겁에 질린 듯 창백한 얼굴로 카메라를 똑바로 응시하고 있는 그를 나는 단번에 알아보았다. 지금과는 풍기는 분위기가 달랐지만 그는 분명 텐이었다. 나는 단체사진 아래 새겨진 이름들을 떨리는 손으로 짚어가며 읽어나갔다. 맥스의 이름 옆에 나란히 적혀 있는 이름은 텐이 아니라 레이였다.

나는 '레이'를 천천히, 그러나 아무도 들을 수 없게 발음해보았다. 익숙지 않은 이름이었다. 나는 수면 밑바닥에 가라앉은 앙금을 헤집듯 흐릿한 기억 속을 더듬었다. 그러나 어디에서도 레이를 찾을 수 없었다. 다시 어느 날 우연히 찍혔을 사진 속 레이를 집요하게 바라보았다. 그러고 보니 처음 보았을 때와 그의 눈빛이 어딘가 달라 보였다. 겁에 질린 듯 보였던 레이의 눈빛에는 이제 보니 제가 문 것을 절대로 놓치지 않으려는 집요함이 어려 있었다. 그리고 레이는 불과 몇 개월 뒤에 닥쳐올 사건을 예감하고 있다는 듯이 맥스의 티셔츠 자락을 꼭 붙잡고 있었다. 마치 자신이 붙잡고 있지 않으면 맥스가 당장이라도 헬륨이 가득 들어 있는 풍선처럼 허공으로 날아가버릴 것처럼 불안해하고 있는 것만 같았다. 나는 그제야 생각난 듯 맥스를 붙잡고 있는 그의 오른쪽 팔뚝을 살펴보았다. 멀리서 잡은 사진이라 뚜렷하지는 않았지만 그때까지는 그의 몸에 아무런 흉터도 남아 있지 않은 것으로 보였다.

고개를 들어 맞은편 벽에 걸린 거울에 나의 얼굴을 비쳐 보았다. 그때의 레이와 다르게 지금 텐의 팔뚝에는 한눈에 보아도 굉장히 흉물스러운 흉터가 선명하게 새겨져 있었다. 그러나 그해 4월에 찍힌 사진에서 그의 몸은 아직 아무 그림도 그려지지 않은 도화지처럼 그저 창백하고 매끄러워 보였다. 나는 졸업앨범을 접어 반듯하게 테이블 위에 올려두었다. 졸업앨범이 더 알려줄 수 있는 건 없을 것 같았다. 어째서 레이가 자신의 이름을 버리고 텐이 되었는지, 왜 그가 싱가포르로 돌아와 나에게 함께 그 춤을 추자고 제안했는지에 대해서는 그 어디에도 적혀 있지 않았다. 그렇지만 나는 어쩐지 텐이라는 사람이 감추고 있는 얼굴을 살짝 엿본 기분이 들었다. 나는 마지막으로 다시 한번 2004년 무용과 졸업 사진을 넘겨 보았지만 이번에도 역시 레이의 사진은 없었다. 레이는 아마도 그해 맥스가 그랬듯이 무슨 이유에선가 학교를 졸업하지 않은 것 같았다. 나는 졸업앨범을 덮고 자리에서 일어났다.

3장

———

숲

우연히 시작된 미행이었다.

다음 수업이 시작되기까지 시간이 좀 남아 있었다. 잠시 혼자 있고 싶었던 나는 학교 무용과 건물 뒤편에 나와 있었다. 언제나 한적한 곳이었다. 그런데 그날따라 뒷문으로 걸어나오는 사람들의 기척이 들려와 나도 모르게 몸을 숨겼다. 마리 선생과 맥스였다. 두 사람은 서로 보폭을 맞추며 숲속으로 걸어가고 있었다. 평소 신경이 쓰였던 그들의 갑작스런 등장에 나는 가슴이 두근댔다. 나도 모르게 그들의 뒤를 밟기 시작했다.

마리는 학교에 부임한 지 얼마 안 된 강사였다. 소문에 따르면 폴란드 사람인 그녀는 유럽과 아시아 전역을 돌아다니며 춤을 추었던 촉망받는 무용수이자 안무가였다고 했다. 그런데 무대 위에서 벌인 파격적인 퍼포먼스가 문제가 되었다. 그녀는 관객들이 공포에 질릴 만큼 위험하고 파괴적인 춤을 추었다고 했다. 심지어 어느 공연에서는 반라로 혐오감을 불러일으키는 춤을 추다가 몇 개월씩 자격을 박탈당하기도 했다. 주최 측이 나서서 여러 차례 경고했음에도 불구하고 그녀가 뜻을 굽히지 않자 무용계 인사들이 나서서 더 이상 무용수로서 무대에 설 수 없게 했다는 것이었다. 그 후 유럽의 소도시 무대를 전전하다가 이곳 싱가포르에 있는 대학까지 흘러오게 되었다는 것이었다.

당시에 나는 소문을 믿지 않았다. 내가 보기에 마리 선생에게는 소문처럼 특별해 보이는 구석이 없었다. 강의 시간에 어떠한 괴팍한 면모도 발견할 수가 없었고, 오히려 다른 선생들보다 말수도 적고 차분한 편이었다.

마리 선생 옆에서 이따금 웃음을 보이며 걷고 있는 맥스는 나보다 한 학년 아래였다. 유독 흉흉한 소문을 그림자처럼 끌고 다니는 학생이었다. 그는 학교에 빠지는 일이 다반사였고 별달리 진로 설계에도 관심이 없어 보였다. 약물중독에 시달리고 있다는 소문이 있었고 때때로 환각을 본다고도 했다. 휴학을 하고 학교에 나오지 않고 있는 대다수의 무용과 여학생들이 모두 그와 관련이 있다는 얘기도 얼핏 들은 적이 있었다. 그는 유독 여학생들에게 인기가 많았는데, 마음에도 없이 여학생과 관계를 맺고는 한순간 모르는 척 돌아선다는 것이었다. 그에게 상처받아 실어증에 걸려 병원에 입원한 여학생도 있다고 했다.

나는 그 모든 소문을 흘려들었지만 유독 하나의 이야기는 나의 흥미를 잡아당겼다. 다름 아니라 맥스가 숲에서 종종 나신으로 춤을 춘다는 것이었다. 나는 그가 나무들이 지켜보는 앞에서 짐승처럼 눈동자를 빛내며 점프하는 모습을 은밀히 상상해보곤 했다.

그럴 때마다 묘한 긴장감으로 손에 땀이 배어나오곤 했다. 왠지 모르게 불온한 내면을 감추고 있을 것 같은 마리 선생과 맥스가 겹쳐 보였다. 늘 반복되는 연습 스케줄과 수석 무용수가 되어야 한다는 강박으로 숨 쉴 틈 없는 나에게는 그들을 떠올리는 것만으로도 짜릿한 전류가 흐르곤 했다.

소문으로만 들었던 맥스를 가까이서 보게 된 건 그해 신청했던 마리 선생의 수업에서였다. 나는 졸업을 앞둔 그때 이미 국립극단에 입단한 상태였기 때문에 수업이 별로 중요하지 않았다. 그런데도 은밀한 호기심으로 마리의 수업을 신청했던 거였다. 그러나 그녀의 수업은 기대와 달리 평범했고 따분하기까지 했다. 그러던 어느 날 불쑥 맥스가 나타났다. 학생들은 저마다 그를 흘끗댔다. 나쁜 소문이 무성한 맥스와 가까이 지내려 하는 학생들은 없었다. 나는 그에게 냉소적인 학생들 틈 속에서 은밀하게 맥스를 훔쳐보곤 했다.

피부가 까무잡잡하고 눈매가 날카로운 맥스는 그 누구의 시선도 의식하지 않았다. 맥스는 수업 시간에 걸핏하면 늦었고, 설사 출석하더라도 태도가 불성실했다. 언제나 다른 데 정신이 팔려 있는 사람처럼 먼 데를 바라보고 있었다. 그의 시선이 향하는 데를 바라보아도 별것 없었다. 구름이 흘러가고 있는 모습을 보게 되거나 그저 강의실 한구석 그늘진 곳에서 한 학생이 고개를 끄덕거리며 졸고 있었다는 사실을 깨닫게 되었을 뿐이었다. 그를 돌아보았다가 시선이 마주칠 때면 나는 짐짓 시치미를 떼고 다시 마리의 말에 경청하는 척했다.

언젠가부터 나는 맥스가 마리에게서 눈을 떼지 못하고 있다는 걸 눈치챘다. 맥스의 눈빛과 태도가 서서히 달라지고 있었다. 허공에 어떤 동선을 그려 보이는 마리의 손끝이나 어떤 선율을 흥얼거리는 마리의 입술을 그는 뚫어져라 바라보았다. 어쩐지 그런 순간이면 나는 맥스의 시선이 되어 마리를 다시 보게 되었다. 마리는 설명을 할 때면 그 누구도 바라보지 않았다. 마치 제 기억 속 어딘가를 더듬고 있듯 허공의 어딘가를 응시했다.

중간고사를 보던 어느 날이었다. 시험은 지정안무와 자유안무로 나누어 치러졌다. 그날도 맥스는 한참 지각을 했기 때문에 거의 마지막 순서로 시험을 보게 되었다. 맥스가 지정안무를 출 때만 하더라도 나는 별다른 감흥 없이 그의 동작을 바라보고 있었다. 그는 수시로 안무의 순서를 헷갈렸으며 엉뚱한 동작으로 기억에 없는 부분을 메워나가곤 했다. 이미제 순서를 마친 학생들은 저마다 흩어져 잡담을 나누고 있는 산만한 분위기였다. 그러나 그때도 나는 은밀하게 맥스에게서 시선을 떼지 않고 있었다.

이제 자유안무 차례가 되었을 때였다. 마리가 맥스를 향해 다른 학생에게 그랬듯 기계적으로 읊조렸다.

"준비한 음악을 가져오세요."

자유안무는 학생들이 저마다 준비해온 음악을 틀고 시험을 보게 되어 있었다. 그러나 맥스는 뻔뻔하게 답했다.

"음악을 가져오지 않았습니다."

시험을 마치고 긴장감이 풀어져 잡담을 나누고 있던 학생들이 일순 조용해졌다. 그들은 곧 마리가 처음으로 화내는 모습을 보게 되리라 기대하는 눈치였다. 역시 마리가 풍문대로 그 괴이하고 광포한 본모습을 드러내기를 갈망하고 있었다. 심장이 두근댔다. 그러나 마리는 이번에도 별 생기없는 눈빛으로 툭 내뱉듯 말했을 뿐이었다.

"준비하지 못한 건가요?"

그러자 맥스가 말했다.

"아뇨, 원래 음악이 필요 없는 안무입니다."

그 말에 학생들이 참고 있던 웃음을 터뜨렸다. 그러나 나는 그 순간 마리의 눈빛이 뭔가를 감지한 듯 빛나기 시작하는 것을 포착했다. 막상 맥스의 춤이 시작되었을 때 이제 더 이상 그에게 관심을 갖고 있는 학생은 없었다. 나만 홀로 숨죽여 음악 없이 시작된 맥스의 동작을 지켜보고 있었다.

그는 한 번도 동작의 끊어짐이 없이 공간을 조용히 누비며 움직였다. 그건 내가 익혀왔던 고전발레와는 다른 양식의 춤이었다. 늑골이 고정된 채 사람들의 눈에 아름다워 보이기 위해 취하는 익숙한 동작들과는 달랐다. 낯설었다.

맥스의 동작들은 기괴해 보였다. 이제껏 내가 익혀왔던 규칙과 규율들로부터 조금씩 비켜나가고 있는 동작들이었다. 처음에는 나도 모르게 긴장했지만 어느 순간부터 내가 상상조차 해보지 못한 그의 동작들이 나의 마음 깊은 곳을 건드렸다. 나는 그의 기묘한 춤에 이끌려 그의 손끝에서 시선을 떼지 못했다. 이상하게도 그의 춤을 지켜보고 있는데 가슴속에 묘한 스릴감이 차올랐다. 그의 손이 밀어내는 더운 공기가 나의 뺨에 와닿았다. 나는 어딘가 다른 세계에 가 있는 듯한 그에게서 눈을 떼지 못하고 있었다.

"그만."

마리 선생의 목소리가 긴장감으로 눌린 듯 잠겨 나왔다. 이미 정해진 삼 분이라는 시간이 훌쩍 넘어가고 있었다. 그가 동작을 멈췄을 때 눈앞에 은밀하게 열렸던 어떤 비밀의 공간이 닫힌 것만 같았다. 아쉬움이 가슴을 짓눌렀다. 놀라운 경험이었다. 그러나 나는 여느 때와 같이 무표정한 얼굴로 학생들과 함께 연습실을 빠져나갔다. 그런데 등 뒤에서 마리 선생의 목소리가 들려왔다.

"맥스는 남아보겠니?"

아무도 마리의 그 말에 멈춰 돌아보지 않았다. 아마도 언제나 그래왔듯 맥스가 이번에는 마리 선생에게 불려가 야단을 맞겠거니 예상하는 것 같았다. 우르르 쏟아져나오는 아이들과 반대 방향으로 맥스가 마리에게 걸어가고 있었다. 어쩐지 이미 오래전부터 예정되어 있던 일이 눈앞에서 벌어지고 있는 것만 같았다. 연습실에는 더운 열기를 동반한 햇빛이 스며들고 있었다. 그런 눈부신 빛 속에 서 있는 마리의 붉은 머리칼이 희끗해져 있었다. 그들이 포개질 듯 가까워질 즈음 눈앞에서 연습실 문이 쿵 닫혔다. 문 너머 그들의 모습을 상상하자 가슴속에 은밀한 떨림이 느껴졌다.

*

길은 숲으로 이어지고 있었다. 그쪽을 향해 망설임 없이 걸어가는 마리 선생과 맥스를 보니 한두 번 가본 길이 아닌 듯했다. 어느새 꽤 멀리까지 쫓아온 나는 행여 그들을 놓칠까 긴장을 늦출 수가 없었다. 이상한 열기에 취한 듯 심장이 빠르게 뛰었다.

햇볕이 내리쬐는 공터는 어두운 숲 한가운데에 둥그렇고 환한 무대처럼 떠올라 있었다. 숲 한복판에 이런 곳이 있을 거라곤 전혀 예상하지 못했다. 마리와 맥스가 공터에 이르러 걸음을 멈추자 나는 재빨리 나무 뒤로 몸을 숨겼다. 긴장해선지 호기심에 들뜬 탓인지 아까부터 온몸이 땀으로 흠뻑 젖어 있었다.

두 사람이 마주 보고 무슨 말인가를 나누고 있었다. 거리가 멀어 목소리는 잘 들리지 않았다. 햇빛은 마리의 붉은 머리칼에 휘감겼고 맞은편 맥스의 이마에도 부딪히고 있었다. 그러다 그들은 정지 화면처럼 굳은 채로 한동안 서로를 바라보았다.

한순간 팽팽하게 당겨져 있던 긴장감의 장막을 찢듯 마리가 한 손을 들어올렸다. 절망스러운 표정을 지으며 손끝으로 맥스의 이마를 쓸어내렸다. 맥스는 그녀의 손가락이 닿자 슬픔이 북받친 사람처럼 어깨를 들썩였다. 마리가 그의 얼굴 가까이에 다가갔다. 그들의 입술이 바짝 다가붙었다. 그들의 입술이 포개지려는 순간 맥스가 마리의 몸을 타고 미끄러져 내렸다. 맥스의 얼굴이 마리의 가슴을 지나 점차 아래로 향해갔다. 마리는 고통스러운 표정을 지으며 다시 맥스를 잡아 끌어올렸다. 서로의 눈동자를 응시하던 그들은 이번에도 입술을 포개려 했다. 그러나 또다시 맥스는 녹아내리듯 흘러내렸다. 그런 시도가 거듭될수록 그들이 얼마나 서로를 간절하게 갈망하는지가 느껴졌다.

그들의 기묘한 몸짓을 지켜보는 동안 가슴에 둔중한 통증이 훑고 지나갔다. 더는 그들의 절박한 몸짓을 지켜볼 자신이 없었다. 나는 숲 밖으로 달려가기 시작했고 이내 뭔가에 발목이 걸려 넘어졌다. 잡풀의 가시들이 손바닥에 박혀 아렸다. 등 뒤에서 인기척이 들렸다. 재빨리 일어나 다시 있는 힘껏 달렸다. 그렇지만 이미 빠른 속도로 바짝 따라붙은 누군가의 손이 나의 어깨를 비틀 듯 움켜쥐었다.

"제인?"

나는 숨을 헐떡이며 뒤돌아보았다. 맥스가 나를 바라보고 있었다. 내가 거칠게 말했다.

"이거 봐."

"언제부터 거기 있었어요? ……우리 뒤를 따라왔군요."

나는 당혹감으로 어쩔 줄 몰랐다. 그러나 그런 나를 바라보고 있던 그는 잠시 뒤에 입꼬리를 당기며 말했다. 자유분방한 그의 특유의 웃음이 공중에 떠올라 나를 어지럽게 만들었다.

"제인도 같이 출래요?"

어느덧 맥스 옆으로 다가온 마리가 나를 덤덤한 얼굴로 내려다보고 있었다. 격정적이었던 표정은 어느덧 그녀의 얼굴에서 증발해버린 뒤였다. 마리는 전혀 다른 사람이 되어 있었다.

"방금 춤을 추었단 말이에요?"

나는 가슴속에 치미는 일렁임을 억누르며 물었다. 그러자 마리가 나를 향해 고개를 끄덕였다.

"그게 어떻게 춤이에요?"

거의 눈물이 터져나올 것 같았다. 내가 떨면서 말하자 마리가 말했다.

"우리 몸이 느끼는 대로 흘러가는 게 춤이니까. 제인도 뭔가에 이끌려 여기에 온 거라면 함께 추어도 좋아."

"저는 그냥 산책을 나왔던 거예요. 이만 돌아가볼게요."

내가 뒤돌아 빠른 걸음으로 숲을 가로지르는데 등 뒤에서 웃음 섞인 맥스의 목소리가 날아들었다.

"기념관 연습실. 관심 있으면 언제든지 그쪽으로 와요."

이어 마리가 안타깝다는 듯 말했다.

"거기에 오면 너도 알게 될 거야. 방금 전 우리가 보인 동작들이 어떻게 춤이 될 수 있는지."

잠시 뒤에 그들의 웃음소리가 들려오는 것만 같았다. 나는 숲을 빠져 나가다 말고 흘긋 그들을 바라보았다. 어느덧 그들은 나의 존재를 까맣 게 잊어버린 듯 다시 서로를 마주 보고 있었다. 그들의 손이 서로의 몸을 미끄러져 내려가고, 뒤얽히는 모습을 지켜보다 말고 나는 돌아서서 달 렸다.

가슴은 두근대고 얼굴은 화끈거렸다. 이제껏 살아오면서 누군가에게 이토록 이끌린 적은 없었다. 그들이 춤을 추고 있는 숲으로부터 아주 멀 리까지 떨어져나왔지만 나는 여전히 얼굴이 상기되어 있었다.

나는 언제나 나를 키워준 여자가 원하는 대로 살아야만 했다. 제인 으로 보이기 위해 나의 감정을 숨기고 나의 욕망을 감춰왔다. 아니, 나 는 내가 원하는 것이 무엇인지에 대해서는 생각해본 적이 없었다. 뭔가 를 원하게 될까봐 앞만 보고 다녔다. 레슨과 연습을 번갈아 반복하는 동 안 나는 어느덧 제인으로 자라나 있었다. 이제 내가 제인이 아니었던 시 간은 기억조차 희미했다. 그런데 왜 그런지 숲에서 그들의 춤을 본 뒤부 터 나는 걸핏하면 그날 보았던 그들의 동작을 떠올리곤 했다. 서로의 손 등이 스쳐지나가고 서로를 간절하게 바라보던 그들의 눈빛이 잊히질 않 았다.

*

그날도 나는 국립극장 무용단에서 연습에 매진하고 있었다. 석 달 앞 으로 다가온 크리스마스 공연 〈백조의 호수〉에 솔리스트로 발탁되었기 때문이다. 그런데 마냥 기쁘지만은 않았다. 여느 때보다 치열하게 체력

단련을 하고 혹독하게 연습했지만 실력이 조금도 나아지지 않고 있었다. 급기야 그날은 거울 속에서 춤추고 있는 내 모습이 너무나 낯설어 보이기까지 했다. 날개처럼 펼쳐든 두 팔은 기이하게도 비례가 맞지 않았고, 유(U) 자로 구부러진 발등은 곧 부러질 듯 위태로워 보였다. 회전은 진흙밭에 빠진 프로펠러처럼 굼떴고 점프는 무거운 추를 발목에 매단 듯 날렵하지 못했다.

거울 속에서 춤을 추고 있던 나는 점차 나와 유리되어 저만의 스텝을 밟기 시작했다. 아무리 사력을 다해도 뜻대로 몸이 움직여지지 않았다. 환희에 찬 얼굴을 연기하기 위해 입꼬리를 올리면 거울 속 여자는 도리어 나를 싸늘하게 노려보았다. 비애감에 차오른 표정을 짓자 거울 속 여자가 우스꽝스럽다는 듯 나를 비웃었다. 혼란 속에 내가 연신 박자를 놓쳐 발을 헛디디고 있을 때였다. 나에게 다가오는 예술감독의 모습이 거울에 비쳤다. 입술을 일자로 다문 그의 얼굴에는 심각한 우려감이 어려 있었다.

예술감독이 연습실에 내려올 때마다 모두가 긴장했다. 앉아서 쉬고 있던 무용수들마저 자리에서 일어나 연습을 시작하곤 했다. 그는 날카로운 눈으로 단원들의 기량과 동작을 점검했다. 그가 가리키는 손가락 끝에 단원들의 운명이 달려 있었다. 그는 나를 수석 무용수로 발탁할 수도 있었고, 군무를 추는 얼굴 없는 무용수의 무리 속으로 보낼 수도 있었다.

그런데도 거울 속에서 춤을 추고 있는 여자는 그가 내 쪽으로 다가올수록 일부러 그러는 듯 엉뚱한 스텝을 밟고 있었다. 그 여자는 아무래도 나를 다른 데로 끌고 가려는 것 같았다. 나는 그 불가항력적인 힘에 맞서 이마에 땀을 흘리며 스텝을 밟고 있었다. 그의 축축한 손이 내 어깨를 짚으며 말했다.

"제인, 아무래도 컨디션이 회복되지 않는 것 같군. 이번 공연은 좀 쉬었다 가는 게 어때?"

나는 동작을 멈추지 않고 말했다.

"아니에요. 곧 회복할 수 있어요."

그렇게 대답하는 순간 나를 지켜보고 있는 또 다른 시선이 느껴졌다. 그녀는 나의 등 뒤에서 그림자처럼 따라붙어 춤을 추고 있는 중국계 무용수 우익이었다. 내가 부상을 입거나 기량을 다하지 못할 때를 대비해 예술감독이 선발해놓은 무용수였다. 나는 그녀의 시선을 의식하다가 발을 접질렸다. 비명을 삼키며 웅크려 앉았다. 예술감독은 그런 내게 싸늘하게 한마디 내뱉고 돌아섰다.

"그러게 좀 쉬어야 한다니까."

거울을 바라보자 예술감독은 어느덧 우익의 곁으로 가 그녀의 춤을 지켜보고 있었다. 우익은 어느 때보다 힘이 넘쳤고 날렵한 몸짓을 선보이고 있었다. 곧 우아한 새가 되어 날아오를 것만 같았다. 나는 불안감으로 욱신거리는 발목의 통증을 무시하고 그날의 연습량을 모두 채웠다. 발등으로 몸무게를 버티고 스텝을 밟을 때마다 발목이 날카로운 비명을 질러댔다.

그래도 멈출 수가 없었다. 멈추는 순간 버려질 것만 같았다. 예술감독의 손으로부터, 무대로부터, 아니 이 삶으로부터 나는 영원히 추방되어버릴지도 몰랐다. 구역질이 올라올 만큼 힘에 붙여 멈추고 싶을 때마다 사면의 거울 속에서 나의 움직임을 왜곡하고 있던 여자가 나를 향해 은밀하게 속삭였다.

너는 이제 더 이상 제인이 아니야.

어느덧 연습 시간이 끝나고 어둠이 몰려왔다. 거울 속에 버티고 있던 무용수들이 하나 둘씩 사라졌다. 마지막까지 남아 나를 견제하듯 춤을 추고 있던 우익마저도 떠나고 없었다. 여전히 나는 혼자 거울 속에 남아 있었다. 아무도 지켜보지 않는 무대에 홀로 남아서 끝없이 턴을 하고 있는 무용수처럼. 커튼콜의 박수갈채가 귓가에 이명처럼 울리는 듯했다.

극심한 통증이 발목을 찌르자 나는 비명을 삼키며 주저앉았다. 불을 삼킨 듯 숨이 뜨거웠고 온몸이 타는 것 같았다. 발레슈즈를 벗자 안쪽이 진득이는 핏물로 범벅되어 있었다. 목덜미를 타고 가슴골로 흘러내리고 있는 끈적이는 땀에서 비릿한 냄새가 진동했다. 내가 휩쓸고 다닌 자리마다 핏물의 궤적이 스며들어 있었다. 움직임을 멈추자 달아올랐던 체온이 급격하게 떨어지기 시작했다. 얼음물에 들어간 것처럼 몸이 덜덜 떨렸다.

머릿속 의식은 고장 난 전등처럼 깜박였다. 나는 자꾸만 흐릿해지는 눈을 바짝 떴다. 그 순간 숲에서 보았던 그들의 모습이 환영처럼 떠올랐다.

나는 화끈거리는 발목 통증을 참아가며 맥스가 말한 숲속의 기념관을 찾아갔다. 멀리 숲의 어둠 속에 기념관의 윤곽이 드러났다. 건물을 감싸듯 둘러싼 나무들이 바람에 출렁이고 있었다. 절름대며 쉬지 않고 걸어온 나는 있는 힘껏 담장을 넘었다. 허리까지 웃자란 잡풀을 헤치며 걸어가는 동안 내 몸이 축축하게 젖어들었다. 어느덧 걸음을 멈췄다. 출입이

금지되어 있는 건물 어딘가에서 희미하게 음악 소리가 새어나오고 있었다. 안도감과 동시에 터질 듯한 두려움이 나의 심장을 옥죄었다. 나는 더 이상 망설이지 않고 건물 안으로 걸어 들어갔다.

연일 사십 도까지 치솟고 있는 바깥의 열기가 치밀고 들어오지 못한 건물 안은 서늘했다. 입술을 지그시 깨물고 음악 소리를 따라 층계를 올랐다. 마침내 이 층 복도 끝 연습실에 다다랐다. 나는 조심스럽게 문을 열었다. 문 틈새로 비현실적인 풍경이 펼쳐졌다.

달빛이 스며들어 번들거리는 사면의 거울에는 마리와 맥스의 춤사위가 되비치고 있었다. 마치 오래전 이곳에서 춤을 추다 사라져버린 무용수들의 넋처럼 가벼운 발걸음으로 공간을 누비고 있었다. 서로의 손등을 맞댔다 떼어내며 반대 방향으로 달려나갔다가 다시금 서로를 향해 바람처럼 달려들었다. 그들의 가쁜 숨소리와 허공을 엇갈려 착지하는 소리가 내 귓속을 파고들었다.

나는 숨죽여 그들을 지켜보았다. 오직 자신들의 감정에만 취해서 그들은 움직이고 있었다. 어느 순간 음악이 그쳤다. 그동안 들리지 않았던 그들의 격렬한 숨소리가 연습실을 울렸다. 나를 먼저 알아본 것은 맥스였다.

"제인……."

맥스가 낮은 목소리로 중얼거렸다. 그제야 내가 소리 없이 흐느껴 울고 있었다는 사실을 깨달았다. 멀리서 나를 지켜보고 있던 마리가 내 쪽으로 다가왔다. 그러더니 무릎을 꿇고 내 발목을 살펴보았다.

"이 지경으로 어떻게 여기까지 걸어온 거야. 이렇게 아플 때는 몸을 쉬어야지."

마리가 한숨을 쉬며 내 발목에 손을 올렸다. 나는 환부를 어루만지는 마리의 손끝에 온 신경이 집중되었다. 극한의 통증과 쾌락 사이에서 정신을 차릴 수가 없었다.

*

그로부터 오랜 시간이 지났다. 다시 찾아온 연습실은 별로 변한 게 없었다. 습기 찬 창문마다 빽빽한 숲속 나무들의 실루엣이 흐릿하게 비쳐 보였다.

나는 떨리는 마음을 억누르며 조심스럽게 창가로 걸어갔다. 부식된 나무 바닥이 심하게 삐걱거리는 소리에 소스라치며 주위를 두리번댔다. 오래전에 사라졌을 것이 분명한 그들이 나를 주시하고 있을 것만 같았다. 그때 누군가의 발소리가 들렸다. 순간 나는 연습실의 낡은 문을 노려보았다. 그럴 리 없는데도 어쩐지 그 발소리가 오래전 맥스의 것처럼 느껴졌다. 그가 아무렇지 않게 문을 열고 들어와 나를 슥 바라보고는 비웃을 것 같았다.

텐이었다. 비를 맞으며 여기까지 걸어온 건지 온몸이 젖어 있었다. 텐의 머리카락에서 떨어지는 물방울이 먼지가 쌓여 있는 나무 바닥을 적시고 있었다.

"거기 가만히 있어요. 한 발자국도 더 오지 말아요."

나는 다급하게 텐을 향해 외쳤다. 그러나 목소리는 긴장감으로 짓눌려 나왔다.

그러나 텐은 내 말 따위는 가볍게 무시하고 점점 더 가까이 다가왔다.

어쩐지 그가 내 목을 조를 것 같았다. 그렇지만 나는 도망치지 못하고 그 자리에 붙박여 서 있었다. 어느덧 바짝 다가온 텐의 얼굴을 나는 떨리는 눈으로 더듬었다. 핏기가 지워져 도무지 살아있는 사람처럼 느껴지지 않았다. 버려진 기념관을 떠도는 유령처럼 보였다. 그러나 나를 바라보는 눈빛만큼은 집요하게 빛났다.

"언제부터 나를 따라온 건가요?"

"따라온 거 아닙니다."

"그럼 왜……."

그의 입가가 비틀리며 나지막한 목소리가 흘러나왔다.

"여기는 당신만 올 수 있는 곳이라 생각하나요?"

"내 말은, 내가 여기에 있을 거라는 걸 어떻게 당신이 알았냐는 말이죠."

거칠게 몰아쉬고 있는 그의 숨결이 나의 얼굴에 부어졌다. 다시 잊고 있던 텐의 독특한 체취가 스킨의 알코올 향과 함께 날아들었다. 꽃과 수초로 뒤덮인 고인 물에서 날 법한 냄새였다. 쌉쌀하고 비릿하고 어딘가 달콤한 향내였다. 그가 내게 어떤 감정을 숨기려는 듯 시선을 피했다. 침묵하고 있던 텐이 곧 뇌까리듯 말했다.

"범인은 반드시 현장을 다시 찾는다고 하죠."

순간 얼굴 근육에 경련이 일었다. 그가 고개를 들어 나를 바라보며 말했다.

"사람의 심리란 거 참 들여다보면 볼수록 이상하죠. 범인이 다시 현장을 찾는 건 어째서일까요? 혹시라도 자신이 증거를 남기지는 않았을까 하는 두려움 때문에?"

그가 내 의향이 궁금하다는 듯 눈을 빛냈다. 나는 그저 경직된 얼굴로 그를 바라보고 있을 뿐이었다.

그가 다그치듯 다시 물었다.

"대답 좀 해봐요. 당신 생각이 궁금하니까."

지금이라도 당장 이곳을 빠져나가버리면 된다고, 그렇게 수없이 머릿속으로 되뇌면서도 나는 그 자리에서 꼼짝 못하고 있었다.

"내가 왜 당신의 그런 이상한 질문에 답해야 하는지 모르겠어요."

"잘 들어요, 제인. 당신 마음대로 이 춤을 추지 않을 수는 없습니다. 다시 말해 당신은 거절할 수 있는 권리가 없다는 거죠. 그 말을 해주러 왔습니다."

나는 떨리는 목소리로 날카롭게 되물었다.

"당신은 왜 그렇게 그 춤에 집착하는 거죠? ……혹시 맥스 때문인가요?"

그의 눈동자가 흔들리는 것을 나는 놓치지 않았다. 얼핏 졸업앨범에서 보았던 레이의 겁에 질린 눈빛을 본 것 같았다.

"아까 하던 말로 다시 돌아가보죠. 범인이 왜 현장에 다시 나타나는지에 대한 나름의 생각을 이야기해볼까요?"

그가 내 손목을 낚아채듯 잡고 서서히 힘을 주며 말했다. 가까스로 분노를 억누르는 듯 거친 목소리였다.

"그건 바로 그때의 강렬한 쾌감을 다시 느끼고 싶어섭니다. 혹시 증거를 남겼을지 몰라 현장에 찾아가봤다는 건 그럴듯한 변명에 지나지 않습니다. 죄를 저질렀던 짜릿한 순간이 못내 그리워서 찾아가는 겁니다. 지리멸렬한 생을 살아오며 유일하게 살아있는 것처럼 느껴졌던 생생한 순간을 다시 한번 뇌리에 각인하고 싶어서 말이죠."

그가 쥐고 있던 내 손목을 거칠게 놓아버리고, 이번에는 짙게 흉터가 남아 있는 손등으로 나의 팔뚝을 가만히 쓸어내리며 속삭이듯 물었다.

"어때요? 내 말이 좀 그럴듯한가요?"

그의 거친 흉터가 나의 맨 살갗을 훑고 지나가고 있었다. 나는 뻣뻣해진 목소리로 말했다.

"다시 말하지만 나는 당신과 그 춤을 추지 않을 거예요."

그러나 텐은 입가에 여유로운 웃음을 띠며 말했다.

"아니. 이번만큼은 당신 뜻대로 할 수 없을 겁니다."

그는 더 이상 미련 없다는 듯 돌아섰다.

그가 떠나고 난 뒤에도 나는 그곳에 남아 있었다. 나는 말했어야 했다. 소리를 질러서라도 확인시켜줬어야 했다. 당신의 원래 이름이 레이라는 걸 알고 있다고. 맥스 옆에 숨어 있듯 움츠리고 서 있던 남학생. 바로 그 겁에 질린 눈동자를 가진 사람이 당신이라는 걸 나는 알고 있다고. 이제 뭘 어떻게 해야 할지 알 수가 없었다. 호흡이 점점 가빠지며 두 어깨를 들썩이고 있을 때였다. 연습실 한쪽에서 누군가가 나를 향해 속삭였다.

제인, 멈추지 마. 계속해서 나아가란 말이야.

나는 순간 어둠이 내린 연습실을 두리번댔다. 희미하게 이곳으로 침투하고 있는 달빛이 거울에 반사되어 입김처럼 흩어지고 있었다.

*

어느 날 마리는 이곳에서 맥스와 나의 눈을 천으로 휘감아 가렸다. 그런 다음 우리의 몸을 로프로 결박했다. 두려움이 앞섰다. 한순간 내 앞의 어둠은 깊은 숲이 되었다. 발아래에 무엇이 있을지 알 수 없었다. 돌부리가 있을 수도 있고 흙이 깎여 도드라진 나무뿌리가 발목을 낚아챌 수도 있었다. 나는 더듬더듬 칠흑 같은 어둠 속을 걸어갔다. 숨 막힐 정도로 두려워 때로는 걸음을 멈추었다. 그럴 때마다 마리가 내 귀에 대고 말했다.

"제인, 멈추지 마. 계속해서 나아가란 말이야."

"무서워요. 그만하고 싶어요."

"그럼 그만 얼굴에서 천을 풀어. 그리고 여기에서 나가. 다신 돌아올 생각 하지 마."

춤을 출 때 마리는 다른 사람 같았다. 차분하고 내성적으로 보였던 그녀는 사라지고 없었다. 그녀는 어느 때보다 강인한 목소리로 힘주어 말했다. 두려움을 이겨내고 걸어가거나, 멈추거나 둘 중에 하나라고. 중간이란 없다고. 마리가 단호하게 말할 때마다 나는 망설였다. 그렇지만 나는 그들을 떠날 수가 없었다. 숲에서 그들을 처음 보았던 그날부터 나의 마음속에는 지독한 갈망이 생겨났다. 갈증에 시달리는 듯 나는 또다시 그들에게 돌아와 있곤 했다. 천으로 휘감아놓았던 나의 얼굴에 눈물이 흘러내렸다. 다시 걸음을 옮겨놓았다. 뭔가 단단한 것과 부딪칠 때마다 비명을 삼켰다. 내 몸 여기저기에 피멍이 들었다.

마리가 우리에게 제안한 춤은 그것이 다였다. 천으로 눈을 가리고 어둠 속을 헤매어 다니기. 온몸이 느끼는 대로 움직이기. 그러나 나는 그 춤을 출 때마다 매번 두려움으로 뻣뻣하게 몸이 굳어졌다. 발끝이 움츠러들고, 귓가를 스쳐지나가는 소리들이 평소보다 더욱 크고 날카롭게 들려왔다. 창밖에 나뭇잎들이 수런대는 소리가 유령들의 속삭임처럼 내 귓속을 파고들었다. 나는 소스라치며 걸음을 멈췄다.

어느 날엔가는 어둠 속에서 뭔가가 내 손끝에 와닿았다. 그것은 축축하게 빗물에 젖은 잎사귀 같았다. 미세한 잎맥을 더듬어나가자 잎사귀가 움츠러들었다. 용기를 내어 손을 더 움직였다. 이번에는 표면이 거친 돌멩이가 만져지는 것 같았다. 어느 순간에는 솜털이 돋아난 가벼운 거미의 다리를 쓰다듬었다. 뭔가 생소한 감촉, 놀랍도록 부드러운 감촉이 느껴질 때마다 나의 손가락은 움츠러들었다. 그럼에도 나는 계속해서 어둠 속을 더듬었다. 이번에는 풀숲에 숨어 있던 독버섯의 표면이 만져졌다. 몰캉거리며 단단한 그것. 공기처럼 가벼운 균사들로 이루어진 미끄러운 표면에 내 손끝이 오래도록 머물렀다. 그것은 움찔거리며 부풀어올라 미세하게 떨렸다. 어둠 속에서 나지막한 신음 소리가 들려왔다. 맥스였다.

그러나 어둠 속에서 내가 만지고 있는 것은 맥스의 몸이 아니었다. 숲이었다. 내 손끝이 가닿는 것들마다 일일이 반응하고 몸을 떨었다. 눈으로 보고 있을 때보다 나는 그 모든 것들과 더욱 깊게 교감했다. 나는 점차 아득한 곳을 향해 더듬어올라갔다. 이번에는 표면이 부드럽고 말랑거리는 벌레가 손끝에 스쳐지나갔다. 표면에 주름이 가득한 벌레는 내 손길 아래 얌전하게 엎드려 있다가 가만히 온몸의 주름을 벌렸다. 벌레의 몸 깊은 곳으로 나의 손가락이 미끄러지듯 스며들었다. 축축하고 따뜻한 압박감이 손가락을 기분 좋게 감쌌다. 짜릿한 쾌감에 몸을 떨었다. 어둠 속에서 처음으로 내 몸이 감각하는 모든 것들에 집중했다. 나의 몸은 더이상 아름다운 춤을 추기 위한 도구가 아니었다. 더 이상 나는 제인이 아니었다.

*

　나는 그날 어둠 속에서 비로소 내 몸의 주인이 되었다. 하나씩 섬세하게 더듬어나갔던 느낌을 잊지 않으려 애썼다. 어느덧 마리의 손이 내 눈을 가리고 있던 천을 풀어냈다. 방금 전까지 내가 만지고 느꼈던 그 비에 젖은 숲은 맥스의 몸이었다. 맥스의 눈빛은 황홀경으로 도취되어 있고 그의 입에서는 단내가 풍겨났다. 그의 광대는 붉게 상기되어 있고 입술은 벌어져 있었다. 나는 절제하기 힘든 갈망을 느꼈다. 나는 로프에 결박된 몸을 움직여 그에게 걸어가려 했다. 그러나 맥스는 손이 닿지 않는 곳으로 조금씩 물러났다. 처음으로 나의 내면에서 솟구쳐오르는 욕망에 이끌려 발을 옮겼다. 몸을 비틀고 손을 뻗었다. 바람에 아우성치는 나무처럼 나의 입에서 새된 비명이 울려나왔다.

　끝내 나를 결박하고 있던 밧줄에서 풀려나 맥스에게 다다랐을 때였다. 맥스가 손을 뻗어 내 뺨을 어루만졌다. 나는 스르륵 눈을 감았다. 뺨을 타고 눈물이 흘러내렸다. 나는 그의 손길에 따라 이번에는 나의 몸을 느낄 수 있었다. 비로소 눈을 뜨고 나를 바라볼 수 있었다. 내 눈 코 입이 어떻게 생겼는지, 나의 쇄골이 얼마나 가파르게 기울었는지, 그리고 내 몸의 특정 부위만 얼마나 뜨겁게 달아올라 있는지, 그리고 내가 어떻게 숨을 쉬고 있는지, 하나 둘씩 나를 알아갔다. 그때까지 어둠 속에 숨어 훔쳐보던 나를 나는 마주 보았다.

정신을 차렸을 때 연습실은 텅 비어 있었다. 사면 거울에는 먼지가 끼어 있고 이제 아무도 춤을 추러 오지 않는 연습실의 나무 바닥은 삐걱거렸다. 나는 더 이상 과거의 기억에 붙들리고 싶지 않아 그곳을 서둘러 빠져나왔다. 등 뒤에서 들려오는 바람 소리가 나를 부르는 마리의 목소리처럼 자꾸만 발목을 잡았다. 도망치듯 연습실을 벗어나 층계를 밟아 내려갔다. 그 결에 두텁게 쌓여 있던 먼지가 일어나 매캐한 냄새가 났다. 정신없이 층계를 내려가던 나는 멈춰 섰다. 가까스로 난간을 붙잡고 휘청거리는 몸을 가누었다.

텐이 아직 떠나지 않고 있었다. 기념관 로비의 유리문 앞에 서서 바깥에 내리고 있는 비를 내다보고 있는 텐의 그림자가 벽에 거대하게 부풀어올라 있었다. 인기척을 느낀 텐이 뒤돌아 나를 쳐다보았다. 그때처럼 내 눈을 가리고 어둠 속에서 손끝으로 그의 얼굴을 더듬어볼 수만 있다면. 그렇다면 지금은 보이지 않는 그의 내면에 감춰진 의도와 욕망들을 나는 읽어낼 수 있을 것 같았다. 그러나 나는 지금 푸른빛이 감도는 그의 불투명한 눈동자 너머 어떠한 저의도 더듬어볼 수가 없었다. 그가 나를 떠보듯 태연한 목소리로 말했다.

"저 빗속에서 지금 누가 나를 기다리고 있는지 아십니까?"

그의 눈빛에는 장난기가 가득했다.

"레나요. 비가 많이 오니 자기를 좀 데리러 와달라고 하는군요. 그럼 저는 이만 먼저 가보겠습니다."

텐은 돌아서서 검은 우산을 펼쳐 들고 빗속으로 사라져갔다. 내가 무슨 말을 할 틈조차 주지 않았다. 거칠게 쏟아지는 빗살이 텐의 모습을 집어삼키는 것을 지켜보면서 나는 휴대폰을 꺼내 들고 레나에게 전화를 걸었다. 아무 일도 없었다는 듯 천연덕스럽게 레나의 목소리가 흘러나왔다.

"엄마, 웬일이야? 안 바빠?"

"어…… 레나야, 지금 어디니? 비도 오고 그래서 지금 데리러 가려는데. 지금 어디니?"

레나가 대답을 망설이는 사이 나는 저쪽에서 들려오는 소리를 포착하기 위해 온 신경을 기울였다. 여러 악기들이 연주되고 있는 소리가 희미하게 들려오는 가운데 알 수 없는 나라의 말로 어떤 여자가 노래를 흥얼거리고 있었다.

"지금 어디냐고."

"비 와서 잠깐 어디 들어와 있어. 신경 쓰지 마. 그럼 전화 끊을게."

어느덧 시야에는 텐이 사라지고 보이지 않았다. 그는 마치 빗물에 녹아내린 유령인 것 같았다. 내가 오랜 시간 유폐해두었던 그 시절에 발아되어 점차 그림자처럼 몸피를 키우다가 어느 순간 괴물이 되어 나타난 유령. 그의 거대한 그림자에 갇힌 듯 바깥에는 시커먼 어둠이 내리고 있었다. 레나의 전화가 끊긴 뒤 나는 혼란스러운 마음을 가다듬을 수가 없었다. 길을 잃은 듯 꼼짝도 하지 못하고 있는데 텐에게서 메시지가 날아왔다.

'차이나타운으로 가는 중입니다. 힌두교 사원으로 오세요.'

나는 지체 없이 건물 밖으로 달려나갔다. 차문을 열고 닫는 사이 속옷까지 젖어버렸다. 나 자신이 무엇엔가 홀려 돌아다니는 혼령처럼 느껴졌다. 시동을 걸자 헤드라이트 불빛이 칼날처럼 빗줄기를 사선으로 갈랐다. 저 앞에 텐이 서 있다면 좋겠다고 생각했다. 그렇다면 나는 지금 그를 향해 액셀러레이터를 밟고 전속력으로 달려나갈 것이었다.

4장

열기

차이나타운 거리에 내걸린 붉은 등이 바람에 흔들리고 있었다. 얼굴에 붉은빛이 번진 다양한 인종의 사람들이 중심 거리에 모여들어 복닥거리고 있었다. 식당들에서 야채와 고기를 볶거나 튀기는 냄새가 거리를 가득 채웠고, 테이블에 둘러앉은 사람들은 무더위 속에서 땀을 흘리며 얼음이 든 맥주와 자극적인 음식들을 즐기고 있었다.

그 왁자지껄한 분위기 속을 나는 꼿꼿하게 걸어 들어갔다. 그들의 웃음소리가 모조리 나를 겨누고 있는 것만 같았다. 이 혼잡한 거리에서 서둘러 벗어나고 싶었다. 힌두교 사원이 성큼 앞으로 다가왔다. 레나와 통화할 때 그 너머로 들렸던 악기들의 연주 소리와 여자의 흥얼거림이 떠올랐다. 사원에 모인 사람들이 예배를 올리는 소리일 것이었다.

레나의 학교는 이 근처였다. 아마도 레나는 갑작스레 쏟아지는 비를 피하기 위해 사원으로 뛰어들었을 것이다. 그런데 정말로 레나가 먼저 텐에게 전화를 걸었을까. 언젠가부터 레나는 나와의 대화를 거부하고 있었다. 주로 늦은 시간 집으로 돌아온 레나는 방문을 잠그고 들어가서 나오지 않았다. 크리스티나가 집을 떠나고 난 뒤부터 집에서 더 이상 레나의 웃음소리를 들을 수 없었다. 도무지 꺾이지 않는 열기처럼 레나의 반항은 거세어지고 있었다.

　사원 앞에는 기도하러 찾아온 사람들의 알록달록한 신발들이 널려 있었다. 사원은 신발을 벗고 차가운 물에 발을 씻는 정결의식을 해야만 들어갈 수 있었다. 그것들이 마치 강물에 뛰어들기 전 사람들이 벗어놓은 것처럼 보여서 순간 나도 모르게 숨을 들이마셨다. 가슴속에 서늘하고 불길한 예감이 스쳤다. 입술을 지그시 깨물며 나는 신고 있던 굽이 높은 하이힐을 벗었다. 맨발로 아스팔트 바닥을 딛자 미지근한 바닥의 따스함이 온몸에 퍼져나갔다. 이대로 잠들어버리고 싶었다. 하이힐을 가지런히 정리해두고 고개를 들어올리자 사원의 벽에 기대어 서 있던 텐이 보였다. 눈이 마주쳤는데도 그의 시선은 조금도 흔들리지 않았다.

*

　사원의 벽에는 신들의 모습이 조각되어 있었다. 그들에게서 기이하다거나 초월적인 면모는 찾을 수 없었다. 차이나타운을 걸어 다니는 사람들처럼 모두 평범해 보이는 인상이었다. 그들의 얼굴에는 인간에게서 드러나는 감정들이 섬세하게 새겨져 있었다. 머리가 허옇게 센 신의 얼굴에서는 아직도 가시지 않은 질투가 드러났다. 술에 취한 신의 눈동자에서는 깊은 상실감이, 반라로 흰 소를 끌고 있는 여신의 입술은 쾌락으로 비틀려 있었다. 신들의 얼굴은 거리를 서성이고 있는 우리의 얼굴과 닮아 있었다. 온갖 감정과 욕망의 노예로 살아가고 있는 우리들의 얼굴이었다. 텐은 그런 신들 중 하나인 것처럼 맨발로 사원의 기둥에 기대어 서 있었다.

그의 얼굴에 새겨진 수심은 어디서 비롯된 것일까. 대체 그는 어떤 욕망을 따라 나를 찾아온 것일까. 그는 죄를 짓고 도망친 나를 벌하기 위해 따라다니는 신의 표정을 짓고 있었다. 하지만 그러기엔 그의 얼굴은 또 너무나 쓸쓸해 보였다. 그러다가도 어느 순간에는 상실감이 묻어나 있던 그의 눈동자에 광기 어린 질투와 집착이 번뜩였다. 텐은 종잡을 수 없이 변덕스러운 신의 얼굴을 하고 있었다. 나는 그의 욕망을 가늠할 수가 없었다. 그의 얼굴은 밑바닥이 아득하게 깊었다. 손을 담가도 끝이 만져지지 않는 어둠 속일 것 같았다. 나는 형량을 받기 위해 찾아온 사람처럼 맨발로 그의 앞으로 걸어갔다. 도망치고 싶단 마음과 달리 나의 걸음은 자꾸만 그에게로 이끌려가고 있었다. 그에게 가까이 다가갈수록 나의 몸은 위험을 감지한 것처럼 떨리며 움츠러들었다. 가슴이 두근거리고 등을 따라 땀이 솟았다. 한바탕 현기증 나도록 난이도가 높은 춤을 추고 난 뒤처럼 호흡이 가빠졌다. 그러나 여전히 그의 얼굴은 무표정했다. 심지어 그가 더 이상 나를 알아보지 못하는 것만 같아 나의 가슴이 서늘해졌다. 나는 너무나 낯설어 보이는 그를 향해 물었다. 긴장감 때문인지 쉰 목소리가 나왔다.

"레나는 어디 있죠?"

"데려다줬습니다. 지금 여기엔 나 혼자 있어요."

나는 의심스러운 눈빛으로 그를 쏘아보며 말했다.

"여기서 레나랑 만나 뭘 했죠?"

그가 심드렁한 얼굴로 대답했다.

"아무것도 안 했습니다. 다만 레나가 기도를 하는 동안 옆에서 기다려줬습니다."

"레나가 여기서 기도를요?"

"아주 절박해 보이더군요."

"뭐라고 기도를 하던가요?"

"그건 비밀이라고 하던데요. 어쨌든 무슨 일인지는 몰라도 무척 외로워 보였습니다."

"그건 제가 알아서 할 일이에요. 그쪽이 신경 쓸 일이 아닌 것 같네요."

"오해가 있군요. 저는 어린 여자애의 외로움 따위에 관심을 줄 만큼 한가한 사람이 아닙니다. 오죽 외로우면 처음 만난 낯선 사람에게까지 연락을 했을까 싶긴 했지만요."

입술이 파르르 떨렸다. 감정을 드러내지 않기 위해 시선을 돌렸다. 사원의 한쪽 벽에 소년의 얼굴을 한 신이 새겨져 있었다. 피리를 부는 소년의 얼굴에는 채워지지 않는 갈망이 엿보였다.

나는 떨리는 목소리로 말했다.

"그 아이 요즘 정상이 아니에요. 사춘기가 온 거죠. 앞으로는 레나가 연락을 하더라도 절대 받지 말아주세요. 부탁입니다."

"글쎄요. 그러면 좋겠는데, 저는 제인처럼 그렇게 매몰찬 성격이 못 돼서 말이죠."

의도적으로 레나에게 접근해놓고 그는 어쩔 수 없다는 듯 능청을 부리고 있었다. 나는 그의 뺨을 후려치고 싶었다. 지금 무슨 수작인 거냐고. 나에게 앙심이 있어 찾아온 거라면 나에게 집중하라고 말하고 싶었다. 마음속에 끓어오르는 분노를 억누르며 돌아서려던 참이었다. 텐이 이상한 말을 꺼냈다.

"레나가 어울리고 있는 친구들에 대해서는 아세요?"

나는 지난번 레나를 데리러 갔을 때 후미진 골목에서 마주쳤던 그들의 모습이 떠올랐다. 그들은 레나와 가까운 사이로 보이지 않았다. 그들은 레나가 건물의 기둥에 머리를 기댄 채 술에 취해 쓰러져 있는데도 아무 상관 없다는 듯 방치하고 있었다.

"그다지 유쾌해 보이는 친구들은 아니었습니다. 나이가 한 스물대여섯 정도 되어 보이는 남자도 끼어 있었고 말이죠. 아무리 바빠도 신경은 좀 쓰셔야 할 것 같습니다."

나는 그를 노려보며 말했다.

"그럼 다음번에는 레나에게 연락이 와도 받지 않으실 거라고 믿고 가겠습니다."

텐이 사원 기둥에서 몸을 떼며 말했다.

"아뇨, 제인. 내가 왜 여기서 제인을 기다렸겠습니까? 어차피 레나도 집에 바래다주었는데. 이젠 우리끼리 할 이야기가 남은 것 같군요."

"……다음에 약속을 잡고 다시 만나도록 하죠."

단호하게 말하고 돌아서려는데 텐이 다시 나를 붙잡았다.

"레이철도 여기로 오고 있어요. 우리끼리 이야기가 잘되고 있는지 궁금하다고 연락을 해왔더군요. 그래서 내가 어차피 우리 둘 다 차이나타운에 있으니 이쪽으로 오시라고 했습니다."

그가 손목시계를 내려다보며 말했다.

"저녁 시간이 지나긴 했지만 제인도 아직 밥을 못 먹었을 것 같군요. 제가 아는 대로 가죠."

그는 일방적으로 통보하고는 사람들 속으로 섞여 들어갔다. 나는 머뭇대다가 어쩔 수 없이 그를 따라 나섰다. 이대로 그냥 집으로 돌아갈 수는 없었다. 텐이 오늘 밤 레이철에게 이 안무에 대해 무슨 이야기를 어떻게 할지 알 수 없었다.

*

텐을 따라 들어간 곳은 중국 음식을 파는 식당이었다. 오십 평 남짓한 식당 내부에는 형광등이 밝혀져 있고, 아무런 벽장식도 없었다. 먼저 와 있던 레이철이 입구 쪽 테이블 하나를 맡아두고 있었다. 이미 몇 가지 요리가 테이블 위에 놓여 있었다. 기름에 볶은 청경채와 찹쌀을 묻혀 튀긴 돼지고기가 조명 아래 번들거렸다.

"제인, 이런 데서 만나는 건 처음인 것 같아요."

"그러게요."

나는 억지웃음을 지으며 레이철의 맞은편에 앉았다. 텐은 마치 다정한 선후배 사이라도 되는 것마냥 내 곁에 바짝 자리를 잡고 앉았다. 한동안 그 누구도 음식에 젓가락을 가져가지 않았다. 서로의 의중을 파악하려 애쓰는 분위기였다. 팽팽한 긴장감을 깨고 레이철이 먼저 말을 꺼냈다.

"우리 쪽에서는 기대가 커요. 이번에야말로 슬럼프를 극복할 절호의 기회라는 게 모두의 의견이에요. 그동안 축제에 대한 사람들의 관심이 너무나 떨어지고 있는 게 사실이었으니까요. 몇 년 전부터는 아예 판매되는 티켓보다 초대장이 더 많은 비율을 차지하고 있을 정도죠. 텐 씨가 싱가포르로 와주면서 많은 것들이 해결되고 있어요."

잠시 격앙된 목소리로 말을 이어가던 레이철이 갑작스레 염려스러운 듯 물었다.

"그런데 제인은 어때요, 그렇게 파격적인 춤을 소화할 수 있겠어요? 혹시 어려움이 있다면 편하게 얘기해주세요."

순간 입술이 떨렸다. 몇 모금 차를 마시고서 그녀에게 털어놓으려 했을 때였다. 나는 그 역을 맡을 수 없다고. 그런데 텐이 선수를 쳤다.

"그렇잖아도 저 역시 제인이 잘할 수 있을까 걱정이 되더군요. 그래서 좋은 대안을 가지고 왔습니다."

그는 레이철을 보던 시선을 거두어 나를 돌아보며 말했다. 그의 입가에는 미소가 떠올라 있었다. 나조차 그가 진심으로 나를 응원하고 격려하고 있다고 착각하게 만드는 다감한 표정이었다. 그러나 그의 입에서 나온 다음 말을 듣고 나는 얼어붙었다.

"사실 이 안무를 창작한 사람은 제가 아닙니다."

찻잔을 쥐고 있던 손이 떨렸다. 레이철은 영문을 모르겠다는 얼굴로 우리를 번갈아 보며 물었다.

"그게 무슨 말씀이시죠? 원작자가 따로 있다는 말씀인가요?"

"네, 마리 선생이요."

텐이 그 이름을 꺼냈을 때 나는 찻잔을 내려놓고 테이블 아래로 두 손을 감췄다. 레이철이 당혹감을 감추지 못하고 내게 물었다.

"제인도 알고 있는 분인가요?"

내가 대답을 망설이자 텐이 여전히 시선을 나에게 고정한 채 냉소적인 얼굴로 말했다.

"예전에 우리 학교에서 잠깐 안무 수업을 해주었던 분입니다."

텐은 나에게 눈을 떼지 않으며 읊조렸다.

"오랜 시간은 아니었지만 우리 모두에게 상당한 영향을 끼친 분이었죠. 그렇지 않나요, 제인?"

나는 몸이 꼿꼿하게 굳어 아무런 대꾸도 하지 못하고 있었다. 텐이 또다시 말을 이어나갔다.

"하지만 불운하게도 마리 선생은 오래전에 사고로 더 이상 춤을 출 수 없게 되었습니다. 이 안무가 그분이 창작한 마지막 작품이 되고 말았죠."

레이철이 안타까움이 뒤섞인 목소리로 말했다.

"아니, 어쩌다가 그렇게 된 건가요?"

텐이 침착하게 말했다.

"누군가의 음해로 누명을 썼거든요. 수치스러움을 못 견뎌 나무에 올라가 목을 매달았었죠."

텐이 나를 똑바로 바라보며 말했다.

"무용수로서는 차라리 그때 죽는 게 나았을 겁니다."

텐이 마리 얘기로 나를 겁박할 거라고는 예상치 못했다. 일단 그의 입을 막는 것이 시급했다.

"마리 선생이 디렉팅을 해준다면, 저도 용기 내서 도전해볼 수 있을 것 같습니다…… 언제부터 시작하면 될까요?"

내가 떨리는 목소리로 대답하자 텐이 냉소적이었던 입가에 비로소 웃음을 띠었다.

"아 그래요? 좋아요. 내일부터 당장 시작하죠. 더 시간 끌어서 좋을 것 있겠습니까?"

대화를 듣고 있던 레이철이 또다시 끼어들었다.

"여러분이 그렇게 신뢰하는 분이라니 저도 마리 선생의 조언이라면 많은 도움이 될 거라는 생각이 드네요. 그렇지만, 실례가 안 된다면 제 솔직한 의견을 말씀드려도 될까요? 이번 공연에 제인이 정말 적임자일까요? 두 분의 스타일이 많이 다르기 때문에…… 저는 조금 염려스러워요. 텐이 우리에게 와주신 것은 정말 영광입니다. 그리고 제인 또한 제가 존경하는 무용가임에 틀림없고요. 다만 축제의 규모가 큰 만큼 모두의 주목을 받을 큰 공연이 될 거라서…… 무슨 말씀인지 아시겠죠?"

그러자 텐이 나를 바라보지 않은 채 나를 조소하듯 말했다.

"그러니까 지난 이십 년 동안 오직 틀에 박힌 춤만 춰온 제인이 이런 혁신적인 춤을 출 수 있겠는가, 그게 의심이 되는 거군요? 뭐 그 점에 대해서라면 저도……."

"잠깐만요."

나는 나도 모르게 텐의 말을 자르고 들어갔다. 순간 날 바라본 레이철의 얼굴에는 탐탁지 않다는 기색이 드러났다. 나에 대해 끝내 확신을 갖지 못하는 듯했다. 이쯤에서 나는 적임자가 아니라며 자연스럽게 위기를 모면할 수도 있을 것이었다. 그러나 내 입에서는 이미 오만을 가장한 목소리가 흘러나오고 있었다.

"이제껏 한 번도 실패해본 적이 없어요. 그리고 혁신도 결국 기본이 충실해야 가능하지 않나요. 요즘 젊은 무용수들은 기본에 대한 개념 없이 자신들의 괴이한 동작을 혁신이라 부르더군요. 염려 마세요. 저는 이번 공연 잘해낼 수 있습니다."

이제 돌이킬 수는 없었다. 나는 두근대는 가슴을 진정시키기 위해 물잔에 손을 뻗었다. 그들의 시선에 아랑곳하지 않고 물을 마시며 생각했다. 방금 나는 내게 내밀어진 텐의 손을 덥석 잡은 것이다. 물러나지 않을 수만 있다면 그 손이 누구의 것이든 꼭 잡을 것이다.

"그럼 준비할 시간을 사흘 드리죠. 정확히 사흘 뒤부터 연습 시작합니다. 단단히 각오해야 할 거예요. 그동안 제인이 추던 춤과는 많이 다를 테니까요."

텐이 의미심장한 웃음을 지으며 말했다. 나는 물잔을 내려놓고 손등으로 입을 닦았다. 입가에 경련이 일었다. 맞은편에 앉은 레이철에게 그 모습을 보이고 싶지 않아 고개를 살짝 옆으로 돌렸을 때였다. 어느덧 나를 똑바로 바라보고 있던 텐과 눈이 마주쳤다. 순간 사원에서 보았던 숱한 신들의 얼굴이 떠올랐다. 그들의 얼굴에 담긴 쾌락, 슬픔, 상실감, 욕망, 떨림, 그리고 두려움까지. 지금 내가 바라보고 있는 텐, 저자의 얼굴은 어떤 신을 닮아 있을까. 도무지 그의 얼굴이 파악되지 않았다.

*

집으로 돌아온 나는 몇 번이나 현관문 비밀번호를 잘못 입력했다. 정신이 혼미했다. 대체 무슨 짓을 하고 온 것일까. 끝내 나는 위험을 직감하면서도 텐의 손을 잡고 말았다. 그러나 이번에도 물러설 수는 없었다. 다시 선택한다 해도 마찬가지일 것이다. 나는 다시 차분하게 비밀번호를 입력했다.

실내로 들어서자마자 훅 숨이 막혔다. 열린 욕실 문 틈새에서 새어나온 습한 수증기가 실내를 가득 메우고 있었다. 나는 습관적으로 크리스티나를 부르려다 말았다. 그녀가 이 집에 없다는 사실에 아직 익숙해지지 않았다. 그녀의 부재를 새삼 깨달을 때마다 마음이 스산해졌다. 홀가

분할 줄 알았는데 그렇지 않았다. 그러나 나는 알고 있었다. 나는 곧 그녀가 없는 삶에 적응할 것이고 위급한 상황이 생겨도 그녀를 찾지 않게 될 것이다. 살아있는 한 상처에는 새살이 덮이기 마련이었다.

그렇지만 레나는 아직 어려서 그 사실을 모르는 것이다. 레나는 크리스티나의 부재를 곱씹으며 스스로를 상처 내고 있었다. 거친 걸음으로 욕실 문을 밀고 들어갔다. 욕조 바깥으로 죽은 듯 팔을 늘어뜨리고 물속에 잠겨 있는 레나를 보자마자 나는 경직되었다. 뜨거운 물이 넘쳐흘러서 욕실의 바닥에 흥건하게 고여 있었다. 고개를 외로 틀고 무방비하게 누워 있는 레나의 모습이 낯설 만큼 매혹적이었다. 이제 막 열여섯이 된 레나의 몸은 놀라울 정도로 성장해 있었다. 그동안 내게 감추고 있던 비밀이 부풀어오른 듯, 탄력 있는 가슴에 눈길이 갔다. 잎사귀 끝에 맺힌 이슬 같은 유두가 시선을 잡아끌었다. 수면 위로 살짝 솟구쳐 나온 그 꼭짓점이 어쩐지 허공을 불어나가는 위태로운 바람을 낚아챌 것만 같은 기분이 들었다. *레나는 외로워 보였습니다.* 문득 사원 앞에서 그렇게 지껄이던 텐의 표정이 떠올랐다. 텐은 나보다 레나에 대해 더 잘 꿰뚫어 보고 있다는 듯 거만한 표정을 짓고 있었다. 마치 레나의 몸을 벗겨본 것처럼 말하고 있었다. 나는 떨리는 손으로 죽은 듯 잠들어 있는 레나의 몸을 흔들었다. 그런데도 레나는 반응이 없었다.

분노를 자제하지 못하고 늘어진 손목을 낚아채듯 잡아올렸을 때였다. 레나가 김이 치솟고 있는 물속에서 갑자기 몸을 일으켰다. 이제 키가 나보다 훌쩍 커버린 레나는 길게 쭉 뻗은 두 다리로 성큼성큼 욕실을 걸어나갔다. 제 방을 향해 걸어가는 레나의 머리카락 끝에 고여 있던 물방울들이 대리석 바닥에 떨어져 내렸다. 레나는 보란 듯이 방문을 세차게 닫고 들어갔다. 나는 기어이 방문을 밀치고 들어가 또다시 달아나려고 아무 옷이나 젖은 몸에 껴입고 있는 레나의 손목을 우악스럽게 잡고 비틀었다.

"너, 도대체 요즘 뭐 하고 다니는 거야?"

나는 억누르고 있던 말을 그제야 터뜨렸다.

"텐이라는 사람한테는 도대체 왜 연락을 한 거야? 그 사람이 네 마음을 알아주는 것 같니? 너는 그 사람이 얼마나 위험한 사람인 줄 알고나 있는 거야?"

레나가 터질 듯 새빨갛게 충혈된 눈으로 나를 쏘아보며 말했다.

"왜 그 아저씨도 추방해버리고 싶은 거야? 내가 사랑하는 사람들은 다 못마땅하지? 모두 불결하고 더럽지?"

내 입술이 파르르 떨렸다.

"네가 그 사람을 사랑한다고?"

나의 입에서 기묘한 웃음소리가 터져나왔다. 그때 등 뒤에서 진의 목소리가 끼어들었다.

"이게 다 무슨 말이야?"

순간 얼어붙은 나에게 진이 물었다.

"당신, 텐이라는 사람이 대체 누구길래 그래?"

마치 죄를 짓다가 걸린 사람처럼 굳어 있는 나를 향해 레나가 달려들었다.

"아저씨가 그러던데? 엄마가 아저씨 친구였다고. 엄마도 예전에 미친 듯이 외로워했다고."

레나가 내 손아귀에서 몸을 비틀어 빠져나갔다. 레나는 여기저기를 뜯어놓아 살갗이 보이는 청바지에 흰색 반팔 티셔츠를 입고 젖은 머리채를 휘날리며 뛰쳐나갔다. 한동안 나는 진과 마주 보고 서 있었다. 진은 할 말이 있으면 지금 다 하라는 표정으로 나를 바라보았다. 진의 얼굴은 절망스러워 보였다. 그동안 나에게 감추고 있던 그의 분노가 얼굴에 적나라하게 드러나려 하고 있었다.

"다녀와서 이야기하자."

나는 진을 스쳐지나갔다. 지금은 레나를 상대하기에도 벅찼다. 아니, 어쩌면 나는 언제까지나 진을 마주 보고 싶지 않은 것인지도 몰랐다. 이제껏 살아오며 단 한순간도 그에게 진솔하게 마음을 털어놓은 적이 없었다. 언제나 의례적인 대화를 통해서만 진과 나 사이를 가까스로 연결해왔다. 그러나 이제는 그마저도 할 기운이 남아 있지 않았다.

집을 벗어난 뒤 한참을 달려서 내가 멈춘 곳은 광장이었다. 양쪽으로 늘어서 있는 레스토랑들은 모두 문을 닫았다. 테이블 위에 흔들리던 촛불들은 일제히 꺼졌고 문밖으로 비집고 새어나오던 음악 소리도 숨죽인 지 오래였다. 사람들이 앉아 있던 강변의 의자들은 한쪽에 켜켜이 탑처럼 쌓여져 있었다. 모두가 흔적조차 없이 사라진 뒤였다. 요요한 적막함 속에서 어느덧 나의 귀에 대고 속삭이는 목소리가 들려오는 것만 같았다.

제인, 지금 앞이 보이지 않아 불안하겠지만 그렇지 않아. 오히려 지금부터는 네가 보고 싶은 것들을 볼 수 있는 거야.

어디선가 마리의 목소리가 들려오는 것만 같아 두리번댔다. 그러나 그 어디에도 마리는 보이지 않았다. 다만 먼발치에서 하류로 흘러가고 있는 강물 소리만이 집요하게 들려왔다. 나는 강가로 바짝 다가섰다. 한낮에 싯누랬던 강물은 어둠 속에서 또다시 속이 비쳐 보일 듯 투명하게 빛나고 있었다. 칠흑 같은 어둠밖에는 아무것도 비쳐 보이지 않았다.

*

강변을 따라 달려가는 내내 하늘은 맑고 깨끗했다. 맥주 거품처럼 부풀어오른 구름들이 저희들끼리 달라붙었다가 느리게 떨어져나가며 다채로운 무늬를 그려나갔다. 안정적인 궤도에 올라온 듯 보였던 나의 삶은 단 며칠 만에 거품처럼 터져버릴 듯 위태로웠다. 그런 나의 불안감과 초조함 따위를 비웃듯 눈부신 햇빛이 차 보닛에 튕겨나가고 있었다. 지난밤 늦게까지 뒤척이다가 겨우 잠들었던 나를 깨운 건 전화벨 소리였다. 레나의 학교 선생이었다. 독일인 여자의 영어 발음은 악센트가 강해서 엄중한 느낌을 주었다.

"자꾸만 무단으로 학교에 나오지 않으면 저로서도 어쩔 수 없습니다."

그녀는 성이 난 목소리로 말했다.

"……원칙대로 할 겁니다."

내가 아랫입술을 깨물고 사정하듯 말했다. 이제껏 살면서 누구에게 이렇게 매달려본 적이 없었다.

"죄송합니다. 제가 책임지고 레나를 설득하겠습니다."

선생은 이제 신뢰할 수 없다는 말투로 말했다.

"사흘 안에 아이를 데려와주세요. 저희도 더 이상 기다려드릴 수는 없습니다. 학교는 원칙을 준수해야 하는 곳입니다."

전화를 끊고 난 뒤에 나는 바로 레나에게 연락을 해보았다. 몇 번 신호가 가다 말고 수신을 거부한다는 메시지만 들려왔다. 인정하고 싶지 않지만 지금 레나를 거리에서 붙잡아 올 수 있는 사람은 내가 아니었다. 크리스티나가 필요했다. 더 이상 지체할 수 없었다. 크리스티나가 치사량의 피를 쏟고도 끈질기게 살아남았다는 사실이 실낱같은 희망으로 다가왔다.

　나는 앞으로 다시는 보고 싶지 않았던 그녀를 만나기 위해 급하게 차를 몰았다. 단 이십 분 만에 그녀가 지난 며칠 동안 홀로 생사를 넘나들었을 병원에 도착했다. 병원 건물 안으로 들어서자 서늘한 공기가 팔뚝에 감겨왔다. 나는 경직된 얼굴로 층계를 올라가 303호 문을 열고 들어갔다. 격자무늬 창문으로 햇빛이 쏟아져 들어오고 있는 병실에는 네 개의 침대가 서로 마주 보고 놓여 있었다. 창가 쪽 침대에 크리스티나가 보였다. 그녀는 베개를 등 뒤에 받치고 앉아 창 너머를 내려다보고 있었다. 죽음을 엿보고 온 뒤였기 때문일까. 그녀에게 뿜어져나오는 열기는 더욱 강렬해져 있는 것 같았다. 시들기 전의 꽃이 더욱 짙은 향을 뿜어내는 것처럼. 병실 안에 가득한 그녀의 체취에 현기증이 날 것만 같았다. 그녀는 검고 숱 많은 머리카락을 하나로 동여매고 한쪽 손목에는 친친 붕대를 휘감고 있었다. 내가 가까이 다가가 보조의자에 앉을 때까지도 그녀는 고개를 돌리지 않았다. 무언가에 사로잡힌 듯 창문을 내려다보고 있었다. 길 건너편 쇼핑몰 앞 거리에는 사람들이 북적이고 있었다. 크리스티나는 그들 중에서 누군가의 얼굴을 애타게 찾아 헤매고 있는 것만 같아 보였다. 나는 그녀를 방해하지 않으려는 듯 조심스럽게 말을 건넸다. 내 목소리가 잠겨 나왔다.

　"깨어났다는 얘기 듣고 정말 다행이라고 생각했어."

　그녀가 그제야 나를 돌아보았다. 얼굴은 수척해져 있었지만 크리스티나의 까만 눈동자는 여전히 햇빛에 달아오른 돌멩이처럼 열기가 식지 않고 있었다. 나는 그녀와 눈을 마주치지 않으려 시선을 내리깔며 말했다. 나의 시선은 어느덧 그녀의 손목에 감긴 붕대에 가 있었다.

"……아무리 그래도 사람이 어떻게 그렇게 무모할 수가 있어."

크리스티나의 침묵이 불편했다. 나는 어떻게든 굳어버린 입술을 움직여 말을 이어나갔다.

"사랑? 지금은 그게 목숨처럼 여겨질지 몰라도…… 글쎄. 목숨을 내걸 만큼 그게 그렇게 절박한 문제가 될 수 있을까?"

여전히 아무런 대꾸가 없는 크리스티나의 얼굴을 흘긋 바라보았다. 무언가 할퀴고 지나간 것만 같은 그녀의 얼굴은 이전보다 한층 더 깊어져 있었다. 나는 문득 깊은 숲속의 늪을 바라보고 있는 것만 같은 기분에 사로잡혔다. 그녀의 몸속 깊은 곳에는 끈적이는 물이 고여 있고 그 시궁창 같은 물속에는 투명한 비늘을 가진 작은 물고기들이 끝없이 부화되고 있을 것만 같았다. 그녀의 건조하게 마른 입술이 뭔가를 말하려는 듯 달싹였다. 그녀가 또다시 나를 공격할 것만 같았다. 누군가를 사랑해본 적이 있느냐고 물었던 그녀의 목소리가 떠올랐다.

"부탁할 게 있어서 찾아왔어."

크리스티나가 나를 똑바로 쳐다보았다. 그녀는 이제 퇴원하는 대로 싱가포르에서 추방될 것이었다. 그녀도 누군가로부터 그 사실을 통보받았을 것이었다. 그러나 우리는 거기에 대해서는 아무도 말하지 않았다.

"레나가 도통 마음을 붙잡지 못하고 있어. 네가 스스로 목숨을 끊으려고 했다는 건 차마 전할 수가 없어서, 아니 절대로 레나가 알게 해서는 안 되기 때문에, 동생 때문에 고향으로 돌아갔다고만 둘러댔어. 그러니까 레나에게 전화 한 통만 해줬으면 좋겠어. 난 잘 지내고 있으니 학교에 성실하게 다니라고 말이야."

"……싫어요."

처음으로 입을 뗀 크리스티나가 서늘한 목소리로 잘라 말했다.

나는 마른 입술을 혀로 축이며 초조하게 말했다.

"물론 내 부탁을 들어주기 싫을 거라는 거 알아. 그렇지만 너에게도 레나는 각별하지 않아? 나를 위해서가 아니라 레나를 위해서야. 그리고 레나만 다시 붙잡아준다면 나도 너의 거처 문제에 대해 다시 생각을……"

그러나 그녀는 아무것도 두려울 게 없다는 투로 말했다.

"제인, 나는 부끄러운 짓을 한 게 아니에요. 레나를 속일 이유가 없어요."

"그건 안 돼…… 그 아이는 더 이상 망가져서는 안 돼. 지금도 충분히 위태로워. 너의 불행은 그냥 네가 안고 떠나. 레나에게는 언제까지나 너는 잘 지내고 있는 거야. 어쩔 수 없이 고향으로 돌아간 거고. 나중에 다시 올 거라고 그렇게 말해야 해. 네가 그런 부끄러운 짓을 했다는 걸 레나에게 발설하지 말아주길 바래. 마지막 부탁이야."

크리스티나가 입꼬리를 비틀며 웃었다. 나를 차갑게 조소하고 있는 것만 같은 얼굴이었다.

"다시 말하지만 난 아무것도 숨기지 않을 거예요. 부끄러운 짓을 했다고 생각하지 않아요. 물론 우리는 결국 아무것도 할 수 없을 거예요. 결혼을 할 수도 없을 거고, 아이를 낳아 기를 수도 없겠죠. 아니, 그냥 우리 감정에 대해 시치미를 떼고 아무렇지 않게 살아가야 할 거예요. 그렇지만 그런 사실들이 내 마음까지 사라지게 할 수는 없어요. 사람이 사람을 사랑하는 건 부끄러운 일이 아니에요. 제인은 내가 부끄러워서 죽으려 했다고 생각하세요?"

크리스티나가 까만 눈동자에 웃음기를 머금으며 말했다.

"아뇨. 나는 견딜 수 없어서 죽으려 했던 거예요. 우리가 함께할 수 없는 시간이 마치 산소가 빠져나간 어항 속에 갇혀 있는 것만 같아서요. 그래서 죽으려 했어요. 가슴속 떨림이 나를 어디까지 이끌지 몰라 숨 막히게 두려웠어요. 그렇지만 이젠 깨달았어요. 그런 감정은 내가 죽는다고 사라지는 게 아니에요. 이렇게 피한다고 되는 일도 아니고요. 그래서 나는 이제 받아들이기로 했어요. 도망치지 않고 받아들일 거예요. 내 마음이 이끄는 대로 나는 그렇게 살 거예요. 그 누구도 나를 말릴 수는 없어요."

문득 오래전 크리스티나가 레나에게 젖을 물리며 불러주었던 자장가가 들려오는 것만 같았다. 음산하고 농밀했던 그 노래를 떠올리자 눈꺼풀이 무거워지는 것 같았다. 나는 자리를 박차고 일어나며 차갑게 읊조렸다.

"벌써 알고 있겠지만 나는 다시는 너를 고용하지 않을 거야. 두 번 다시는 보지 말자. 그리고 레나에게 그따위 말을 할 거라면 혹시 전화가 걸려오더라도 받지 않기를 바래. 그 애가 찾아와도 만나지 마. 모르는 사람처럼 살아. 네가 죽었다고 말할 거야. 그러니까 다시는 눈앞에 나타나지 마."

내가 돌아서려는데 크리스티나가 내 손목을 움켜잡았다. 몸에 와닿는 그녀의 열기에 소스라치며 고개를 돌렸다. 그녀의 까만 눈동자에서 뿜어져나오는 열기에 얼굴이 델 것만 같았다. 그녀가 내게 주술을 걸듯 말했다.

"레나를 당신처럼 만들지 말아요."

나는 크리스티나의 손목을 뿌리치고 그대로 병실을 걸어나왔다. 그러고는 정신없이 층계를 내려왔다. 환기를 시켜두려는 듯 누군가 활짝 열어둔 문 바깥으로 빠져나가자 병원 뒤뜰이 나왔다. 높은 담벼락으로 가로막힌 공터는 시간의 흐름으로부터 비껴난 듯 보였다. 바닥에 깔린 타일 틈새를 비집고 미친 듯이 햇빛과 빗물을 빨아먹으며 웃자란 잔디들을 바라보았다. 그것들을 밟으며 공터의 가운데로 걸어갔다. 내 그림자가 사선으로 짙게 드리워져 있었다. 이마에 흐르는 땀을 훔쳐내고는 숨을 몰아쉬었다.

손목에 크리스티나의 손자국이 불긋하게 남아 있는 것만 같았다. 나는 그녀의 흔적을 지우려는 듯 손목을 연신 쓸어내렸다. 길을 잃어버린 느낌이었다. 이제 어디로 가야 할지 갈피를 잡을 수가 없었다.

5장

로프

"늦어서 미안합니다."

텐을 중심으로 둘러서 있던 무용수들이 나를 돌아보았다. 순간 그들의 얼굴이 모조리 회칠 된 것처럼 허옇게 보였다. 천장에서 쏟아지는 눈부신 조명 때문이었다. 너른 무대를 빙 두르며 바닥에 박혀 있는 쐐기못마다에 로프들이 둘둘 휘감겨 있었다. 한쪽에는 흰 천들이 준비되어 있었다. 텐이 무용수들을 헤치며 내 쪽으로 걸어나왔다.

"제인은 따로 설명해주지 않아도 알겠죠?"

나는 순간 얼굴이 일그러질 뻔했지만 짐짓 태연하게 말했다.

"네, 바로 들어갈게요."

텐이 입가에 묘한 웃음을 띠더니 무용수들을 향해 외쳤다.

"자, 시작합시다. 모두들 제 위치로."

무용수들의 몸이 로프에 저마다 단단하게 결박되기 시작했다. 텐은 무용수들을 점검하며 돌아다녔다. 그는 조금 흥분돼 보였다.

그가 마지막으로 내게 다가와 내 몸의 로프를 점검했다. 그가 로프를 당겨 내 몸을 더욱 단단하게 옭아매자 숨 막히는 긴장감과 함께 묘한 스릴이 느껴졌다. 나는 그런 아이러니한 감정을 들키지 않으려 시선을 피했다. 어느덧 내 등 뒤에 바짝 붙어 선 그가 내 눈에 천을 감아 맸다. 앞이 보이지 않자 그의 독특한 체취가 더욱 깊게 맡아졌다. 그가 내 귀에 바람을 흘려넣듯 나지막하게 속삭였다.

"기분이 어떻습니까? 이러고 있으니 옛날로 다시 돌아간 것 같지 않나요? 어둠 속을 잘 더듬어보세요. 저기 건너편에 그들이 와 있을지 모르니까."

그러고는 내 삶의 금기어 같았던 같은 그들의 이름을 발음하고 말았다.

"마리와 맥스가 말이죠."

그 말에 온몸이 빳빳하게 경직되었다. 이 춤은 시작되어서는 안 되었다. 이 춤의 끝은 파멸이었다. 마리는 우리의 몸을 옭아매고 눈을 가린 채 날마다 어둠 속을 더듬어 서로를 향해 나가게 했다. 어느 순간부터 그동안 통제해왔던 우리의 욕망이 어둠 속에서 깨어났다. 억눌렸던 욕망의 반동으로 우리는 더더욱 절박하게 서로에게 매달렸다. 서로를 잡아 삼킬 듯이 갈구했다. 서로의 심연에 감춰진 구멍에서 태어난 존재들인 것처럼 느껴졌다. 원래의 자리로 되돌아가려는 듯 몸부림쳤다. 그러는 사이 서로의 살과 체온과 숨결에 중독되었고, 급기야 피멍이 들도록 서로의 몸을 핥고 거기에 이를 박아넣었다. 우리는 그때 어둠이 비어 있지 않다는 사실을 깨달았다. 어둠 속은 한데 뒤얽혀 틈새가 없는 쾌락의 향연이었다. 맞닿아 있던 맥스와 내 몸의 경계선이 지워지고 의식은 아득해졌다. 어느덧 마리의 몸이 틈새를 파고들었다. 그때부터는 내게 닿은 그것이 누구의 몸인지 구별하는 것이 더 이상 의미가 없었다. 내가 더듬는 누군가의 손이 곧 나의 손이었고, 나는 나의 입술 사이에 나의 혀를 집어넣고 있는 중이었다. 우리는 그렇게 태초의 암흑이 되었다. 온몸이 녹아

내릴 듯한 쾌락 속에서 땀과 눈물과 피를 흘리며 신음했다. 그러다 절정의 순간이 찾아오면 나는 죽음으로 내몰리는 듯한 위태로운 감정에 숨을 헐떡이며 눈을 부릅뜨곤 했다. 결국 끝까지 나를 놓지 못한 나는 언제나 제일 먼저 깨어났다. 그러고는 경계를 초월해 뒤얽혀 있는 마리와 맥스의 몸을 바라보며 또다시 지독한 소외감에 치떨곤 했다. 나는 다급하게 텐을 향해 속삭였다.

"이건 위험한 짓이에요. 이 춤은 다시 시작되어서는 안 돼요."

"왜죠?"

"……"

그 사이 음악이 시작되었다. 익숙한 선율이었다. 나는 또다시 오래전 그날처럼 어둠 속에 갇혔다. 혀가 마비되는 듯했고 귀먹은 듯 소리가 멀어졌다. 동시에 내가 악착같이 매달리고 집착해온 모든 것들이 강물에 비친 불빛들처럼 허상의 빛깔로 흔들렸다. 이제껏 나의 생은 그저 누군가에게 버림받지 않기 위해 벌인 한낱 연극에 불과했던 것인지도 몰랐다. 이제 나는 팔과 다리가 잘린 연체동물이 된 것처럼 어둠 속을 납작하게 숙여 기어나가야만 했다. 오로지 나의 촉각에만 의지해 어둠 속을 더 들어가야 했다. 그러나 나는 한 발자국도 내밀지 못하고 있었다. 소리를 내지르는 텐의 목소리가 고막을 때렸다.

"앞으로 가, 제인!"

다른 무용수들이 점차 하나 둘씩 칠흑 같은 어둠 속으로 뛰어들기 시작하는 소리가 들려왔다. 그러나 나는 눈앞에 넘실대고 있는 차갑고 깊은 강물 같은 어둠 속으로 차마 뛰어내릴 수가 없었다. 사실 위험할 것은 없었다. 이미 무용수들의 동선을 고려해서 안전하게 설계된 무대였다. 아무리 세게 앞으로 뛰어나가도 로프가 늘어날 수 있는 한계치에 다다르면 더 이상 달려나가지 못했다. 아슬아슬하게 충돌하지 않은 무용수들은 벽으로 되돌아갔다가 다시 구심점을 향해 달려갈 뿐이었다. 둥글게 둘러선 무용수들은 눈을 가린 채 끝없이 중심을 향해 질주했다 되돌아왔다. 그들의 역동적인 움직임은 멀리 관객석에서 보면 마치 한 송이 거대한 흰 꽃이 오므라들었다 피어나기를 반복하고 있는 것처럼 리드미컬하게 보일 것이었다. 그러나 끝없이 피고 지는 꽃을 재현하기 위해 무용수들은 저마다 어둠에 대한 두려움을 직면하고 깨치고 나아가 야만 했다. 그들이 두려움에 짓눌려 한 발자국도 움직이지 않으면 꽃은 역동적으로 피고 질 수 없었다. 끝내 중심에 다다를 수 없다는 사실을 알 면서도 쉬지 않고 끝없이 달리고 또 달리는 것. 벗어날 수 없다는 걸 알 면서도 어떻게든 자신의 몸을 옭아매고 있는 로프로부터 달아나려는 듯 몸부림치는 것. 그것이 이 춤의 전부였다. 그러나 하나 둘씩 두려움을 떨 쳐내고 달려나가는 사람들 속에서 나는 고립되어 있었다. 꼼짝 못하는 사이 숨이 가빠지고 식은땀이 흘러내렸다. 무용수들이 앞을 향해 내달리 는 소리가 귓속을 파고들었다. 정신이 혼미해지고 있었다. 거대한 흰 꽃 의 역동적인 피고 짐이 나로 인해 어그러지고 있을 것이었다.

"출발하란 말이야!"

텐의 목소리가 점차 멀어져갔다. 그가 함부로 쳐대는 박수 소리가 어 둠 속에서 희끗한 스파크처럼 일었다 사라지고 있을 뿐이었다. 시간이 얼 마나 흘렀을까. 나를 옥죄고 있던 로프가 이제는 쇠사슬처럼 무겁게 나를 짓누르기 시작할 무렵이었다. 내 귓가에 따뜻한 입김이 부어져 들어오던 기억이 눈앞에 펼쳐졌다. 나는 소스라치며 어둠 속을 두리번댔다.

"제인, 괜찮아."

마리의 목소리였다.

"나는 네가 왜 우릴 찾아왔는지 알아. 너는 늘 완벽에 가깝게 춤을 추고 있었지만 누군가 뜬 주물에 갇혀 있는 것만 같았지. 나는 이상하게도 너의 숨소리는 들을 수가 없었어. 너는 숨을 쉬고 싶었을 거야. 너를 결박하고 있는 주물 같은 몸을 깨고 나와 너만의 춤을 추고 싶었을 거야."

밤마다 그들을 찾아가 연습실 구석에 뻣뻣하게 서 있던 나의 손목을 잡아 이끌며 마리는 말했었다.

"이 세계로 온 걸 환영해."

맥스가 쾌락에 들뜬 목소리로 속삭였다.

"나도 제인이 왜 우리를 찾아왔는지 이해할 수 있을 것 같아요. 이젠 제인을 의심하지 않아요."

나는 그들의 환영 속에서 그동안 껴입고 있던 죽은 제인의 옷들을 하나둘씩 벗었다. 어둠 속에 처음으로 드러난 나의 여린 몸을 그들이 만졌다. 어떤 손은 응달에 고인 물처럼 서늘했고, 어떤 손은 햇빛이 어른거리는 물처럼 따사로웠다. 마리의 손과 맥스의 손을 나는 구분하지 못했다. 그것은 더 이상 의미가 없었다. 나를 만지는 그 손들은 이미 그들이 아니었다. 한꺼번에 나의 맨살에 와닿고 있는 세계였다. 바람이었고 빛이었고 어둠이었다. 흙이었고 물이었고 불이었다. 한 번도 온전히 부대껴본 적 없던 세계였다. 내가 그동안 마주하지 못했던 세계가 한꺼번에 나에게 달려들었다. 나는 비명을 지르며 몸을 움츠러들었다가 한껏 이완되었다가 자지러졌다. 그들의 몸과 나의 몸이 매듭처럼 단단하게 얽혀들었다가 풀어지고 수축과 이완을 반복했다. 그렇게 춤을 추고 나면 우리 세 사람은 숨을 헐떡이며 늘어지곤 했다.

밤까지 이어지는 숲속의 열기와 더운 바람이 창을 타고 흘러들어 우리의 맨살을 스치고 지나갔다. 나는 어둠 속에 돌아누워 있는 맥스의 몸을 찾아 손을 뻗었다. 맥스의 어깨를 건드린 나의 손가락들이 서서히 아래로 미끄러지며 움푹 파인 허리를 지나갔다. 치솟은 엉덩이쯤에 다다랐을 때 맥스가 돌아누웠다. 맥스의 땀에 젖은 얼굴을 더듬던 나는 입술이 만져지자 거기에 내 입술을 포갰다. 눈을 감고 입술의 꼭짓점을 빨아들였다. 어느덧 맥스의 혀가 내 혀 위로 미끄러져 들어왔다. 나는 그의 혀를 통해 그동안 어둠 속에 잠겨 있던 내 입안의 구조를 탐색해나갔다. 어느새 맥스의 뜨거운 몸이 내게 밀착되었다. 그의 거친 심장 박동 소리가 내 고막에 소나기처럼 떨어져 내렸다. 다리를 벌려 그의 몸을 깊숙이 끌어안자 숲속 거대한 잎사귀 아래 로프처럼 똬리를 틀고 있던 뱀이 내 몸속으로 미끄러져 들어왔다. 나는 눈을 질끈 감고 햇빛이 들지 않았던 내 몸속의 그 터널을 들여다보았다. 어쩌다 바람을 타고 들어온 씨앗들이 둥근 벽에 뿌리를 내리고 발아하여 노르스름하고 희끗한 꽃들을 피워내고 있었다. 뱀이 미끄러져 들어온 터널 안 깊숙한 곳에서 마리의 목소리가 울려나왔다.

"제인, 나를 봐."

눈을 뜨자 어둠 속에서 나를 내려다보고 있는 건 맥스가 아니라 마리였다. 맥스의 몸이 리듬을 타기 시작하자 나의 입이 희열로 벌어졌다. 내 입안으로 이번에는 마리의 혀가 미끄러져 들어왔다. 내 손가락은 마리의 땀에 젖은 몸의 굴곡을 스쳐지나가 그녀의 다리 사이로 미끄러져 들어갔다. 그녀의 또 다른 입이 나를 빨아들일 듯 잡아당겼다. 내 입술에 와닿았던 마리의 입술은 어느덧 맥스의 입술로 옮겨 가 있었다. 나를 바라보고 있던 마리의 눈동자가 맥스를 바라보았고 신음을 내지르며 떨고 있는 마리를 향하고 있던 맥스의 초점이 멍하게 풀어진 내 눈동자에 맞춰졌다. 그러자 환희에 젖어들며 눈앞이 환해졌다. 더 이상 아무것도 무섭지 않고 불안하지 않았다. 내 몸은 햇빛에 마른 뱀의 허물처럼 투명해졌다. 몸속 실핏줄들이 가느다란 현처럼 바람에 떨며 진동하고 있었다.

*

얼마나 시간이 지났는지 알 수 없었다. 나는 여전히 한 발자국도 내딛지 못하고 있었다. 어느 순간부터 내 곁에서 분주히 달리던 무용수들의 발소리가 들려오지 않았다. 다들 어디로 간 것일까. 나는 떨리는 목소리로 그들을 불러보았다.

"아무도 없나요? 다들 어디 있어요?"

눈을 가린 천을 풀어내려 할 때였다. 텐의 목소리가 바짝 귓가에 들려왔다.

"안 돼, 제인. 가만히 있어요. 당신은 아직 한 발자국도 움직이지 못했어."

"못하겠어요."

나는 절박하게 뇌까렸다. 사악한 웃음소리가 들려왔다. 수치심에 몸이 떨렸다. 곧 텐이 어린 아이를 달래듯 말했다.

"아냐, 당신은 할 수 있어. 자, 손을 앞으로 뻗어봐."

나는 터져나오려는 울음을 겨우 삼키며 한 손을 앞으로 내밀었다. 거칠지만 따뜻한 온기를 가진 누군가의 손이 만져졌다. 그 손가락들이 내 손가락 사이를 간지럽혔다. 나는 숨을 멈췄다. 그러자 내 영혼을 움켜쥐려는 듯 그 손가락들이 점점 내 손을 꽉 쥐었다.

"뭐 하는 거예요?"

나는 아무것도 보이지 않음에도 주위를 두리번대며 말했다.

"날 좀 내버려둬요."

그러자 텐이 차가운 목소리로 명령하듯 말했다.

"뭐 하긴요. 춤을 추고 있죠. 제인, 당신 왜 이렇게 프로답지가 않아?"

나는 고개를 가로저으며 말했다.

"이게 춤이라고?"

그러자 그가 말했다.

"그래, 이건 춤이야. 너무 오랜만이라 기억이 잘 나지 않는 모양이군. 그렇다면 내가 도와줘야지. 걱정하지 마. 잘 이끌어줄 테니."

어느 순간 나의 몸에 그가 더 가까이 다가왔다는 것을 감지할 수 있었다. 복사열에 노출된 금속처럼 내 몸이 달아오르기 시작했다. 이상했다. 나는 지금 이 목소리와 이 냄새를 혐오하면서도 동시에 갈구하고 있었다. 독을 품고 있다는 것을 알면서도 그 향취에 현혹되어 자꾸만 독버섯 군락지로 걸어가는 것처럼 스스로를 제어하기가 어려웠다. 그럴수록 나는 그를 밀어내기 위해 다급하게 속삭였다.

"대체 나한테 왜 이러는 거야? 당신은 대체 누구야?"

"내가 누구일 것 같은가? 나는 지금 아무도 아니야. 다만 당신이 원하는 사람이 되어줄 순 있지."

그가 비웃는 목소리로 말했다.

그의 거센 손아귀가 내 손목을 잡고 이끌었다. 손끝에 그의 단단한 가슴이 만져졌다. 약함을 감추기 위해 혹독한 운동으로 몸에 새겨넣었을 근육들이 손끝을 스쳐지나갔다. 그러다가 손끝이 어딘가에 닿았을 때 나는 소스라쳤다. 다급하게 꿰맸을 자국. 무성의하고 무자비하게 아문 자국. 어느덧 나는 그의 몸에 새겨진 흉터를 더듬어나갔다. 그가 감추고 있는 은밀한 비밀을 밝혀내려는 듯이. 어느 순간 그가 내 손을 낚아채더니 제 입술에 가져다대고는 말했다.

"왜 이 흉터가 궁금한가? 내가 왜 나타났는지 알고 싶은가? 그래, 당신은 불안하겠지. 내가 사람들에게 당신의 비밀을 말할까봐서. 그렇게 불안에 떨고 있는 네 얼굴을 나는 더 천천히 보고 싶어. 지금처럼. 난 네가 어떤 사람인지 누구보다 잘 알지. 무엇을 원하는지 다 안다고. 아니라고 부정하겠지만 너는 그 누구보다도 나약한 인간일 뿐이야. 감정이 있고 욕망에 지배받는 인간이란 말이지. 그렇지만 그걸 인정하지 않고 억눌러왔기 때문에 너의 욕망은 더욱더 짐승처럼 사나워져 있어. 너는 그렇기 때문에 더 무너지기 쉬운 거야."

내가 날카롭고 빠르게 속삭였다.

"그만해. 사람들이 있잖아. 제발 그 입을 닥치라고."

나는 그에게 벗어나기 위해 몸부림치다가 가까스로 내 눈을 가리고 있던 천을 풀어냈다. 그러나 침침해진 눈앞에 드러난 무대 위에는 아무도 남아 있지 않았다. 너무나 적요한 침묵과 어둠이 무대 위에 밀도 높게 차올라 있었다. 눈을 가리고 있던 사이에 시간은 마치 검은 하수구 속으로 휩쓸려 들어가버린 것만 같았다. 섬뜩했다. 나의 몸은 여전히 로프에 매여 있었다. 간단히 풀어내버릴 수 있는 것이지만 나는 어쩐지 그것을 풀어낼 수 없을 것 같았다. 어쩌면 나는 로프에서 벗어나고 싶지 않았던 게 아닐까. 눈앞에 바짝 다가와 있는 텐의 얼굴을 새삼스럽다는 듯 들여다보았다.

이상하게도 어둠 속에서 그의 얼굴이 더욱 선명하게 눈에 들어왔다. 푸른 잉크가 농밀하게 퍼져나가고 있는 듯 컴컴한 눈동자. 그 눈동자가 속삭이는 것만 같았다. 나를 좀 봐달라고, 좀 껴안아달라고. 나는 그가 왜 그토록 미치광이같이 날뛰고 있는지, 어째서 나를 찾아왔는지 알 것 같았다. 그는 미친 듯이 외로운 사람인 것이다. 그러나 그건 나만의 착각이라는 듯 그가 갑자기 쥐고 있던 내 손을 놓아버렸다. 나는 졸지에 다시 어두운 방에 내동댕이쳐진 기분이 들었다. 땀에 흠뻑 젖은 몸이 식어가며 몸이 덜덜 떨려왔다. 그가 싸늘해진 눈으로 말했다.

"당신의 진짜 얼굴을 봤나요, 제인? 당신은 이렇게 나약해. 쉽게 무너져 내린다고."

나는 숨을 몰아쉬며 말했다.

"대체 나하고 뭘 하자는 거지? 사람들은 다 어디로 간 거야?"

그가 한쪽 입가를 올려 조소하듯 말했다.

"당신만 돌진하지 못하더군. 다들 그런 당신을 한심하다는 듯 지켜보다가 먼저 돌아갔어. 당신이란 사람은 그렇게 나약하고 비겁하지. 언제나 어느 순간에나 자신에 대한 보호본능 때문에 아무것도 하지 못하지. 빌어먹을 당신의 그 나약함이 모든 걸 망쳐버린 거야."

텐은 치솟는 감정을 억제하지 못하고 떨고 있었다. 그러나 곧 스스로를 추스르며 다시 냉정을 되찾은 목소리로 말했다.

"이제 어떻게 할 건가? 공연은 얼마 남지 않았는데 당신은 아직 출발 조차 하지 못했으니."

그는 나를 혹독하게 몰아붙였다. 윽박지르고 분노를 표출하며 나를 제 맘대로 가지고 놀고 있었다. 나는 어쩌다 이렇게 그에게 끌려다니게 되었는가. 반박할 말을 찾을 수가 없었다. 어디서부터 어떻게 잘못되었는 지 알 수가 없었다.

"전에 당신은 이 춤에 확고한 의지를 보여주겠다고 했지. 그때의 자신 만만함은 어디로 갔나? 오늘 보니 당신은 그저 오기를 부렸던 것뿐. 사람들의 평가가 틀리지 않았군. 내가 잘못 판단했어. ……제인, 당신은 이 춤을 출 수 없겠어요. 포기한 걸로 알고 다른 무용수를 찾아보겠습니다."

그는 나로부터 빠르게 멀어져갔다. 문이 열리며 눈부신 바깥의 창백한 불빛이 내 눈을 찔렀다. 그러나 그 순간 나는 있는 힘을 다해 그에게 힘 주어 말했다.

"아뇨, 안 돼요. 포기하지 않아요."

그가 다시 문손잡이를 잡은 채 나를 돌아보며 말했다. 그의 목소리가 싸늘하게 식어 있었다.

"그러니까 끝까지 나와 이 춤을 추겠다는 건가?"

나는 그를 똑바로 바라보며 말했다.

"나는 제인이에요. 무대를 떠나서는 살 수 없어요. 있는 힘을 다해 이 춤을 출 겁니다."

그는 아무런 대답 없이 가버렸다. 문이 쿵 소리를 내며 닫혔다. 멀어져 가는 텐의 발소리를 나는 끝까지 놓치지 않으려는 듯 귀 기울여 듣고 있었다. 그러나 곧 이어 텐이 다시 이쪽으로 걸어오는 소리가 들려왔다. 그가 마치 분노를 억누르는 듯한 걸음으로 내 앞까지 바짝 다가오더니 나지막한 목소리로 뇌까리듯 말했다.

"내일부터 제인은 특별 훈련을 받습니다. 아시겠습니까?"

나는 푸른 얼음 조각 같은 눈동자를 맞서듯 바라보았다.

건물 밖으로 빠져나온 나는 온몸이 땀에 젖었고 이마에는 미열이 올라 있었다. 주차장 쪽으로 걸어가던 어느 순간 맞은편 어둠 속에서 날카로운 헤드라이트 불빛이 나의 눈을 깊숙이 찔러왔다. 돋보기를 투과한 햇빛처럼 강렬해서 내 눈동자를 태워버릴 것만 같았다. 빛에 적응이 될 무렵 눈을 깜박이며 유리 너머를 바라보았다. 텐의 얼굴에는 그동안 본 적 없던 두려움과 고통 따위가 신랄하게 새겨져 있었다.

멈춰 있던 그의 승용차는 느리게 움직여 내 곁을 지나쳐갔다. 나는 텐의 옆얼굴을 놓치지 않고 바라보았다. 어쩐지 그 순간 나는 그가 아주 오래전부터 알아온 사람처럼 느껴졌다. 그런 느낌이 어디에서 비롯된 것인지 알 것 같았다. 텐의 이중적이고 딱딱해 보이는 얼굴은 나를 닮아 있었다. 약함을 감추기 위해 위장한 얼굴인 것이다. 어쩐지 목구멍으로 담즙 같은 쓸쓸함이 밀려나왔다. 몸이 휑하니 비어버린 기분이었다. 믿어지지 않게도 나는 그의 체취와 체온에 빠르게 익숙해져가고 있었다.

*

오래전 어둠 속에서 맥스와 마리와 나는 나신이었다. 우리의 몸은 그 누구도 풀어낼 수 없는 매듭처럼 단단하게 얽혀들었다. 우리를 결속하고 있던 그 매듭이 서서히 숨통을 조이며 피가 발끝에서부터 머리로 치밀고 올라가는 듯 깊은 해방감이 찾아오고 있을 때였다.

가느다란 빛줄기가 어둠 속으로 스며들어오는 기미를 나는 알아차렸다. 맥스의 몸은 내 안에 깊숙이 결합되어 있었고, 마리는 그런 맥스와 키스를 나누고 있었다. 완전히 그 순간에 몰입하고 있는 그들과 달리 나는 미몽에서 깨어난 듯 부신 눈을 깜박이며 고개를 돌렸다. 문 틈새를 향해 우리를 엿보고 있던 누군가와 눈이 마주쳤다. 순간 나는 몸이 뻣뻣하게 굳어버렸다. 우리의 매듭은 그렇게 발각되었다. 그날 오래도록 버려져 있던 기념관의 건물에 무용학과 학장이 왜 느닷없이 찾아온 것인지는 알 수 없었다. 사람들의 시선을 피해 숨어들어 밤마다 추었던 우리의 춤. 풀어질 줄 모르던 쾌락의 매듭. 세상 사람들에게 우리의 춤은 금기를 뛰어넘은 부도덕이자 파렴치한 폭력일 뿐이었다. 그들에게 자비란 없었다. 마리는 성폭력 교사로 경찰에 넘겨졌고 그날 이후 철저하게 세상으로부터 부정당했다. 그동안 마리가 보여주었던 혁명의 몸짓과 혁신적인 춤들은 모두 추악한 변태 행위로 낙인찍혔다. 나와 맥스와 마리는 격리 조치를 당한 상태에서 각자 조사를 받았다.

"제인도 원해서 그들과 만남을 가졌던 건가요?"

"아뇨, 원한 적 없습니다."

"그럼 강제성이 있었다는 건가요?"

"네."

"누가 먼저 시작한 거죠?"

"마리 선생입니다."

"그녀가 뭐라고 말하던가요?"

조사실로 꾸며진 강의실의 천장에서 회전하고 있는 선풍기의 날개 소리가 나의 귀를 저몄다. 이마에서는 식은땀이 흘러내렸다. 땀방울이 떨어져 내 엷고 흰 스커트 자락을 투명하게 적시고 있었다. 아직 내 몸에는 그들과 함께 얽혀 있을 때 느꼈던 열락의 감각이 채 식지 않은 상태였다. 그러나 나는 차갑게 굳어버린 목소리로 말했다.

"너도 느껴보라고 말했습니다. 전혀 새로운 세계가 열릴 거라고요."

"그게 다인가요? 그럼 어느 정도 제인도 자발적인 의지로……."

나는 나를 옥죄었던 로프의 감촉과 내 입이 벌어지며 터져나왔던 신음 소리들을 되새기며 말했다.

"아뇨, 마리는 내 몸을 강제로 묶었습니다. 그리고…… 움직이지 말라고, 저항하지 말라고 했습니다. ……저는 너무나 무서웠습니다. 어둠 속 앞이 보이지 않는 상태에서 위협을 느꼈습니다. 죽고 싶을 만큼 무서웠습니다."

나는 입술을 깨물고 그들 앞에서 유린당한 자의 얼굴이 되어 고개를 숙였다.

문을 닫고 조사실로부터 멀어져가는 나의 귀에 마리의 속삭임이 들려오는 것만 같았다. *괜찮아. 아프면 우는 거야. 울음을 참으려 하지 마.* 나는 그 목소리로부터 벗어나기 위해 달리기 시작했다. 그날 나는 세상으로부터 버림받는 것이 두려웠다. 사람들이 나를 외면하게 될까봐 무서웠다. 나를 데리고 온 그 여자에게 버림받지 않기 위해 제인의 옷을 입고 춤추는 것을 멈추지 않았던 것처럼, 나는 이번에도 또다시 사력을 다해 세상으로부터 떨어져나가지 않기 위해 노력하고 있었다. 그렇게만 된다면 나는 무슨 말이든 할 수 있었다. 마리가 나를 짓밟고 학대했다고 말할 수 있었다. 심지어 내 목을 조르고 나를 죽이려 들었다고 말할 수 있었다. 수십 번 반복해 대답할 수 있었다. 그들이 일방적으로 나를 그곳으로 유인했다고. 나는 결코 원한 적이 없는데 그들의 협박에 못 이겨 그곳에 간 거라고. 그들은 내 입에 강제로 혀를 집어넣고 춤을 명분으로 나를 유린했다고. 나의 전부를 부정하고 자신들의 생각을 나에게 강제했다고.

*

그날은 아침부터 비가 퍼붓고 있었다. 맥스는 학교에서 퇴학 조치를 당했고 마리는 성범죄자로 낙인찍혔다. 그들 모두 나에게 접근금지 명령을 받았다. 그건 내가 이제 영원히 그들에게 가닿을 수 없음을 의미하는 것이기도 했다. 한때 내가 미행해 들어갔던 숲속의 길은 이제 나에게 영원히 폐쇄되었다.

얼마쯤 시간이 흘러 맥스가 학교 연습실로 나를 찾아왔었다. 그때 나는 미친 듯 가슴이 두근댔다. 살면서 다시는 그의 얼굴을 볼 수 없을 거라 생각했기 때문이었다. 맥스를 알아본 학생들이 수군거렸다. 한때 그들은 내가 먼저 맥스를 유혹했다고 수군거렸다. 사실은 내가 마리를 사랑해서 접근한 거라고 속닥거렸다. 그러나 일방적인 성폭행 사건으로 종결된 이후 그들은 입을 다물었다. 나는 맥스에 대한 반가움을 철저히 감추고 그를 향해 걸어갔다. 춤을 추던 모든 학생들이 동작을 멈추고 이쪽을 바라보고 있었다.

맥스에게 가까이 다가가면서 나는 슬픔으로 떨리는 입술을 지그시 깨물었다. 맥스의 얼굴은 엉망이 되어 있었다. 천진하게 반짝이던 그의 눈동자는 분노로 탁해졌고, 발그레하게 혈색이 돌던 그의 얼굴은 납빛이었다. 수염을 자르지 않은 지 한참 된 것 같았다. 스스로를 세상으로부터 내팽개친 사람 같았다. 무엇보다 참담했던 것은 나를 보는 그의 눈동자에 조금의 반가움도 엿보이지 않는다는 사실이었다. 맥스가 싸늘한 말투로 말했다.

"마리 선생을 보고 오는 길이야. 로프로 목을 매려다가 나무에서 추락했어. 다시는 춤을 출 수가 없게 되었어. 너를 만나고 싶대. 너를 데리고 오래. 그래서 왔어."

이쪽을 주시하고 있던 모두가 이제 나의 대답에 귀 기울이고 있었다. 나는 힘주어 말했다.

"접근금지 명령이 내려졌다는 거 모르나요? 다시는 찾아오지 마세요."

그의 눈이 나를 몇 초간 노려보았다. 내 영혼의 뿌리까지 캐보려는 듯이 집요한 눈빛이었다. 그는 더 이상 아무런 말도 하지 않고 뒤돌아섰다. 그러고는 차분한 발걸음으로 멀어져갔다.

그날 밤 마지막까지 연습실에 남아 있던 나는 건물을 빠져나왔다. 그제야 스콜이 쏟아지고 있다는 사실을 깨달았다. 섬나라 위에 버티고 있던 모든 것들이 휩쓸려 사라져버릴 것만 같았다. 오래전 죽은 사람들이 지어놓은 사원들이, 바닷길을 따라 늘어서 있는 창고들과 강물에 떠 있는 배들이, 숲의 나무들이, 하늘을 날고 있던 새들이, 그리고 거리마다 다양한 인종의 사람들이 지어놓은 집들이 모조리 진흙탕에 뒤섞여 사라질 것만 같았다.

나는 미친 듯이 퍼붓는 빗속에서 나를 겨누고 있는 한줄기 빛을 보았다. 헤드라이트 불빛이었다. 그 순간 그것이 지옥같은 고독으로부터 나를 구원하려는 구원의 빛처럼 보였다. 그 빛이 나를 향해 돌진해왔을 때 나는 비켜설 생각이 없었다. 아니, 오히려 그 빛에 눈이 멀어버릴 것만 같은 황홀경을 느꼈다. 내가 태어나 처음으로 맞아보는 가장 따뜻한 빛이었다.

그러나 나를 향해 돌진하던 그 빛은 수없이 내리치고 있는 빗살에 가로막힌 것처럼 어느 순간 방향을 꺾었다. 곧 이어 귀가 먹을 것 같은 굉음과 함께 나는 그 빛의 정체를 깨달았다. 나를 들이받으려 했던 차는 빗물에 미끄러지며 숲속을 향해 돌진했다. 차는 곧 거대한 나무둥치를 들이받았고, 나무에 되비친 헤드라이트 불빛은 차 앞유리에 맺힌 맥스의 핏자국을 선연히 보여주었다.

나는 온몸이 비에 젖은 채 길가의 공중전화 부스에 들어가 전화를 걸었다. 상대는 내가 무대 위에서 군무를 출 때부터 관객석에 앉아 나를 지켜봐왔던 진이었다. 진은 내가 공연이 있을 때마다 꽃다발 속에 명함을 넣어 나를 찾아왔다. 그렇게 몇 번 본 게 다였다. 내 지갑에 아무 생각 없이 꽂아둔 무수한 명함 가운데 하나가 그였다.

"안녕하세요, 제인이에요."

"아, 네. 안녕하세요. 그런데 무슨 일이세요?"

"저를 좀 데리러 와주실 수 있을까요? 비가 너무 많이 내려서요."

진은 잠시 침묵하고 있다가 답했다.

"……네, 잠시만 기다리고 있어요."

얼마쯤 지나자 빗속을 뚫고 헤드라이트 불빛 하나가 내게 다가왔다. 그날 나는 진이 펼쳐든 우산 속으로 태연하게 걸어 들어갔다. 도망칠 곳이 필요했다. 우산 속에서 곁에 붙어 서 있는 진의 몸이 미세하게 떨렸다.

진의 차를 타고 어딘가로 가는 동안 나는 차창 너머 쏟아지는 빗줄기를 바라보고 있었다. 나는 지금 가고 있는 곳이 마리가 말했던 그 섬이라고 믿고 싶었다. 눈을 감았다. 마리가 했던 말이 떠올랐다.

제인, 오래전 일이야. 사람들이 나의 춤을 이해하지 못해서 더 이상 무대 위에서 춤을 출 수 없게 된 나는 죽기로 결심했었지. 그래서 무턱대고 어느 작은 섬을 찾아갔어. 그 섬에서 늙어 죽을 때까지 나오지 않을 작정이었어. 그런데 어느 달이 환한 밤이었어. 달은 몹시 붉었고 바다로 추락하고 있는 듯 몹시 낮게 떠 있었어. 정말 그 아래로 다가가 손을 뻗으면 뜨거운 달이 만져질 것만 같았지. 그 달에 홀린 듯 나는 그 섬을 돌아다녔어. 죽음 뒤의 세계처럼 고요한 밤이었어. 까끌까끌한 모래를 맨발로 헤치며 걸어가던 어느 순간 나는 멈춰 섰어. 멀리 나무들 사이에서 타조들이 춤을 추고 있었어. 더 이상 하늘로 날아오르지 못하는 거대한 새들이 마치 날고 싶은 욕망을 분출하듯 춤을 추고 있었던 거야. 나중에 알고 보니 짝짓기를 하기 전 상대를 유혹하기 위한 몸짓이었어. 그렇지만 내가 보기에 그들은 분명 하늘을 날았던 기억으로 춤을 추고 있는 것 같았어. 그때 나는 생각했어. 다시 살아야겠다고. 그리고 다시 춤을 춰야겠다고. 사람들이 비난해도 상관없다고. 죽음과 같은 고요한 섬에서 처절하게 춤을 추고 있는 타조들처럼 나 또한 어둠 속에서 나만의 춤을 영원히 출 거라고 말이야.

이해할 수 있겠니? 어둠 속에서 추는 춤만이 진정한 춤이라는 걸. 그런 춤만이 아름다울 수 있다는 걸. 그런 춤을 춰야지만 우리가 살아남을 수 있는 거라는 걸. 그러니 다른 사람들은 신경 쓰지 마. 오직 너의 춤을 춰, 제인.

잠시 뒤 거센 비를 뚫고 도착한 곳은 진의 아파트였다. 진과 나는 테이블을 사이에 두고 마주 앉아 있었다. 온통 빗물에 젖은 나는 떨고 있었다.

"감기 걸리겠어요. 우선 따뜻한 차를 마시겠어요?"

진의 다정한 권유에 나는 아무런 대답도 하지 않았다. 그가 부엌으로 가서 찻물을 끓이는 동안에 욕실 앞으로 걸어갔다. 그러고는 젖어서 몸에 달라붙어 있는 옷을 벗었다. 몸에서 온통 피비린내가 맡아지는 것만 같았다. 뺨에 달라붙은 머리카락과 손가락 틈새에서도. 그 냄새를 견딜 수가 없어 낯선 욕실로 걸어 들어갔다. 그곳은 그날 밤 내가 도망칠 수 있는 세상의 끝이었다. 나의 몸은 오래도록 뙤약볕 아래를 쉬지 않고 걸어온 것처럼 열이 올라 있었다. 몸 여기저기에 꽃물이 든 것처럼 피멍이 들었다. 수증기가 차올라 희붐한 거울을 닦아냈다. 얼굴은 맞은 것처럼 부어올라 있고 입술에는 피딱지가 앉아 있었다. 따뜻한 물이 쏟아지고 있는 샤워기 아래에 서자 그동안 잊고 있던 온몸의 통증이 느껴졌다. 비명을 삼키기 위해 입술을 깨물었다.

욕실에서 나온 나는 덜덜 떨며 진의 침대 이불 속으로 들어갔다. 어디든 몸을 숨길 데가 필요했다. 다시 삶을 살아가야 했다. 죽지 않기 위해 누구의 체온이라도 얼마간 나누어 받아야 했다. 그렇게 나는 순전히 나를 위해 진의 삶에 끼어들었다. 말없이 나를 내려다보는 진의 손을 잡고 나의 어둠 속으로 그를 끌어당겼다. 이불 속으로 들어온 진의 심장은 미친 듯 뛰고 있었지만 나의 심장은 멈춰 있었다. 그의 몸은 한낮의 열기 속 아스팔트처럼 달아올랐지만 나의 몸은 그렇지 못했다. 그럼에도 진은 이미 죽어 있는 나를 힘껏 껴안았고 나는 눈을 감았다.

나는 진이 몸속으로 들어오는 것을 느끼며 빗속을 뚫고 숲으로 걸어 들어가던 마리의 뒷모습을 떠올렸다. 마리의 손에 쥐어져 있던 그 로프는 그녀가 나의 몸을 결박해뒀던 것이었다. 마리는 끝없이 나의 내면에 잠들어 있는 감정과 감각을 일깨우려고 했었다. 로프에 속박되어 있는 내가 있는 힘을 다해 맥스를 향해 달려들기를 원했다. 내가 진정 원하는 것을 향해 움직이기를 바랐다. 그녀는 내 몸을 결박함으로써 역설적이게도 나를 결박하고 있는 올가미로부터 나를 풀어주려 했다. 내가 고립되어 있던 섬을 떠나 훨훨 어두운 허공 속으로 날아오르기를 바랐던 것이다. 그러나 나는 끝내 나를 결박하고 있는 로프를 풀어내지 못했다. 좀 더 사력을 다해 어둠을 향해 뛰어들지 못했다. 그러다 끝내 삶도 죽음도 아닌 곳에 떨어졌다. 나는 죽음으로 뛰어들지도 못하고 그렇다고 삶 속으로 걸어 들어가지도 못했다. 그저 먼지만 자욱이 쌓여 있는 무대 위에 남아 있었다. 그곳에서는 숨소리도 들리지 않고 누군가의 체온도 느껴지지 않았다.

그날 나는 레나를 가졌다. 레나는 나의 도피처였고 저주 같은 그 춤을 끝낼 명분이기도 했다. 몸속에서 레나가 자라는 동안 모든 것이 잊어졌다. 몸에 당기는 기름진 음식과 따뜻한 음식들을 집어삼키는 동안 마리와 맥스의 따뜻하고도 서늘한 몸이 내 몸과 교차되고 포개지던 감각들로부터 멀어져갔다. 빗물에 젖은 거대한 나무 위로 기어오르던 마리의 가벼운 몸짓을 잊었다. 마리가 끝내 나무의 높은 곳까지 올라갔던 순간 발을 헛디뎌 숲으로 추락하던 모습을. 끝내 새처럼 허공으로 날아오르지 못하고 죽은 사람처럼 꼼짝 없이 누워 있던 마리를. 그런 그녀를 숲에 버려둔 채 사력을 다해 깊은 숲에서부터 도망쳤던 나의 거친 호흡 소리를 지웠다. 나를 향해 돌진했던 헤드라이트 불빛과 그 밤의 무늬였던 맥스의 핏자국까지도.

그러던 어느 날 거울 속 내 모습에 소스라쳤다. 낯선 여자가 그곳에 서 있었다. 어느덧 그들과 연습실에서 뒹굴며 몸에 생겨났던 상처와 흉터들이 감쪽같이 아물어 있었다. 생명이란 것은 덧없이 부서지기 쉬운 것이기도 하지만 때로는 놀랍도록 질긴 것이었다. 나는 마지막 생명의 끈을 붙잡고 무섭게 회복해갔다. 깨졌던 발톱은 다시 자랐고 벗겨졌던 살갗은 아물었다. 피부에서는 윤기가 돌았고 어깨는 둥글어지고 가슴은 부풀어 올라 있었다. 거울 속에서 진이 다가와 뒤에서 나를 껴안았다. 나는 진에게 말했다.

"이제 다시 시작해야겠어."

아주 오랜 잠에서 깨어난 사람처럼 나는 말했다. 진은 소스라쳤고 산부인과에서는 절대 무리를 해서는 안 된다고 말했다. 그러나 나는 다시 지옥 같은 무대로 돌아가기 위해 개인 연습실을 빌려 둔감해진 몸을 다시 깎아나가기 시작했다. 자궁 속에서 잠을 자던 아이는 맹렬하게 비명을 질러댔지만, 나는 아이의 비명 소리에 귀를 기울이지 않았다. 오로지 다시 원래의 자리로 돌아가기 위해 연습하고 또 연습했다.

나를 닮아 아이는 생명력이 끈질긴지 죽지 않고 태어났다. 그러나 미숙아로 태어나 한 달 동안 인큐베이터에 있어야 했다. 살아남은 아이에게 레나라는 이름을 붙여주었다.

6장

흉터_텐

공항에서 입국 수속을 밟고 게이트로 나가자 누군가 내 이름이 적힌 피켓을 들고 기다리고 있었다. 많이 잡아도 삼십 대 초반으로 보이는 인도 여자였다. 검은색 반팔 티셔츠에 청바지를 입은 여자는 다갈색 피부가 건강해 보였다. 무더운 날씨에 약속 시간에 늦지 않으려 달려온 모양인지 몹시 땀을 흘리고 있었다. 국립무용단에서 보낸 사람일 터였다. 여자가 손목 아래로 흘러내린 팔찌들을 추어올리며 물었다.

　"텐?"

　나는 고개를 끄덕였다. 여자가 조금 경직된 태도로 말했다.

　"숙소로 안내해 드리러 왔어요. 계시는 동안 불편한 점이 있으면 저에게 말씀해주세요."

　여자는 주차장까지 걸어가며 몇 가지 사항들을 전해주었다. 나는 흘려듣다가, 숙소를 로버트슨 키 근방에 잡았다는 말을 듣고서야 고맙다고 짧게 답했다. 바깥 거리로 나가자 덥고 습한 공기가 폐부로 밀려들어왔다. 숙소로 가는 동안 나는 가끔 고개를 끄덕일 뿐 아무 말도 하지 않았다. 친절해 보이려는 듯 이것저것 물어보던 여자도 지쳤는지 입을 다물었다. 침묵 속에서 나는 다만 창밖에 시선을 두었다. 열 시간 전만 해도 눈에 뒤덮인 핀란드에서 진통제를 삼키고 있었다. 그러나 이제는 차창 너머 거리로 한껏 햇볕을 쬐고 무성해진 나무들이 짙은 녹색을 띠고 있는 나라에 와 있었다. 맨살을 드러낸 사람들은 열기에 짓눌려 있었다.

나는 숙소에 도착하자마자 여자를 보내고 체크인을 했다. 방은 삼 층에 있었다. 방에 들어와 유리창 앞에 섰다. 맞은편에는 강 건너 로버트슨 키의 주택가가 눈에 들어왔다. 강변에 늘어선 노천카페 테이블마다 모여든 사람들이 서로의 얼굴을 바라보며 대화에 열중하고 있었다. 여러 나라의 언어들이 저마다 다른 톤으로 울려나와 뒤섞였다. 적어도 이곳에서 내려다보니 그들의 삶은 여유로워 보이는 한 장의 그림 같았다. 그러나 나는 그들 속에 섞여 들 수 없는 영원한 이방인이었다. 나는 이미 이 세상 사람이 아니었다. 이 세상과 마음속에서 인연을 끊은 지 오래되었다. 나는 시선을 거두어 유리창에 비친 내 얼굴을 바라보았다.

푸른 광물 조각처럼 박혀 있는 눈동자가 내면에 들끓고 있는 증오심과 무관하게 차갑게 빛나고 있었다. 오랜 시간 가슴속에 품어온 증오심은 나를 메말라가게 했다. 언젠가부터 나는 아무것도 느낄 수가 없었다. 먹는 즐거움이 사라졌고 음악을 듣지 않았다. 저렇듯 부시게 내리쬐는 정오의 햇살 속에서 샐러드와 찻잔을 늘어놓고 타인과 교감을 나누는 시간은 나에게 허락되지 않았다. 나는 철저히 이날만을 위해서 살아왔다. 내 모든 것을 앗아간 그녀, 제인에게서 모든 것을 몰수하겠다는 일념으로 버텨왔다.

그러므로 싱가포르 국립무용단으로부터 이메일을 받았을 때 나는 드디어 기다리던 순간이 왔다는 사실을 깨달았다. 중립국인 싱가포르에서는 매년 삼월 세계평화와 화협을 위한 국제적인 공연이 열리는데, 그 오프닝 공연의 안무를 맡아달라는 제안이었다. 이제 세상은 나를 예전의 나약한 레이로 보지 않았다. 그들은 나를 돌연 세상에 나타난 혁신적인 안무가 텐으로 기억했다. 물론 이렇게 되기까지 순조로웠던 것만은 아니다. 처음 내가 시도했던 안무에 대한 평단의 시선은 싸늘했다. 그들은 나의 안무가 구조적으로 아무런 이론적 토대가 없는 단지 자극적인 춤일 뿐이라며 신랄하게 비판했다. 어두운 무대 위에 박제된 짐승들의 사체를 늘어놓고 반라의 무용수들이 처절하게 무대 위를 배회하는 동안에 객석은 텅 비어갔다. 무용수들은 흐느끼며 무대에 남아 춤을 추었다. 그러나 나는 끝까지 포기하지 않았다. 기회를 찾아 어느 나라로든 떠났고, 새로운 시도를 멈추지 않았다.

그것이 맥스의 삶을 이어가는 길이라 여겼다. 나는 언제나 가슴속에 맥스를 품고 있었고, 언제 어디서든 그처럼 사고하고 행동하려 노력했다. 아니, 사실은 노력할 필요가 없었다. 그는 이미 내 안에 살아있었고, 그가 원하는 것이 곧 내가 원하는 것이었다. 그러면 매순간 세상의 시선 따위에 굴하지 않을 것이었고, 또한 결국 이 땅에 돌아올 것이었다. 그리하여 그날 모든 것을 망가뜨린 그녀, 제인을 단죄할 것이었다. 그게 그가 원하는 것이라고 나는 믿었다.

그러나 세상의 벽은 너무나 높았다. 어쩌면 기회를 잡지 못할 수 있다는 생각이 짙어질 즈음이었다. 마지막 공연일지 모르겠다 생각하고 임했던 마드리드 공연에서 기회가 찾아왔다. 누군가 나의 공연을 촬영해 유튜브에 올렸고 폭발적인 조회수를 기록했다. 나는 대중에 의해 발굴된 혁신적인 안무가로 자리매김했다. 사람들은 기존의 관습으로부터 자유로운 춤에 기꺼이 열광해주었다. 그러니 싱가포르에서 초청이 왔을 때 제인과 함께 하겠다는 나의 말에 담당자들이 적잖이 당황한 건 당연한 일이었다. 그들이 볼 때 제인은 이제 은퇴 직전의 무용수였다. 그녀가 고수하고 있는 스타일은 낡았고 그녀의 몸은 엄중한 규율과 패턴 속에서 경직되어 있었다. 그녀는 혁신과 파격으로 무장한 나와는 불협화음을 일으키는 존재로 보였을 것이다. 그러나 나는 막무가내로 밀어붙였다. 사람들의 눈치 따위는 보지 않았다.

지금까지 안무가로 살아남았던 것은 오직 이 순간을 위해서였다. 세계 평화와 화협 따위에 나는 아무 관심도 없었다. 지구에 종말이 오고 여기저기서 사람들이 죽어나간다 하더라도. 내가 바라는 것은 제인이 파멸하는 것을 지켜보는 거였다. 그런 생각을 할 때마다 맥스가 되살아나는 기분이었다. 나는 맥스가 마지막까지 매달렸던 그 춤을 다시 무대 위에 올릴 것이다. 그리고 그 무대에 제인을 끌어들일 것이다. 언제나 기존의 규칙과 형식 안에서 완벽하고 안전하게 춤을 춰온 제인. 그녀는 내 무대를 감당하지 못할 것이다. 맥스의 열망이 실려 있는 그 춤은 그녀의 몸을 압도하고 정신을 흔들어놓을 것이다. 그녀는 끝내 버티지 못할 것이고, 수많은 사람들이 지켜보는 오프닝 무대에서 자신이 이제껏 쌓아올렸던 모든 것들이 무너지는 광경을 보게 될 것이다. 아무것도 남지 않은 싸늘한 무대 위에서 죽음을 경험하게 할 것이다.

모든 것이 마련되었다. 나는 모두가 주목하는 무대를 얻었고, 그녀를 조종할 수 있는 위치에 올라섰다. 문제는 제인이었다. 그녀가 나의 제안을 거절하지 않도록 만들어야 했다. 이번 공연이 자신에게 찾아온 '절호의 기회'로 보이게끔 만들어야 했다. 자신에게 차디찬 얼음이 되어버릴 무대가 한없이 잔잔한 수면처럼 비쳐 보여야 했다. 그러기 위해서는 먼저 그녀의 현재를 샅샅이 파악해볼 필요가 있었다. 종국에는 그녀가 지금 가장 절박하게 원하고 있는 것, 그것이 무엇인지를 간파해야 했다.

사람들은 어떤 것들을 달콤한 유혹으로 여길까. 그것은 본인이 가장 절실하게 필요로 하고 있는 것. 이를테면 죽고 싶은 사람에게는 독약이, 취하고 싶은 사람에게는 알코올이, 그리고 회개하고 싶은 사람에게는 종교가 가장 달콤한 법이다. 그러므로 나는 제인이 지금 가장 원하는 것, 그것을 알아내기 위해 오랜 시간 치밀하게 공을 들였다.

그녀가 눈치채지 못하도록, 그녀의 귀에 가닿지 않도록 그녀의 주변인들에게 접근했다. 그녀의 무용단 동료들 혹은 선배들, 오래전에 가르쳤던 제자들, 심지어 메이크업과 의상을 담당했던 코디네이터에게까지 접근했다. 그녀는 나와 같은 업종에 있었고, 이쪽 업계의 사람들의 관계망은 거미줄처럼 얽혀 있었다. 그리하여 나는 거미줄을 오가는 굶주린 거미처럼 한 사람씩 거미줄을 타고 건너다니며 그녀의 현재와 내면에 침투했다. 가장 요긴했던 사람들은 물론 그녀가 적으로 만든 사람들이었다. 그녀로 인해 더 이상 공연에 참가하지 못했던 사람들, 그녀가 거절한 바람에 좋은 기회를 박탈당한 사람들. 그런 사람들을 찾는 건 어려운 일이 아니었다.

그러나 그녀의 사생활에 접근하는 것은 쉽지 않았다. 사람들의 말은 어디까지나 그녀의 공적인 일들과 관련되어 있었다. 나는 그녀가 어디에 살고 있고 주로 어떤 생활을 하고 있으며 취미가 무엇인지 따위를 알아내기는 어려웠다. 대체 어떤 남자와 삶을 꾸려나가고 있는지에 대해서도. 그녀는 무척이나 폐쇄적인 삶을 살아가고 있었다. 마치 오래전의 비밀을 무의식중에 신경 쓰고 방어하고 있는 것처럼 보였다. 인터뷰도 가급적 응하지 않았고 전기 영화 제의도 거부했다. 사람들과의 정기적인 모임도 필요 이상으로 지속되면 탈퇴했고 휴대폰 번호도 외부에 알리지 않았다. SNS 활동도 일절 하지 않았다.

방법이 없다고 생각했을 때였다. 검색을 하다가 운 좋게 그녀의 딸 레나를 알게 되었다. 레나의 인스타그램을 날마다 방문했다. 레나는 제인과 달리 스스럼없고 자유분방한 성격을 갖고 있는 것 같았다. 레나가 밤마다 업데이트 하는 사진들을 집요하게 훑어보며 나는 제인의 은밀한 동태들을 파악해나갔다. 레나의 사진을 통해 나는 제인이 살고 있는 동네가 로버트슨 키에 있으며 그녀의 집이 강이 내려다보이는 빌라라는 것도 알게 되었다.

그러나 레나의 사진 속에서 제인을 찾는 것은 쉽지 않았다. 사진 속에 제인은 자주 등장하지 않았고, 어쩌다 우연히 포착되더라도 정면을 바라보고 있지 않았다. 사진의 주인공은 대개가 치아를 드러내며 활짝 웃고 있는, 얼굴이 까무잡잡한 여자였다. 그녀는 아마도 제인의 집에 상주하고 있는 헬퍼로 보였고 거의 가족처럼 지내는 것 같았다. 레나의 시선이 담긴 사진을 통해 나는 레나가 크리스티나라는 여자에 대해 얼마나 깊은 교감과 애정을 나누고 있는지 충분히 짐작할 수 있었다. 제인은 그들 사이에 거의 사물처럼 존재할 뿐이었다.

오랜 조사 끝에 나는 결론을 얻었다. 더 이상 그녀는 예전의 명성을 구가하는 제인이 아니었다. 이제 제인의 춤은 교과서로 불리긴 하나 낡은 스텝에 지나지 않았고, 그녀가 안간힘을 써서 지키고 있는 것은 고작 자신의 이미지일 뿐이었다. 젊은 세대들은 그녀의 이름조차 잘 알지 못했고, 오래전 그녀의 춤에 감탄을 연발했던 사람들에게만 완벽한 지젤로 남아 있을 뿐이었다. 제인이 소속된 무용단에서 그녀와 호흡을 맞췄던 단원들은 속속들이 은퇴를 했다. 새로 부임한 대표는 무용단의 스타일을 갱신하고자 물갈이 중이었다. 제인을 지지했던 평단과 사람들의 말에 귀 기울이는 사람들은 없었다. 제인의 계약기간 만료일이 가까워지고 있었다. 제인은 무대 끝에 발가락만 겨우 디딘 채 안간힘을 쓰며 버티고 있었다.

*

호텔 이십일 층 카페에 도착했을 때, 약속 시간을 조금 넘겼음에도 제인에게 곧바로 가지 않은 건 그녀의 조급증을 교묘하게 이용하기 위해서였다. 다가가서 흔쾌히 계약을 맺는 방식은 곤란했다. 내가 파악한 제인이라면 그런 나를 오히려 더 의심할 것이었다.

나는 멀찍이 떨어진 곳에 자리를 잡고 앉아 느긋하게 그녀를 지켜보았다. 지금 제인이 바라보고 있는 유리창으로 내려다보이는 저 아득한 강변도시의 아침 풍경은 그녀의 긴장감과 고립감을 증폭시킬 터였다. 바람 한 점 없는 뜨거운 여름의 땅, 강변도로의 카페들이 잠시 브레이크 타임에 접어들 채비를 할 무렵이었다. 브런치를 즐기던 사람들이 하나 둘씩 떠나갔다. 분주하게 음식을 나르던 종업원들이 빈 그릇과 잔들을 치우고 있었다. 나는 숨을 한 번 깊게 들이마셨다. 비로소 모든 준비를 마쳤다.

그녀는 그동안 레나의 인스타그램에서 보아왔던 것과 달리 새까맣고 긴 머리카락을 틀어올리고 있었다. 반듯하게 등을 곧추세우고 면접을 의식한 듯 흰 셔츠에 정장 바지 차림이었다. 그렇지만 뭔가 경황이 없었던 듯 목덜미에 미처 추스르지 못한 검은 머리카락들이 흘러내려 있었다.

그녀가 웨이트리스에게 얼음이 가득 담긴 물을 두 잔째 청할 무렵 나는 느긋하게 일어나 그녀를 향해 걸었다. 그러고는 나를 흘끗 올려다보는 그녀의 눈동자에 서린 불안과 초조를 응시하며 태연하게 말했다.

"기다리게 해서 죄송합니다. 텐입니다."

혹시라도 그녀가 알아볼지 모른다는 불안감으로 처음에는 슬쩍 눈을 피했다. 사실 나는 제인과 단둘이 만난 적은 없었다. 그럼에도 정체가 탄로날까 긴장이 되는 건 어쩔 수 없었다. 나의 시선은 얼음 잔을 강박적으로 붙잡고 있는 제인의 손에 가닿았다. 메마른 손등에는 실핏줄이 돋아 있었다.

잠시 뒤 고개를 들어 그녀를 바라보았을 때였다. 그녀가 움찔하며 시선을 피했다. 그제야 나는 그녀가 무엇을 보고 있었는지 깨달았다. 나는 팔소매를 걷어붙였다. 아니, 아예 팔꿈치를 테이블 위에 올려놓고 나의 흉터를 전시하듯 드러냈다.

제인이 혼란스러워하는 게 느껴졌다. 무엇 때문일까. 철두철미한 그녀는 아마 나에 대한 괴이한 소문들을 확인하고 왔을 터였다. 그것들은 조금 부풀려진 감이 있지만 아주 틀린 얘기는 아니었다. 또 내 흉터에 관련된 루머들도 들어 알고 있었다. 사람을 죽이려다 실패한 흔적이라느니, 찻길에 뛰어들어 목숨을 끊으려 했다느니. 나는 피식 웃음이 날 것 같았다. 이 순간을 얼마나 기다려왔는가. 그녀는 아직 시작도 하지 않았는데 벌써부터 위축되어 있었다.

제인, 나는 이 여자의 민낯을 누구보다 잘 알고 있다. 이 여자는 결코 뒤로 물러나는 법이 없다. 이번에도 어떻게든 내가 공격을 시작하면 스스로를 방어하기 위해 수단과 방법을 가리지 않을 것이다. 상처받은 얼굴로 자신에게 유리한 온갖 유리한 말들을 또박또박 내뱉을 것이다. 나는 그녀의 가증스러운 모습에 심사가 뒤틀렸다.

"안녕하세요. 제인이에요."

그녀가 그렇게 인사를 건넸을 때 그만 나는 스스로를 제어하지 못했다.

"처음 본 사람처럼 인사를 하시는군요."

제인이 비로소 눈을 들어 나의 얼굴을 가만히 살펴보았다. 나는 그녀의 방어기제가 발동되기 전에 분위기를 전환하려 애썼다.

"아, 너무 신경 쓰지 마세요. 뭐 그럴 만도 합니다. 워낙 짧은 순간이었을 테니까요."

그렇게 별 뜻 없이 스쳐지나갔던 인연이었음을 가장했다. 그러다 뒤늦게 레이철이 도착했고 대화가 오가던 중에 나는 끝내 속내를 내비치는 우를 범했다. 제인은 내가 원하던 대로 어떻게든 이 공연에 참석하겠다는 의지를 보이고 있었다. 나는 그저 너그러운 얼굴로 앉아만 있으면 되었다. 그랬다면 그녀를 내 공연에 끌어들이는 일은 결코 어렵지 않았을 것이다. 내가 원하는 것은 세상 사람들이 무대 위의 그녀를 주목하고 있을 때 무너뜨리는 것이었다. 그런데 나는 유치하게도 이런 사석에서 그녀를 빈정대고 공격하고 있었다.

레이철이 아무래도 이러한 파격적인 공연에 제인이 참여하기에는 무리가 있을 거라는 정확한 지적을 했을 때였다. 제인은 그 말에 초조해하며 연신 나를 향해 억지웃음을 지어 보였다. 거절당할 것을 두려워하고 있었다. 그토록 강한 의지를 가지고 자신의 경력을 이어나가려는 그녀의 모습을 보자 또 한 번 비위가 상했다. 제인의 매끄럽고 견고한 얼굴이 일그러지는 것을 지켜보고 싶었다. 나는 공연의 브리핑을 빙자하여 제인을 수세로 몰았다. 나의 입에서는 이 자리에서는 할 필요도 없고 해서도 안 되는 말들이 뱉어졌다.

그 모든 것들은 오래전부터 기억 속에 각인되어 있는 장면들이었다. 떠올릴 때마다 나를 무대 바깥의 차갑고 그늘진 곳으로 내모는 기억이었다. 한때 그들만이 만끽하고 공유했던 춤, 제인과 마리, 그리고 맥스가 함께 췄던 춤. 그들의 몸과 영혼을 하나의 매듭으로 단단히 얽매었던 그 춤. 내가 억제하지 못하고 그 기억들을 쏟아냈을 때 그녀의 얼굴은 싸늘하게 굳어 있었다. 제인의 입가에 경련이 일었다. 그녀는 끝까지 시치미를 뗀 얼굴로 자리에서 일어났다. 그러고는 멀어져갔다. 내 공격의 범주를 이탈한 제인은 예상과 달리 시간이 흘러도 돌아오지 않았다.

당혹스러움을 감추지 못한 레이철 앞에서 나는 끝까지 식사를 마쳤다. 후회했지만 이미 늦었다. 나는 마지막 남은 다 식은 고깃점을 입안에 넣고 우물거리며 생각했다. 사냥감을 살살 달래서 내 무대로 끌고 왔어야 했다. 그곳에서 공격을 시작해도 늦지 않았다. 그런데 나는 그만 제인에게 도망갈 여지를 주고 만 것이다. 낙담하고 있을 때 내 눈에 들어온 것은 제인의 자리에 놓여 있는 핸드백이었다. 나는 입가를 닦아내며 자리에서 일어났다. 그러고는 검은색 핸드백을 들어올리며 레이철에게 말했다.

"이건 제가 전해주도록 하겠습니다."

레이철은 내가 이 공연을 못하겠다고 할까봐 불안해하는 눈치였다. 그녀가 억지웃음을 지으며 말했다.

"제인이 오늘 컨디션이 많이 좋지 않다고 했는데 약속을 미룰 수 없다고 제가 나오라 했거든요. 이럴 줄 알았으면 제인 말대로 할걸 그랬네요."

나는 더 이상 시간을 낭비하고 싶지 않았다. 다만 레이철이 당황하고 있는 틈을 타서 나는 능청스럽게 말했다.

"제인의 집이 어딘가요? 괜찮다면 연락처도 좀 알려주시면 감사하겠습니다."

레이철은 자신이 전해주면 된다고 거듭 말했지만 나는 아랑곳하지 않고 제인의 핸드백을 손에 쥔 채 돌아서며 말했다.

"지금 전해주러 갈 테니 제 휴대폰으로 제인의 주소와 연락처를 보내주시죠."

*

싯누런 강물이 넘실대고 있는 강변을 사람들이 느긋하게 걷고 있었다. 살짝 미풍이 불어왔다. 나는 로버트슨 키의 한 카페에 앉아 탄산수를 한 잔 시켜두고 맞은편에 보이는 빌라의 정문을 노려보고 있었다. 옆자리에는 제인의 핸드백이 놓여 있었다. 누가 보면 잠시 자리를 비운 애인을 기다리고 있는 남자로 보이겠구나 싶어 실소가 비어져나왔다. 다시 한번 제인에게 전화를 걸어보았다. 그녀는 내 전화를 받지 않았다. 초조함으로 입안은 바싹 타들어갔다. 일이 이렇게 끝나서는 안 되었다.

그저 이렇게 앉아 기다리고만 있을 수는 없다고 생각하며 돌아가려 했을 때였다. 빌라 정문으로 걸어가고 있는 한 여학생이 보였다. 헐렁한 가방을 메고 있는 교복 차림의 그 아이는 백육십 센티미터는 족히 넘을 법한 큰 키에 후리후리한 체형이었다. 아슬아슬할 정도로 짧게 줄인 남색 스커트 자락 아래 무용으로 단련되어온 매끄러운 다리가 드러나 있었다. 사계절 내내 여름인 이 나라에서 자랐기 때문인지 피부는 까무

잠잠하게 그을려 있었다. 세상에 두려울 것이 없다는 듯 거침없는 걸음으로 걸어가고 있는 그 아이가 누군지 나는 한눈에 알아보았다.

인스타그램에서 종종 보았던 제인의 딸 레나였다. 나는 가까스로 찾아온 기회를 놓치지 않기 위해 자리에서 일어났다. 그러고는 레나에게 바짝 따라붙었다.

"레나?"

내가 그렇게 부르자 레나는 걸음을 멈추고 나를 돌아보았다. 사진에서 보았을 때보다 눈동자는 칠흑처럼 새까맸다. 전형적인 동양인 소녀의 얼굴이었다. 눈매가 붓으로 잡아 뺀 듯 위를 향해 솟구쳐 있는 레나의 얼굴은 코가 작고 입술이 동그스름했다. 그리고 반항기가 흐르고 있었다.

"누구세요?"

"엄마 친구야."

내가 그렇게 말을 꺼내자 레나의 눈에 적대감이 차올랐다. 나는 어깨를 으쓱해 보이며 말했다.

"방금 너희 엄마를 만났는데 이걸 두고 가서 아저씨가 전해주러 왔어. 엄마 어딨는지 아니? 전화를 안 받아서."

곧 이어 빌라의 정문에서부터 거꾸로 후진하던 흰색 세단이 곁에 와서 멈췄다. 운전석 유리창이 내려지고 얼굴을 내민 것은 제인이었다. 차에서 내린 그녀가 경직된 얼굴로 나와 레나를 번갈아 보았다. 제인이 말했다.

"당신이 여기는 어쩐 일로……."

목소리에 나에 대한 적대감과 불안감이 묻어났다. 그때였다. 레나의 태도가 돌변했다. 레나는 마치 교태를 부리듯 몸을 흔들었다. 날카로웠던 눈꼬리가 호를 그리며 휘어지고 동그스름한 입매가 부드럽게 올라갔다. 제인을 의식한 기색이 역력했다. 그렇지만 나 역시 시치미를 떼며 호응했다. 그런 레나를 바라보며 능청맞게 웃어 보였다. 나는 느긋하게 제인을 돌아보며 핸드백을 내밀었다.

"아무리 연락을 해도 받지 않으시더군요. 그래서 실례를 무릅쓰고 찾아왔습니다. 이것도 전해야 하고 말이죠."

제인은 대답 없이 내가 건넨 핸드백을 낚아채며 레나에게 싸늘하게 말했다.

"레나, 너는 집에 왔으면 얼른 들어가지 않고 뭐해?"

레나는 엄마 보란 듯이 처음 보는 나를 향해 여전히 실실 쪼개지는 웃음을 지었다. 나는 그제야 보았다. 레나의 턱에는 날카로운 뭔가가 스치고 지나간 흉이 남아 있었다. 그리고 가슴께에 엇갈려 겹치고 있는 팔뚝에는 퍼런 멍 자국이 들어 있었다. 레나의 검은 머리카락은 여러 번 탈색을 했는지 상해서 푸석거렸다. 입술은 핏기가 가셔 창백하고 눈밑은 거무스름했다. 거의 탈진하기 직전처럼 보였다. 그런데도 레나는 아무렇지 않은 듯 입술을 앙다물고 꼿꼿하게 버티고 서 있었다.

세 사람 사이의 팽팽한 긴장감을 깨뜨리며 전화벨이 울렸다. 레나는 성큼 제인의 차 안으로 비집고 들어가 휴대폰을 꺼내 들고 나왔다. 그러고는 통화 버튼을 누르더니 제인에게 떠넘기듯 휴대폰을 건넸다. 뜻하지 않게 통화를 하게 된 제인의 표정이 싸늘하게 굳는 것을 나는 눈치챘다. 제인이 날카롭게 외치듯 말했다.

"경찰이 왜?"

그녀에게 무슨 일인가 터진 것이 틀림없어 보였다. 통화를 마친 제인이 깊은 한숨을 내쉬었다. 나에게 집중할 여력이 없어 보였다. 어차피 오늘은 탐색전에 불과했다.

"급한 일이 생긴 모양인데, 오늘은 일단 돌아가보겠습니다. 다시 연락을 주시지 않는다면 그땐 레나를 통해서……."

"아뇨, 제가 연락드릴게요."

제인이 내 말을 잘랐다.

그사이 먼저 자리를 뜬 건 레나였다. 아무래도 집에 들어가고 싶지 않은 모양이었다. 집 반대쪽으로 걸어가는 레나를 뒤쫓기 위해 나는 몸을 틀었다. 아침에 제인과의 만남에서 저질렀던 실수를 만회하려면 이 방법뿐이었다. 레나와 가까워지는 것. 적어도 가까운 척하는 것. 제인이 제멋대로 나를 빠져나가지 못하도록 레나를 볼모로 삼을 필요가 있었다. 레나가 제인에게 보이고 있는 적대감은 분명 나에게는 유리하게 작용할 터였다.

레나가 딴 데로 샌 걸 눈치챈 제인이 등 뒤에서 날카롭게 물었다.

"어디 가시는 거죠?"

나는 느긋하게 돌아보며 말했다.

"걱정이 많으신가봅니다. 연락을 기다려야죠. 어디로 갈지는 그다음에 결정할 일이고요."

나는 더 이상의 여지를 주지 않고 돌아섰다. 사실 어디로 갈지 정해놓은 건 아니었다. 멀어져가고 있는 레나를 바라보았다. 나는 서둘러 레나의 뒤를 밟았다. 레나를 불렀지만 그녀는 걸음을 멈추지 않았다. 앞으로 달려가 그녀를 막아 세웠다. 성이 난 듯 나를 노려보는 레나에게 명함을 건네며 말했다.

"언제든 도움이 필요하면 연락해. 아마도 내가 필요할 때가 있을 거다."

*

싱가포르에 와서 만나야 했던 사람은 제인 말고도 한 명 더 있었다. 마리 선생이었다. 그녀를 찾는 일은 쉽지 않았다. 학교를 찾아가보았지만 기록이 별로 남아 있지 않았다. 내가 알아낸 것이라고는 그녀가 마지막으로 근무했던 곳이 어느 작은 피아노 학원이라는 것과 그녀에게 여동생이 있는 사실이었다.

보타닉가든의 어느 평화로운 카페에서 마리의 여동생과 나는 아주 잠깐 만났다. 수령이 수백 년 이상 된 나무들로 둘러싸인 곳이었다. 약속 시간에 맞춰 나간 나는 밀림 같은 정원을 지나갔다. 수없이 오랜 시간을 견뎌온 나무들은 몸이 비틀리거나 휘어져 있기 마련이었다. 거대한 몸뚱이가 분열이 된 듯 몇 갈래로 쪼개진 채 제각기 다른 나무처럼 뻗어나가고 있는 경우도 있었다. 그것은 무엇 때문일까. 어쨌든 그것들은 살아남기 위해서 고통을 떠안고 있는 것이었다.

정원 깊숙이 걸어 들어가자 직육면체 유리박스처럼 생긴 카페가 나왔다. 맑게 닦인 유리마다 푸른 나무들이 투영되어 바람에 흔들리고 있었다. 나는 가까이 다가가 유리 너머를 들여다보았다. 마리의 동생이 누구인지 짐작이 가지 않았다. 나는 내 기억 속 삼십 대 중반이었던 마리보다 젊은 또래의 여성들을 찾아 헤맸다.

카페 문을 열고 들어가 빈자리에 앉았을 때였다. 멀리 떨어져 앉아 있던 오십 대의 기품 있어 보이는 백인 여자가 내 쪽으로 다가왔다. 그녀는 자신의 찻잔을 들고 와 맞은편에 앉았다.

"텐 씨죠? 제가 마리의 동생이에요."

그제야 나는 그동안 흘러간 시간이 실감났다. 이제 나는 그때의 마리보다 더 나이가 들어 있었다. 그녀의 시선이 내 손등의 흉터에 와닿았다. 그녀에게서 마리의 모습을 찾아내기는 어려웠다. 다만 음성만은 어딘가 비슷한 데가 있었다. 눈을 감고 들으면 마리가 말하고 있다고 착각할 것 같았다.

사실 그녀가 내게 전할 말은 하나뿐이었고, 우리 사이에 더 오갈 말은 없었다. 마리는 이미 오래전부터 이 세상 사람이 아니라는 것. 그녀는 더이상 자세한 이야기는 하지 않았다. 그렇지만 나는 짐작할 수 있었다. 마리는 맥스가 이 세상에서 사라지고 난 뒤 얼마 되지 않아 스스로 목숨을 끊은 것이다. 그러니까 그녀는 부러진 다리로 또다시 높은 곳으로 기어올라갔고, 기어이 어둠의 중심으로 뛰어내렸다. 이제껏 구질구질하게 누추한 목숨을 이어오고 있는 것은 나와 그리고 제인뿐이었다. 마리의 동생은 이만 약속이 있다며 차가 식기도 전에 일어났다.

*

'아저씨 저 지금 쫓기고 있어요. 여기 힌두교 사원에 숨어 있어요. 얼른 데리러 와주세요.'

어느 날 레나에게서 다급한 메시지를 받았다. 정작 연락이 오자 성가셨지만 레나의 요청을 나는 뿌리칠 수가 없었다. 레나와 가까워지는 게 일단 나의 계획이었으므로 달리 뾰족한 수가 없었다. 지난날 나의 행동에 놀란 제인은 공연에 대해 확답을 주지 않고 있었고, 그러므로 레나가 필요했다. 수단과 방법을 가리지 않고 제인을 압박해야 했다. 이 모든 것은 처음에 내가 저지른 실수로 감당해야 할 몫이었다.

짜증을 억누르며 찾아간 힌두교 사원에는 숱한 사람들이 돌바닥 위에 납작하게 엎드려 있었다. 그곳의 기도 방식이었다. 나는 어떤 죄도 지어 본 적 없다는 듯 홀로 꼿꼿하게 머리를 쳐들고 신에게 반항하듯 사원의 중앙으로 들어갔다. 어느덧 발밑에 납작하게 엎드려 있는 레나가 보였다. 나는 그녀를 지그시 내려다보았다. 티셔츠가 말려 올라간 허리는 까무잡잡하게 그을려 있었고, 핫팬츠를 입어 고스란히 드러난 다리는 온통 멍 자국이었다.

한참 만에 레나가 고개를 들어 나를 보았다. 내가 이곳에 올 것을 확신하고 있었다는 듯한 눈빛이었다. 나는 냉소적인 말투로 물었다.

"나를 왜 오라 한 거니?"

레나가 무릎을 털며 일어나 이번에도 나를 똑바로 바라보며 말했다.

"엄마가 아저씨를 만나지 말라고 했으니까."

"훗, 그러니까 엄마한테 반항하려고 지금 나를 불렀단 거지?"

나는 피식 웃으며 말했다. 레나는 의중을 파악하려는 듯 나를 빤히 올려다보았다.

"그나저나 그 나이에 간절한 소원이라도 있나보지?"

레나가 피식 웃으며 대답했다.

"아저씨가 나한테 돈 꿔주게 해달라고 빌었어요."

"돈? 지금 너, 나한테 돈이라도 달라고 할 참이야?"

나는 비아냥대며 말했다.

"엄마가 용돈을 충분히 주지 않는 모양이구나. 그래서 엄마한테 반항하는 중이고."

이렇듯 철부지 아이와 왜 시간을 허비하고 있는지 회의감이 몰려왔다. 나는 짜증이 솟구쳐 지갑에서 현금을 잡히는 대로 꺼내 레나에게 내밀며 말했다.

"자, 이걸로 친구들이랑 놀아라."

그렇게 말하고 돌아서려던 참이었다. 레나가 천연덕스럽게 말했다.

"이걸로는 부족해요."

"대체 뭘 할 건데?"

순간 그녀가 복받치는 고통을 지그시 억누르는 듯 제 입술을 깨물었다. 레나의 목소리 끝이 떨려나왔다.

"크리스티나를 찾으러 가야 해요. 나는 무슨 짓이든 할 거예요. 꼭 찾으러 갈 거예요."

까만 눈동자가 향이 퍼지듯 흐려졌다. 레나는 조금 전의 당돌한 어린애가 아니라 금방이라도 울음을 터뜨릴 것 같은 열여섯 살 소녀가 되어 있었다. 간절히 원하는 것을 이룰 수 있다면 자존심 따위 어떻게 돼도 좋다는 각오마저 느껴졌다. 그제야 레나의 인스타그램 속에 수없이 등장했던 한 여자의 얼굴이 떠올랐다. 검은 강물처럼 윤기가 흐르는 생머리를 길게 풀어헤치고 어딘가 야생적이고 활기찬 기운을 뿜어내고 있던 여자. 나는 툭 내뱉듯 레나에게 물었다.

"크리스티나? 그 여자가 어디로 갔길래?"

레나가 껄껄 쉰 목소리로 말했다.

"……엄마가, 추방했어요."

지붕이 없는 힌두교 사원 내부에 후드득 빗물이 떨어지기 시작했다. 돌바닥에 엎드려 기도하고 있던 사람들이 비를 피하기 위해 하나 둘씩 일어나 가장자리로 뛰어가고 있었다. 나와 레나는 한자리에 꼼짝 않고 대치하듯 서 있었다. 레나의 길고 새카만 머리카락이 비에 젖어 뺨에 납작하게 달라붙었다. 가느다란 눈매 끝에 빗물인지 눈물인지가 맺혔다. 레나의 좁은 어깨 위로 날카로운 빗살이 내리쳤다.

레나를 이토록 망가뜨리고 있는 것이 무엇일까. 자꾸만 세상을 향해 거친 말을 내뱉게 하고 안락한 것들을 거부하게 만드는 것. 이토록 세차게 퍼붓는 빗속에 몸을 맡기게 하는 것. 자존심을 꺾고 낯선 남자에게 손을 내밀어 돈을 구걸하게 만드는 그것. 나도 모르게 손을 뻗어 레나의 한쪽 어깨를 붙잡았다. 그러자 레나는 나에게서 벗어나려는 듯 후다닥 뛰어 그 자리를 벗어났다. 빗줄기는 점차 거세어졌다. 적도 부근의 열대 지역에 급작스레 찾아들곤 하는 스콜이었다. 시야가 확보되지 않을 만큼 무지막지한 비가 쏟아졌다. 거리를 지나던 사람들의 발목이 모조리 붙들렸다.

나는 방금 전 레나가 엎드려 기도하고 있던 자리를 보았다. 바닥에 사각의 석판마다 꽃무늬가 새겨져 있었다. 이 사원이 건립될 때 누군가 무릎을 꿇고 앉아 석판 위에 정성껏 꽃무늬를 새겼을 것이다. 무늬가 깊어질수록 누군가의 손바닥 상처도 깊어졌을 것이다. 이 무늬는 그가 멈추지 않았다는 아니, 멈출 수 없었다는 증거였다. 간절한 염원. 방금 레나의 눈동자에도 그런 무늬가 새겨져 있었다. 그것을 나는 알아보았다.

나는 사원 한복판에 홀로 서 있었다. 이제껏 원하는 것을 위해 한 번도 무릎을 꿇은 적이 없었다. 어쩌면 이 사원의 돌바닥에 엎드려 욕망의 무늬를 아로새기고 있던 그 누군가는 나였는지도 모르겠다.

*

　언젠가 아버지는 말했다. 만약 내가 짐승이었다면 목덜미를 물어 벌써 숨통을 끊어놓았을 거라고. 나처럼 약한 짐승은 어차피 오래 살아남을 수 없으므로. 그의 말은 잔인했지만, 틀린 말은 아니었다. 나는 어릴 때부터 아프지 않은 데가 없었다. 밤이 되면 열이 끓어올랐고 악몽에 시달렸다. 만성적인 불면증으로 환청을 자주 경험했고 때때로 바람에 흐느적거리는 나무 그림자가 무서워 눈을 뜨지도 못했다. 눈부신 햇빛 속에서는 숨조차 잘 내쉴 수 없었다. 아득한 현기증이 나의 숨통을 죄어왔기 때문이다. 우리 집에서 병약한 건 나 하나뿐이었다. 세 누나들은 모두들 큰 목청과 날쌘 몸을 갖고 있었다. 아들을 얻기 위해 계속해서 자식을 낳았던 중국인 아버지는 병약한 나에게 몹시 실망해서 내 얼굴을 한 번 부드럽게 바라봐주지도 않았다.

　나는 아버지가 운영하는 여관에서 자랐고, 그곳에서 없는 듯이 지냈다. 그나마 나를 안쓰러워하던 프랑스인 엄마는 늘 손님들 뒤치다꺼리로 바빴다. 나는 습관적으로 여관의 뒷마당에 숨어 있곤 했다. 때가 돼도 꽃을 피우지 않는 나무의 그늘 속에 있다 보면 어느 순간 내가 사라지는 것은 아닐까 싶었고, 그곳에서 더 이상 어둠을 맞닥뜨리지 않아도 되는 세계로 조용히 스며드는 상상을 즐겼다. 물에 녹는 설탕처럼 내 몸의 테두리가 희미해지고 몸 안에 들어 있는 여러 기관들과 핏물이 공기 중에 얼음처럼 녹아내렸다. 그러나 그런 상상에서 내쫓기듯 눈을 뜨면 나는 누추한 현실 속에 멍하니 앉아 있었고, 작은 몸은 갓 쪄낸 만두처럼 열이 올라 뜨거워져 있었다. 그럴 때마다 아직 살아있다는 사실이 나를 괴롭

했다. 제발 죽고 싶었다.

　어느 날 밤이었다. 집에 숨어든 고양이가 갸르릉대는 소리에 이끌려 마당에 나가보았다. 고양이는 내가 자주 숨어드는 나무 그늘에서 빤히 나를 올려다보고 있었다. 뼈가 드러날 정도로 마른 녀석이었다. 거리를 쏘다니며 먹을 것을 한 번도 쟁취해보지 못한 몰골이었다. 이 세상에 태어나 처음으로 나보다 나약한 존재와 마주한 나는 조금 가슴이 떨렸다. 나는 식구들 몰래 여러 날 고양이에게 식당 음식 찌꺼기에서 생선살을 골라내 먹였다. 어느덧 기운을 회복한 고양이는 잠을 이루지 못한 내가 뻑뻑한 눈을 부비며 마당에 나갈 때마다 나무 그늘 속에서 사붓이 걸어나왔다. 그러고는 은밀하게 나의 발등에 머리를 비볐다. 그럴 때면 잠을 자지 않아도 아늑한 기분이 들었다.

　그런 순간이 오래가진 못했다. 언젠가 고양이가 밤새 고통스러운 신음을 내질렀다. 두려움으로 숨죽이고 있던 나는 한참 후에야 적막해진 마당에 나갈 수 있었다. 어둠이 걷히고 새벽빛이 어슴푸레하게 밝아온 마당 한구석에서 고양이는 번뜩이는 눈으로 경계하듯 나를 바라보았다. 용기를 내 조금 더 가까이 가서 보니 손바닥만 한 새끼 고양이들이 어미 품속에서 꼬물거리고 있었다. 아직 양막조차 벗겨지지 않은 아주 미약한 생명체들이었다. 내가 그것들을 보며 살짝 미소 지었을 때였다. 고양이가 새끼들의 목덜미에 날카로운 이빨을 박아넣어 한 마리씩 숨통을 끊어놓기 시작했다. *네가 짐승이었다면 네놈 목덜미를 물어 벌써 숨통을 끊어놓았을 거다.*

　그 순간 나는 믿을 수 없을 만큼 강렬한 살의가 일었다. 커다란 돌을 주워다 어미 고양이의 머리를 내리찍었다. 단단한 두개골을 돌로 내리칠 때마다 손목에 전율이 느껴졌다. 고양이가 내 발등을 부빌 때와는 비할 수 없이 강렬한 쾌감이었다. 죽은 고양이의 몸이 늘어지던 순간이 평생 기억에 남으리란 걸 나는 그때 직감했다.

학교에서 맥스가 춤추는 모습을 처음으로 보았을 때, 나는 고양이를 죽일 때의 짜릿한 쾌감과 두려움을 동시에 느껴야 했다. 맥스는 나무 그늘에 숨어 있다가 느른하게 기지개를 켜며 기어나오던 고양이처럼 탄력적으로 춤을 추었다. 그를 엿볼 때마다 가슴이 먹먹해졌다. 언제나 시치미를 떼고 멀찌감치 떨어져 있었다. 하지만 나의 시선은 어쩔 수 없이 또 그를 향해 있었다. 무모할 정도로 자유분방했던 맥스는 나보다 훨씬 신체 조건이 좋았고 점프력도 월등했다. 그렇지만 학교에서 우수한 학생은 아니었다. 그는 시험 날이면 엉뚱한 동작을 선보여 교수들을 어이없게 만들었고, 걸핏하면 강의실을 웃음바다로 만들기 일쑤였다. 기량이 뛰어난 무용수라면 누구나 탐낼 만한 오디션에도 일절 관심이 없었다. 수시로 결석했고 친구들과 관계를 유지하기 위한 어떤 노력도 하지 않았다. 금방이라도 학교를 아니, 이 세상을 훌쩍 떠나버릴 것만 같은 분위기를 풍겼다. 맥스는 매력적인 용모로 여학생들에게 인기가 많았는데도 주로 혼자였다. 그건 천성적으로 아무에게도 구속받고 싶지 않아 하기 때문인 것으로 보였다.

그 후 나는 아무것도 두렵지 않다는 듯이 느긋하게 강의실로 들어오는 맥스를 몰래 훔쳐보곤 했다. 맥스는 터덜터덜 무리 속으로 섞여 들어와 스트레칭을 했다. 그러고는 제 차례가 되면 자유분방한 걸음으로 스텝을 밟아나가다가 거침없이 허공으로 치솟았다. 그는 모르는 것 같았다. 자신이 춤을 출 때 얼마나 역동적이고 자유로워 보이는지. 맥스가 중력을 거슬러 허공으로 날아오를 때마다 나는 그의 동작에 매료되곤 했다. 수업 도중에 그가 다시 몰래 사라지고 난 뒤에도 나는 조용히 그의 동작을 되새겨보곤 했다. 그는 그림자처럼 따라붙는 온갖 질 나쁜 소문들도 개의치 않아 했다. 그렇게 거침없는 그와 달리 나는 언제나 스텝 하나를 밟을 때마다 긴장했고, 춤을 출 때면 수줍음으로 얼굴이 붉어지곤 했다. 탈의실에서 남학생들과 옷을 갈아입을 때마다 수치심으로 쩔쩔 맸다. 어떻게든 내 보잘것없는 몸을 남들에게 보이지 않으려고 부단히 애썼다.

그러던 어느 날이었다. 수업을 마치자마자 빠르게 빠져나간 학생들과 달리 혼자 남아 천천히 가방을 챙기고 있던 내 앞에 누군가 다가와 있었다. 고개를 들자 맥스였다. 나는 심장이 터질 듯 두근댔다. 그가 먼저 친한 척 툭 말을 던졌다.

"곧 비가 내릴 것 같은데, 함께 숲에 가보지 않을래?"

"나랑?"

나는 설레는 마음을 감추고 신중하게 되물었다.

"너도 늘 혼자인 것 같아서."

아마도 맥스는 자신을 향한 나의 강렬한 이끌림을 본능적으로 감지했는지도 몰랐다. 사람들과 가까워지는 게 조심스러웠던 나는 모처럼 용기를 냈다. 맥스를 따라 학교 뒤편 깊은 숲 속으로 들어갈 즈음 빗방울이 떨어지기 시작했다. 적도 아래 위치한 싱가포르의 스콜은 한번 시작되면 살벌한 분위기를 자아낸다. 나는 비 내리는 숲이 너무 무서웠다. 온갖 굉음이 귓속을 파고들었다. 비바람 속에 미친 듯이 몸을 흔들어대는 나무들,

어딘가에 가로막혀 웅웅거리는 바람의 비명 소리에 얼굴이 하얗게 질려갔다. 그런 나를 눈치챈 맥스는 흘끗 돌아보더니 재미있단 듯 웃었다. 그러곤 맥스는 그 자리에서 입고 있던 옷을 전부 벗어 던졌다. 나신이 된 그는 어린 아이처럼 빗속을 달리기 시작했다. 그가 나를 돌아보며 소리쳤다.

"레이! 너도 해봐."

나는 고개를 가로저으며 그저 나무 아래 붙어 서 있었다. 온몸으로 빗물과 부대끼며 뛰어다니는 맥스를 지켜보고 있던 나는 어두운 숲이 두렵지 않아졌다. 눈을 질끈 감고 나무들이 빗방울과 스킨십 하는 소리를 들었다. 선뜩한 느낌을 주는 빗방울은 수천 킬로미터 상공에서 숲으로 날아든 것이었다. 그것들이 두려움과 그리움을 끌어안고 떨어져 나뭇잎과 몸을 부딪고 유리파편처럼 흩어졌다. 순간의 절정 같은 쾌락. 오로지 그 순간을 위해 깊은 상공에서 날아든 빗방울들의 최후. 어쩌면 누군가를 사랑한다는 건 온몸으로 그 대상을 껴안고 부서지는 것인지도 몰랐다. 작고 둥그런 몸들이 부서지는 소리들을 나는 묵묵히 견디고 있었다.

그날 맥스는 마치 숲에서 태어난 사람처럼 보였다. 숲 어딘가에 풀 그물로 이루어진 부드럽고 축축한 자궁이 맥스의 몸을 감싸 흔들다가 설치류들 사이에 던져놓았을지도 몰랐다. 그는 태어날 때부터 이끼의 축축함과 어둠의 아늑함에 눈을 떴는지도 몰랐다. 그 덕분에 거침없이 온전히 감각하고 있는 것들에 몰입하고 있었다. 빗방울이 되고 싶었다. 나의 몸이 전부 빗방울이 되어 그의 몸에 부서져 내렸으면 싶었다. 그렇게 그의 머리카락 사이로 스며들고 그의 목을 타고 내려가 가슴에 다다르고 싶었다.

그날 이후 맥스와 나는 급속도로 가까워졌다. 어둠이 내리면 맥스는 갈 데가 없다는 듯 나의 아파트로 찾아오곤 했다. 차이나타운 끝자락에 위치하고 있는 복도식 아파트 육 층이었다. 맥스는 예고도 없이 찾아와 옷을 모조리 벗어 던지고는 침대 위로 미끄러지듯 올라왔다. 그는 나에게 장난을 걸다 말고 문득 내 몸을 바라보며 감탄하듯 말했다.

"레이의 몸은 정말 여자처럼 가느다랗고 길구나. 네가 춤추는 걸 보면 나는 매혹되곤 해. 내 몸을 봐. 내 몸은 섬세한 감정을 표현하기에 너무 커. 나도 너처럼 되고 싶어. 그러면 춤을 출 때 선이 훨씬 아름다울 것 같아."

그럴 때면 나는 무심함을 가장한 눈으로 맥스의 몸을 훑어 내리곤 했다. 언제봐도 낯선 여행지처럼 새로운 그의 몸을. 그러다 그가 잠들면 조심스럽게 그의 가슴에 귀를 대고 심장 박동 소리를 들었고, 그의 무방비하게 허공을 향해 벌어져 있는 손에 내 손을 포갰다. 그러고는 눈길을 돌려 잎사귀를 떠밀며 솟아오르는 튤립 봉오리 같은 그의 성기 끝이 까딱까딱 움직이는 걸 바라보며 웃음 짓곤 했다. 나는 그것을 한입 가득 물고 싶었다. 맥스의 그것에서는 풀의 비린내와 약초의 쓴맛 그리고 빗물의 씁쓸함과 가루약의 매캐함이 한데 뒤섞인 맛이 날 것 같았다. 그것을 입에 물고 나는 그의 몸에 안개처럼 퍼져나가는 쾌락을 지그시 머릿속으로 그려나가며 신음하고 싶었다. 그런 욕망을 억누르느라 밤새 잠들지 못했다. 내 곁에서 잠든 맥스를 살며시 쓰다듬을 때마다 내 손목에는 그때의 감각이 되살아났다. 어미 고양이의 두개골을 돌로 내리찍을 때의 그 살 떨리는 감촉이, 내 생에 최초로 강렬한 쾌감을 경험했던 그 순간이.

맥스와 사이가 서먹해진 것은 학교에 마리라는 여자 선생이 나타나고 나서부터였다. 학교에서 문제아 취급을 받으며 겉돌던 맥스의 아름다움을 알아본 또 한 사람이 나타난 것이었다. 맥스는 그녀의 첫 수업을 듣고 온 날 잠을 이루지 못했다. 나는 밤이 새도록 맥스의 말에 귀 기울여줘야 했다.

"마리는 이상해. 수업을 할 때 발레슈즈를 신지 않더라고. 우리에게도 말했어. 벗고 싶은 사람은 벗어도 된다고."

맥스는 그 칠흑처럼 까만 눈동자로 나를 깊게 응시하며 말했다.

"마리가 말했어. 춤은 더 이상 우리를 억압해서는 안 된다고. 오히려 우리를 구원해주는 것이 되어야 한다고 말이야."

차츰 맥스가 나를 찾아오는 횟수가 줄어들었다. 예상했던 일이었지만 어느 날부터 그가 아예 찾아오지 않자 나는 숨 막히게 외로웠다. 견디기 힘들어질 때마다 그와 함께 갔던 학교 뒤편의 숲을 찾아가곤 했다.

그날도 나는 그 숲에서 서성이고 있었다. 비가 내린 뒤라 유독 비릿한 흙냄새가 강렬하게 맡아졌다. 정처 없이 숲을 헤매어 다니다가 길을 잃었다. 이대로 숲에 유폐되어 세상으로 나가지 못할지 모른다는 두려움이 나를 짓눌렀다. 점차 호흡이 가빠지고 있을 때였다. 믿어지지 않게도 맥스의 목소리가 들려왔다. 반가움에 그만 눈에 눈물이 고여 들었다. 그의 목소리가 들리는 쪽으로 서둘러 발걸음을 옮겼다. 발밑에서 풀들이 휘어지고 꺾이고 짓밟혔다. 잔가시가 돋아나 있는 가지들이 맨살에 박혔다. 나는 그것들을 헤치고 맥스가 있는 쪽으로 걸어갔다. 그러나 그 숲에는 맥스만 와 있는 게 아니었다. 맞은편에 그녀, 마리가 있었다.

그들은 내가 지켜보고 있다는 것을 짐작조차 못한 채 마치 섬에서 만난 낯선 짐승들처럼 서로를 바라보고 있었다. 마리가 손을 들어올려 맥스의 뺨을 쓰다듬을 때 나의 뺨을 타고 뜨거운 눈물이 쏟아져 내렸다. 그 순간 나는 너무나 간절하게 그에게 가닿고 싶었다. 그를 무심하게 비추는 햇살이나 바람이나 빗물이 되어서라도, 인간이기를 포기하고서라도. 두 다리와 두 손을 내놓더라도 마리가 지금 느끼고 있는 그의 살과 뼈의 감촉을 나도 느껴보고 싶었다. 그들의 스킨십의 수위가 점차 농밀해지고 있을 때였다. 나는 맞은편 나무들 사이에 숨어 있던 누군가의 그림자가 휘청거리는 것을 보았다. 놀랍게도 제인이었다. 멀리서도 그녀의 얼굴이 곧 울 것처럼 일그러져 있다는 사실을 알아챌 수 있었다. 몰래 숨어 그들을 엿보며 떨고 있는 그녀를 바라보자 수치심이 들었다.

그날 그녀는 내가 알고 있던 제인의 얼굴을 하고 있지 않았다. 슬픈 음악이든 경쾌한 음악이든 언제나 석고를 바른 듯 똑같은 얼굴을 하고 기계처럼 완벽하게 춤을 추던 제인이 아니었다. 실수 따위는 용납하지 않을 듯 동작을 선보이는 그녀는 모든 면에서 월등한 성적을 거두고 있었다. 당연하단 듯 온갖 오디션에 참가했고 그 어떤 기회도 놓치지 않았다. 학교에서 제인을 모르는 사람은 없었다. 그렇지만 내가 그날 본, 나무 그늘에 숨어 떨고 있는 사람은 제인이 아니었다. 그녀 스스로도 못 알아볼 만큼 나약한 얼굴이 어둠 속에 적나라하게 드러나 있었다. 석고 같았던 제인의 얼굴이 벗겨지고 나서 드러난 그녀의 맨 얼굴은 어린 날 그늘에 숨어 있던 나의 얼굴과 닮아 있었다.

나는 숲 저편에 세워진 거울을 마주 보고 있는 듯한 착각에 빠졌다. 그녀의 얼굴은 누군가에게 거절당할 것이 두려워 홀로 고립된 채 지독한 외로움에 지쳐가고 있는 내 얼굴과 놀랍도록 흡사했다. 어느 순간 그녀는 돌아서서 도망치기 시작했다. 그러나 그녀가 어딘가에 발이 걸려 넘어지며 나뭇가지가 우지끈 부러지는 소리가 울렸다. 그동안 서로에게 빠져들어 있던 마리와 맥스가 두리번댔다. 먼저 그쪽을 향해 달려가기 시작한 건 맥스였다. 그리고 뒤늦게 마리가 그쪽으로 향했다. 나는 어슴푸레한 나무들의 그림자 속에서 그들 셋이 한 점을 향해 모여드는 것을 지켜보고 있었다. 그때까지만 해도 나는 그것이 비극의 시작이라는 사실을 모르고 있었다. 앞으로 일어날 비극에 무지한 채 그저 내 가슴을 짓누르고 있는 욕망에 숨조차 쉬지 못하고 있었다.

*

맥스가 다시 나를 찾아온 건 숲에서 그들을 목격한 지 한 달쯤 지났을 때였다. 그는 마치 유령처럼 집 안으로 걸어 들어왔다. 술을 많이 마시고 온 듯 비틀댔다. 그의 얼굴에는 예전과 달리 웃음기가 사라져 있었다. 새까만 눈동자는 불투명해져 있고 입술은 굳게 다물려 있었다. 의자에 앉아 있는 그는 정류장에서 버스를 기다리고 있는 사람처럼 금방이라도 떠나가버릴 것 같았다. 나는 무덤덤한 얼굴로 미친 듯 떨리고 있는 내 마음을 은폐하고 있었다. 사실 나는 그가 다시 돌아올 걸 알고 있었다. 그를 광기에 사로잡히게 만든 밀회는 이제 끝났으므로.

나는 밤마다 맥스가 그들과 함께 그곳 허름한 기념관으로 숨어든다는 사실을 알고 있었다. 그곳은 오래전 학교에서 기념관이라는 그럴싸한 이름을 붙여놓았을 뿐 사실상 아무도 손보지 않고 있는 버려진 건물이었다. 언젠가부터 더 이상 찾아오지 않는 맥스를 보기 위해 나는 담을 넘어 그 건물에 숨어들곤 했다. 기념관 연습실의 문은 습기에 젖었다 마르기를 무수히 반복하며 비틀려 있었다. 완전히 닫히지 않는 문 틈새로 나는 그들을 엿보았다. 마리가 바닥에 거대한 쐐기못을 깊숙이 박아넣을 때 건물 안으로 진동음이 둔중하게 울려퍼졌다. 오래도록 아무도 춤추지 않아 깊이 잠들어 있던 연습실이 오랜만에 몸서리치며 깨어나고 있었다. 마리는 바닥에 박힌 쐐기못에 단단히 묶어둔 로프로 맥스와 제인의 몸을 결박했다. 그들의 눈을 흰 천으로 가리며 말했다.

"두려워하지 말고 어둠 속으로 걸어가. 그리고 느껴봐. 어둠과 숲의 냄새 같은 것들이 전혀 다르게 다가올 거야."

어느덧 나는 맥스를 바라보던 시선을 옮겨 제인을 바라보았다. 그녀는 맥스와 달리 두려움에 갇혀 출발조차 하지 못하고 있었다. 그녀의 눈을 가리고 있는 흰 천이 눈물에 젖어들 때 나는 참담한 심정이 되었다. 나는 그녀가 느끼고 있을 두려움과 비참함을 머릿속으로 그려볼 수 있었다. 홀로 어둠 속에 버려져 있는 제인에게 마리가 다가갔다. 마리는 제인의 떨고 있는 손을 이끌어 자신의 뺨에 가져다댔다. 어느덧 제인의 손가락이 스스로 움직여 마리의 광대를 쓰다듬더니 미끄러져 내려가 마리의 쇄골을 더듬었다. 마리는 이제 제인의 손을 이끌어 맥스의 몸으로 가져갔다. 제인의 손끝이 맥스의 입술을 더듬을 때 나는 몸을 떨었다. 제인의 손끝은 이따금 주춤하긴 했지만 멈추는 법이 없었다. 급기야 제인의 입술이 맥스의 입술에 포개졌을 때 나의 눈에는 눈물이 고여 들었다. 제인과 맥스는 오래도록 서로에게서 떨어지지 않았다. 그렇게 시작된 그들의 춤이 어디까지 치닫는지 날마다 어둠 속에 숨어들어 낱낱이 나의 망막에 새겨넣었다.

날이 갈수록 제인의 손은 더욱더 과감하게 움직여나갔다. 점차 그들의 서로에 대한 갈증이 깊어졌고 그럴수록 그들의 춤은 폭력적인 형태를 띠기 시작했다. 서로의 몸을 쓰다듬는 것에 만족하지 못하고 후려쳤으며 급기야 입을 맞추다 말고 서로의 입술을 물어뜯었다. 그들은 몸을 옥죄고 있던 로프에서 벗어나 달려들고 서로의 몸속 깊은 곳까지 침투해 들어갔다. 나는 그들의 몸이 자연스럽게 뒤얽혀 만들어낸 기묘한 욕망의 매듭을 바라보며 깊은 질투심과 외로움에 치떨었다. 그들을 지켜보며 나의 욕망은 어둠처럼 몸을 부풀려나갔고 그럴수록 나는 기이한 괴물이 되어갔다.

그러던 어느 날 나는 그들을 지켜보다 말고 돌아섰다. 폐건물을 벗어나 담장을 넘어 한참을 달려가던 나는 공중전화 부스 안으로 들어갔다. 떨리는 손으로 학교 신고 센터에 전화를 넣었다. 누군가 전화를 받자 떨리는 목소리로 말했다. 숲에 있는 기념관 건물에서 밤마다 불온한 일이 반복되고 있다고. 계속해서 구조를 요청하듯 그렇게 말했다. 공중전화 부스 유리에는 눈물로 뒤범벅된 나의 얼굴이 희끗하게 떠올라 있었다. 그날부터 나는 조용히 맥스를 기다렸다. 더 이상 돌아갈 데를 잃어버린 맥스가 다시 돌아올 거라 믿었다. 나와 똑같이 상처받고 외로워진 얼굴로 나를 찾아올 것이라고.

그러나 오랜만에 나의 아파트로 찾아온 맥스는 여전히 멀게 느껴졌다. 의자에 앉아 있던 그는 나를 바라보지 않은 채 넋이 나간 사람처럼 중얼거렸다.

"지금 마리 선생의 병원에 다녀오는 길이야. 더 이상 춤을 출 수가 없대. 이제 마리는 죽은 것과 다름없어."

그의 말을 듣고 나는 아래턱을 덜덜 떨면서 침대에서 미끄러지듯 내려가 그의 앞에 무릎을 꿇고 앉았다. 그러나 그는 내가 왜 그토록 떨고 있는지 전혀 모르는 얼굴로 계속해서 말을 이어나갔다.

"학교에서 사람들이 떠들어대는 말을 들었어. 제인이 마리가 자신을 폭행했다고 말했대. 몸에 남아 있던 상처와 멍 자국들을 사진으로 찍어서 증거물로 제출했대."

맥스는 주먹으로 가슴을 때리며 온몸을 부들부들 떨었다.

"가만둘 수 없어. 똑같이 만들어주겠어."

그날 밤 나는 맥스를 따라나섰다. 이미 술에 취해 있던 맥스는 난폭하게 차를 운전했다. 걸핏하면 우리가 타고 있던 차가 중앙선을 넘나들었다. 차선을 침범할 때마다 맞은편에서는 날카로운 경적 소리가 날아왔다. 나는 차창 밖으로 지나가는 무더운 저녁의 풍광을 지켜보며 떨고 있었다. 하늘은 투명한 푸른 비닐을 점차 덧대어 겹쳐지듯 어두워지고 있었다. 미지근하게 덥혀진 강바람을 맞으러 거리로 쏟아져나온 다양한 인종의 사람들이 저마다의 언어로 소리치고 있었다. 도로마다 줄지어 늘어선 나무마다 무더운 열기 속에서 쉬지 않고 돋아난 잎사귀로 빽빽했다. 창문 틈새로 밀려드는 바람이 축축했다. 곧 비가 쏟아질 조짐이 느껴졌다. 어둠으로 어느덧 완전히 까매진 하늘을 가르며 종종 스파크가 일어나듯 번개가 쳤다.

곧 이어 학교의 무용과 건물 앞에 차를 세운 맥스는 말릴 틈도 없이 뛰어나갔다. 그는 이미 제정신이 아니었다. 그가 건물 안으로 뛰어 들어가는 것을 지켜보면서 나는 아무것도 할 수가 없었다. 그저 두려움에 짓눌려 있었다. 맥스가 모든 사실을 알게 될까봐 숨이 찼다. 만일 그렇게 된다면 나는 더 이상 맥스를 볼 수 없을 것이었다. 그럴 바에는 차라리 죽는 게 나았다. 만에 하나 나를 추궁하더라도 솔직하게 털어놓는 일은 절대 없을 거였다. 맥스를 기다리는 시간이 너무나 길게 느껴졌다. 어느 순간 차의 지붕에 내리꽂는 빗방울 소리가 실내를 가득 메웠다. 귓속이 먹먹해졌다. 잠시 뒤 비에 흠뻑 젖은 맥스가 다시 차 안으로 뛰어 들어왔다. 그는 여전히 분노에 짓눌린 목소리로 중얼거렸다.

"똑같이 만들어주겠어."

나는 떨리는 마음을 감추고 타이르듯 말했다.

"맥스, 이제 그만 돌아가자."

그러나 맥스는 고집스럽게 어둠 속을 응시하고 있었다. 그가 무슨 짓을 하려는지 알 수 없었다. 긴장감으로 내 몸의 체온이 급격히 떨어지고 있었다. 건물에서 막 누군가 걸어나왔다. 현관 입구의 센서등이 잠시 켜지며 모습을 드러낸 건 제인이었다. 나는 그제야 맥스의 계획을 알아챘다. 제인은 아무것도 모른 채 우산을 펴고 빗속으로 걸어나오고 있었다. 맥스가 운전대를 고쳐 잡으며 목표물을 확인하려는 듯 헤드라이트를 밝혔다. 그 순간 불빛 속에 박제된 듯 멈춰 선 제인이 이쪽을 바라보았다.

그때 제인의 얼굴은 허공에 떠올라 있는 헬륨 풍선처럼 보였다. 오직 외로움과 고통만으로 부풀어 오른 얼굴. 처음에는 부신 듯 찡그리고 있던 제인의 눈동자가 시간이 지나자 차츰 똑바로 이쪽을 바라보았다. 나는 제발 그녀가 뒤돌아 건물 안으로 도망치기를 바랐다. 그러나 그녀는 얼굴에 기묘한 빛을 띠며 태연히 빗속을 걸어 다가오기 시작했다. 맥스는 자신을 결박하고 있던 로프를 끊어낸 듯 그녀를 향해 빠르게 달려나갔다. 나의 몸이 뒤로 쏠렸다. 나는 온 힘을 다해 운전대를 잡고 있는 맥스의 손을 붙잡아 내 쪽으로 끌어당겼다. 그렇게 해서 두 사람 모두를 구하려 했다. 그러나 거대한 나무가 우리의 시야를 덮쳐왔다. 내 몸은 붕 떠올랐고 차체가 처박히듯 충돌하는 순간 두개골이 부서질 만큼 강렬한 충격이 내 몸을 덮쳤다.

의식이 돌아왔을 땐 깨진 유리 파편들이 나의 몸 여기저기에 박혀 있었다. 온몸이 찢기는 듯한 통증이 찾아왔다. 고개를 돌려 맥스를 바라보았을 때였다. 맥스의 눈동자에는 초점이 없었다. 그때 나는 미친 듯이 비명을 지르고 통곡했어야 했다. 그러나 그러지 못했다.

*

나는 어린 시절을 보냈던 파리 근교의 오래된 여관으로 돌아갔다. 내가 짐승이었다면 나약한 나를 진즉에 죽였을 거라고 습관처럼 말하던 아버지에게 기생했다. 망가진 몸이 회복될 때까지 재활치료에 전념했다. 세 번의 큰 수술로 부서진 부위들을 봉합해야 했다. 부러진 뼈들이 다시 붙고 그 위에 근육이 생기고 내가 사람 꼴로 직립할 수 있을 때까지 몇 번의 겨울이 지나갔다.

그렇게 부서졌던 내 몸이 복구되어갈 때마다 나는 전혀 다른 존재가 되어가고 있다고 스스로에게 암시를 주었다. 나는 거울을 보지 않았다. 여전히 나약하고 겁 많은 나의 얼굴을 마주치고 싶지 않았기 때문이다. 방에 있는 거울을 돌려둔 채 시간이 흘렀다. 하루도 쉬지 않고 강해지기 위해 나를 채찍질했다. 전혀 다른 사람이 되기 위해 가혹하게 내 몸을 몰아붙였다. 온몸이 부서지는 고통을 느끼면서도 재활 훈련을 멈추지 않았다. 쓰러져 좌절할 때마다 맥스를 떠올리며 다시 일어났다.

거의 모든 시간을 기억 속에 잔상처럼 남아 있는 맥스 생각에 매달려 있었다. 세상에 등 돌리고 혼자 고립되어 있는 나의 집에 찾아왔던 맥스. 나약하고 여성스럽다는 이유로 아버지에게 멸시당했던 내 몸을 아름답다 말했던 그의 음성. 비 내리는 숲속을 뛰어다니던 그의 모습을 떠올렸다. 맥스가 무방비하게 잠들어 있을 때마다 나는 망을 보는 나약한 초식 동물처럼 긴장하고 있었다. 그가 덮고 있던 얇은 이불을 조금씩 끌어당기면 드러나던 그의 몸을 나는 되새겼다. 그러나 그의 몸은 밤사이 자리를 옮긴 사막의 사구처럼 어느 날 어둠 속으로 사라져버렸다. 더 이상 바라볼 수 없고 쓰다듬을 수 없는 맥스의 몸이 어떻게든 나를 통해 되살아날 수 있기를 간절하게 열망했다. 몸은 기적적으로 회복되기 시작했고, 나는 감당할 수 있는 연습량을 늘려나갔다. 그렇게 조금씩 한계를 뛰어넘다 보면 어쩌면 맥스에게 가닿을 수 있을 거라고 믿었다.

어느 날 벽 쪽으로 돌려두었던 거울을 뒤집었을 때 거울에 비친 나를 보고 소스라쳤다. 거울 속 남자는 더 이상 지난날의 레이가 아니었다. 내 얼굴에 새겨져 있던 나약함과 두려움의 흔적들은 말끔하게 걷혀져 있었다. 푸른 눈동자는 속을 들여다볼 수 없는 불투명한 구슬처럼 번들거렸다. 타인의 감정이 되비칠 뿐 그 누구도 내 감정을 읽어낼 수는 없을 것이었다. 이제 나의 몸은 맥스가 감탄했던 것처럼 선이 곱지 않았다. 가느다랗고 빈약해 보이던 몸은 그동안의 혹독한 시간을 통해 단단해져 있었다.

그토록 그리웠던 맥스의 몸이 거울에 비쳐 보였다. 그리고 나는 처음으로 거울에 비친 내 흉터를 정면으로 바라보았다. 마치 그날 밤하늘에

192

번뜩이던 번개가 내 몸에 내리친 것처럼, 흉터는 어깨에서부터 가슴을 지나 단전까지 지그재그로 뻗어나갔다. 그 흉터는 손등에서부터 팔뚝을 타고 올라와 내 몸에 자리 잡은 거대한 육식식물처럼 보였다. 가슴 아래에서부터 아가리를 거꾸로 벌린 듯한 형상이었다. 보기만 해도 혐오스러울 만큼 징그러운 흉터였지만 어쩐지 잔인하게 내 살에 뿌리를 내리고 있는 그 무늬가 마음에 들었다. 그것이 내 몸에 기생하며 앞으로 마음속에서 싹트는 온갖 두려움과 나약함을 모조리 집어 삼켜줄 것만 같았다. 나는 오늘에 이르기까지 곤란한 상황을 겪게 되거나 위기에 처할 때마다 불안감을 잠재우듯 흉터를 손끝으로 쓸어내리곤 했다. 그랬다. 내가 거울 속에서 바라보고 있는 것은 흉터로 남은 맥스였다. 내가 죽을힘을 다해 되살려놓은 나의 맥스!

*

　내가 아직 무명이었을 때, 나는 도쿄의 작은 극장에 소속된 안무가로 활동하고 있었다. 안무가의 봉급은 값비싼 집세를 지불하고 나면 거의 남는 게 없었다. 나는 그 외에도 한 주에 두 번씩 동네의 발레 스튜디오에서 어린 아이들을 교습하고 있었다. 눈이 푸른 외국인 안무가가 영어로 진행하는 발레 수업이라고 찾아오는 아이들이 있었다. 나는 영어와 어설픈 일본어를 번갈아 사용하며 아이들에게 발레의 기본자세들을 가르쳐주며 생활을 이어나가고 있었다. 불편했던 것은 아이들이 무서워할까봐 아무리 더운 날씨에도 긴팔로 흉터를 가리고 수업에 임해야 한다는 것이었다. 그나마 겨울이 되면 숨통이 조금 트였다. 매주 화요일과 목요일에 찾아가는 스튜디오는 너무나 추웠는데, 그게 차라리 나았다. 긴 팔을 입고 있어도 숨이 막히지 않았다.

그 무렵 나는 바닥을 치고 있었다. 소극장 무대 위에 올린 안무는 번 번이 나의 상상보다 형편없었다. 매번 객석은 거의 비었고 무대 위 공기 는 서늘했다. 극장주가 배우의 인건비를 줄여보고자 나에게 직접 출연하 는 게 어떠냐고 제안했지만 나는 끝내 거부했다. 이를테면 나는 쓸모없 는 인간 취급을 받고 있었다. 언제나 무대 뒤에 숨어 있었고, 대낮에 거 리에 나가 산책조차 하지 않았다. 사람들과 섞이고 싶지 않아 일을 할 때 가 아니면 어울리지 않았다. 점심시간에는 속이 좋지 않다는 이유로 식 사를 미뤘다가 한밤중이 되어서야 허름한 호스텔로 돌아와 닥치는 대로 삼키며 허기를 달랬다. 쌀밥과 차갑게 식은 어묵 그리고 버터를 바른 토 스트로 주로 식사를 해결했다. 그러고 나면 깊은 잠이 쏟아졌다. 나는 봄 에 흐드러지게 핀다는 도쿄의 벚꽃을 구경하러 가지도 않았고, 멀리 기 차를 타고 나가 온천을 즐기지도 않았다. 그저 철저히 이방인의 얼굴로 도쿄의 극장 근처만을 배회하며 시간을 죽이고 있었다.

그러던 어느 날이었다. 나는 집으로 돌아오는 길에 가로등 불빛 아래 나붙어 있는 공연 포스터를 보았다. 도쿄의 국립극장에서 열리는 발레 공 연이었다. 포스터 전면에 흰색 발레복을 입고 어둠 속에서 드높게 점프를 하고 있는 발레리나를 나는 똑똑히 알아보았다. 제인이었다. 나는 마지막 공연이 열리던 날 국립극장을 찾아갔다. 도쿄의 거리는 추위 속에 꽁꽁 얼어붙어 있었고 전날 내린 엷은 눈이 실크처럼 뒤덮여 있었다. 그 순도 의 추위와 백색의 위압감 때문인지 내가 발 디딘 세상이 아무 죄악도 저 질러진 적이 없는 곳처럼 느껴졌다. 숨을 뱉을 때마다 허공에 흰 거미줄이 새겨졌다. 허공에 얼어붙어 결코 깨지지 않을 날 선 증오심이었다.

그날 나는 객석 맨 뒷좌석에서 숨죽이고 무대를 지켜보았다. 조명이 꺼지고 제인이 등장했다. 제인의 흰색 발레복 로맨틱 튀튀는 새벽빛처럼 푸른 조명에 젖어들어 있었다. 그녀는 무대 위에서 지젤이었다. 비장한 음악에 맞춰 사랑하는 사람의 배신에 의해 유령, 윌리가 되었다. 윌리가 된 그녀는 자신을 배신한 남자를 지키기 위해 안간힘 쓰며 스텝을 밟았다. 기어이 사랑하는 남자를 죽음으로부터 지켜내고 아침이 오기 전에 무덤으로 이끌려 들어가는 춤을 추었다. 그날 나는 가슴이 에이도록 아름답고 처절한 그녀의 춤을 보며 떨리는 입술을 깨물었다. 그녀는 과거로부터 벗어나 있었다. 무대 위에서는 사랑하는 남자를 위해 영혼까지 내걸었다. 그러나 실상의 그녀는 자신의 목표를 위해 사랑하는 사람들을 배신했다. 그들을 오히려 암흑으로 내쫓았다. 그러고는 혼자서만 눈부신 허공을 향해 달려가고 있었다.

제인은 이미 마리와 맥스와 한 몸처럼 결속될 수 있게 해주었던 로프를 제 손으로 끊어낸 지 오래였다. 클라이맥스에서 어둠 속으로 중력을 거스르며 날아오르는 그녀의 한쪽 발을 보았다. 나는 죽을 것처럼 떨리는 몸을 가누며 속으로 중얼거렸다. 지금 허공으로 가볍게 날아오르고 있는 제인의 한쪽 발목에 내 손으로 다시 로프를 묶고 말겠다고. 그러고는 그 로프의 다른 쪽 끝에는 그녀의 배신으로 피 흘리며 죽은 맥스의 시체를 매달겠다고. 그리하여 그녀가 끝내 자신의 죄의 무게를 감당치 못하고 허공에서 끌려내려와 저 아득한 지옥으로 영원히 추락하게 해주겠다고. 나는 관객석에서 터져나오는 환호를 뒤로한 채 커튼 뒤로 사라지는 제인을 쏘아보며 입술을 깨물었다. 터져나오는 비명과 울음을 삼켰다.

7장

스콜_텐

한밤중의 적요함을 막 깨고 나온 맨 얼굴 같은 새벽. 두려움과 결의에 찬 이 시간이 막이 오르기 직전의 무대처럼 느껴진다. 무용수는 관객과 격리된 채 고립돼 있다. 커튼이 열리면 조명이 무대를 비출 것이고, 무용수는 그동안 갈고 닦은 스텝을 밟아나가야 한다. 설레지만 한편으론 도망치고 싶은 그 순간의 가쁜 숨. 나는 무용수의 입에서 토해지는 그 숨소리를 즐긴다.

　동이 트는 하늘 빛이 스테인리스처럼 시렸다. 강변도로는 평소와 달리 한산했다. 최대한 속도를 높였다. 무대에 예상보다 빠르게 도착할 수 있을 것 같았다. 차창을 열자 밤사이 식은 공기가 밀려들었다. 비릿한 강 냄새가 맡아졌다. 지난 삼 개월 싱가포르에 머무는 동안 이 냄새에 다시 익숙해졌다. 처음 맡아보는 듯 비릿한 강물의 냄새를 맡을 때마다 속이 뒤틀렸던 기억은 이제 까마득하다.

　강 건너에는 거대한 조형물들이 잔뜩 늘어서 있었다. 손오공과 진시황, 삼장법사와 선녀들의 형상이었다. 종이로 만든 거대한 연등. 축제를 앞둔 이른 아침의 거리는 어딘가 활기를 띠고 있었다. 신호가 바뀌고 나는 다시 내달리기 시작했다. 차창을 닫고 에어컨을 켰다.

드디어 내일이다. 축제가 시작되고 석 달간 준비해온 공연의 막이 오르는 날. 강변에 마련된 거대한 가설무대 앞으로 사람들이 몰려들 것이다. 얼굴색이 다른 사람들은 저마다의 표정으로 무대를 지켜보며 점점 호흡을 하나로 모으게 될 것이다. 무대 위의 동작들이 격렬해짐에 따라 그들의 맥박은 빠르게 뛰고 무용수가 어둠 속을 내달리다 갑자기 멈춰 서면 그들도 숨을 멈출 것이다. 그런 그들의 시선 끝엔 제인이 있을 것이다. 그녀는 눈을 가리고 몸을 로프로 결박당한 채 맨발로 사람들 앞에 나서게 될 것이다. 오랜 시간 내가 기다려온 순간이다. 그녀가 사람들 앞에서 발가벗겨지는 것. 그녀의 춤이 거짓이었음이 드러나는 것. 그러나 나는 왠지 모를 갈증으로 속이 타는 듯했다.

한참을 달려 강 하류에 설치된 가설무대에 도착했다. 저 멀리 푸른 바다의 경계선이 한눈에 들어왔다. 싱가포르를 오고 가는 무역선들의 형체가 희미하게 보였다. 관계자 말에 따르면 해마다 이곳에서 성대한 축제가 열린다고 했다. 섬에 닥쳐올 폭풍을 막기 위해 바다에 제물로 바쳐진 여자가 하늘로 올라가 달이 되었다는 전설을 모티프로 한 축제는 달을 기리기 위해 해가 저문 뒤에야 시작되었다. 밤늦게까지 사람들은 무대 위에서 열리는 공연을 지켜보고 다양한 나라의 음식을 즐겼다. 그러나 사실 이 축제는 서로 종교와 문화가 다른 인종 간 발생한 갈등과 오해를 풀기 위해 기획된 행사였다. 정부에서는 이번 공연에 참여한 예술인들에게 화협의 메시지를 요청했다. 그러나 나는 그런 메시지 따위에는 관심이 없었다.

나는 빈 무대에 올라가 무용수들의 동선을 머릿속으로 그려나갔다. 매번 공연이 열리기 전날이면 이른 시간에 무대를 홀로 찾아와보는 습관이 있었다. 그때 무용수들의 움직임이 머릿속에 선명하게 그려지면 공연이 잘 풀렸고 반면 오늘처럼 머릿속이 암전된 듯 캄캄하면 왠지 불길했다. 근방 차도에 서서히 붐비기 시작하는 차들의 소음이 귀에 거슬렸다. 무대 앞에 끝이 보이지 않을 만큼 놓여 있는 의자들의 모서리마다 적대감이 느껴졌다.

도무지 집중이 되지 않았다. 모든 것이 흐릿한 안개 속에 뒤덮인 것처럼 부옜다. 싱가포르의 동쪽 끝까지 달려왔지만 이곳에서의 시간은 무력하게 흘러가고 있었다. 불안과 초조함으로 무대를 지켜보고 있을 즈음 무대 기사들이 하나둘 모습을 드러냈다. 그들은 드높은 사다리를 타고 올라가 무대 조명을 확인하거나 한쪽에서 음향을 테스트하기 시작했다. 무전으로 대화를 나누며 그들은 분주히 움직이고 있었다. 전기신호를 주고받을 케이블 다발들이 잔디 위에 깔렸다. 내일 공연에 사용될 장치들도 마련되고 있는 중이었다. 무대 위에는 거대한 쐐기못이 반원을 그리며 단단히 박혔다. 똬리를 튼 로프들이 거기에 매어졌다.

각자 맡은 일을 처리하던 사람들이 할 일을 끝내고 돌아가자 다시 무대가 텅 비었다. 그사이 해는 머리 위에 떠올랐고, 무더운 열기 속에서 땀이 흐르기 시작했다. 리허설 시간이 다가오고 있었다. 제일 먼저 도착한 여자는 발목까지 내려오는 린넨 원피스를 입고 있었다. 미세한 바람에도 원피스자락은 살짝 부풀어올랐다. 여자는 주위를 살피더니 무대 위로 올라갔다. 그러고는 제 위치에 섰다. 동선을 미리 점검해보려는 듯 심호흡을 했다. 나는 단번에 그 여자를 알아보았다. 제인이었다.

이제껏 그토록 집요하고 성실한 무용수를 만난 적이 없었다. 나는 입안이 씁쓸해졌다. 제인을 지켜보다 말고 관객석에서 일어났다. 햇볕 때문에 머리가 뜨겁고 갈증이 났다. 굵은 케이블 다발들을 건너뛰며 무대 쪽으로 걸어갔다. 멀리 보이는 바다에서 바람이 불어왔다. 제인의 발목을 덮은 폭 넓은 원피스 자락이 부풀어올랐다. 무용수들이 몰려들기 시작했다. 제인은 이제 막 무대 위에 오른 사람처럼 꼿꼿하게 다시 제자리로 돌아갔다.

한 치의 실수도 용납해서는 안 되는 공연이기에 리허설은 긴장감이 감돌았다. 무용수들은 로프를 몸에 옭아매고 눈을 가린 채 중심을 향해 내달려야 했다. 멀리 떨어진 관객석에서 보면 비명을 지르고 싶을 만큼 긴박하고 위태로운 장면이 연출될 터였다. 그 신은 공연의 하이라이트였다. 조금의 오차도 있어선 안 되었다. 자칫 무용수들이 충돌하면 공연 도중 피를 보게 될 것이었다. 실제 공연인 것처럼 무용수들은 격정적인 음악에 맞추어 끝없이 내달렸다.

발레 공연이 축제의 오프닝을 맡았다지만 정해진 시간이 끝나면 잠시 다른 팀에게도 무대를 내줘야 했다. 그 시간 동안 무용수들은 그제야 숨을 고르며 제각기 흩어져 도시락을 먹거나 부족한 잠을 보충했다. 그렇지만 다시 무대가 비면 또다시 리허설이 시작되었다. 숨 막히는 압박감 속에서 시간은 빠르게 흘렀고, 단원들은 지쳐가고 있었다. 그러나 아무리 그들을 다그치고 몰아세워도 석연찮음은 좀체 가시질 않았다.

다른 팀의 리허설이 한창 진행되고 있을 무렵이었다. 나는 혼자 동떨어져 앉아 숨을 몰아쉬고 있는 제인을 바라보았다. 그녀는 짧은 시간 안에 모든 파격적인 동작들을 마치 제 것처럼 소화했다. 뭘 모르는 작자들에겐 완벽하다는 평을 들을 수도 있겠으나 내 눈에 그녀의 춤은 전혀 파격적이지 않았다. 단지 파격이라는 옷을 걸치고 허우적대는 허깨비에 불과하다고 말할 수 있었다. 그럼에도 사람들은 열광할 것이었다.

나는 잔디를 가로질러 강을 향해 걸어갔다. 이건 내가 원하던 그림이 아니었다. 나는 제인이 이제까지와는 전혀 다른 이 시도 앞에 좀 더 처절하게 무너지기를 바랐다. 강가에 다다라 발밑에 흘러가는 폭이 넓은 강물에 시선을 던지고 있을 때였다. 휴대폰이 울렸다. 짜증 섞인 손짓으로 휴대폰을 꺼내 보았다. 레나였다. 신호가 끊어지자 열여섯 통의 부재중 전화 알림이 떴다. 실소를 터뜨렸다. 그 전화를 받을 이유가 없다. 이제 레나는 아무런 소용이 없었다. 그런데 문득 지난번 레나가 했던 맹랑한 말이 떠올랐다. *나는 무슨 짓을 해서라도 크리스티나를 찾아갈 거예요.* 나는 잡념을 털어내기 위해 머리를 흔들었다.

밤 아홉 시가 다 되어서야 리허설은 끝났다. 이제 공연장엔 짙은 어둠이 깔렸다. 무용수들은 탈진 상태였다. 목소리를 낼 수 없을 정도로 기진해져 있었고, 온몸이 땀에 젖어 있었다. 웬 종일 격정적인 리듬에 혹사당한 탓에 축축 늘어졌다. 그러나 지쳐 쓰러지는 사람들 가운데 제인만이 홀로 꼿꼿했다. 흔들림이 없었다. 눈이 마주치자 그녀는 도도한 눈동자로 맞서듯 바라보았다. 그러고는 보란 듯이 몸에서 로프를 풀어냈다. 무대에 늘어뜨려진 로프가 나를 옭아맬 것만 같은 느낌에 나는 무대로부터 돌아섰다. 저 멀리 낮에 선명하게 보였던 바다의 수평선이 어둠에 먹혀버렸다. 관객석의 모서리도 흐릿했다. 다만 축제를 기념하기 위해 길가에 끝없이 내걸려 있는 연등들만이 붉게 타오르고 있었다.

그동안 맥스가 되어 이날이 오기만을 기다리며 살아왔다. 그러다 한순간 예상치 못한 막다른 골목에 다다른 기분이었다. 나는 무용수들에게 수고했다, 내일 보자는 말 한마디 없이 무대 뒤로 훌쩍 뛰어내렸다. 무대의 거대한 가벽을 등진 나는 허전한 마음을 주체하지 못하고 잔디를 가로질러 갔다. 주차장으로 빠져나와 피신하듯 차에 올라탔다. 온몸이 땀에 젖어 있었다. 이대로 가만히 있다가는 폭발할 것 같았다. 나는 강변도로로 차를 몰았다. 도로는 정체가 풀려 한산해져 있었다. 길이 열린 곳이라면 어디로든 갈 수 있었지만 동시에 아무 데도 갈 곳이 없다는 생각이 들었다.

무작정 달리다 말고 건널목 앞에서 가까스로 멈춰 섰다. 어둠 속을 건너는 사람들 가운데 눈길을 사로잡는 사람이 있었다. 희끗한 원피스의 기다란 끝자락에 두 발을 감춘 채 절뚝이며 걸어가는 여자. 어딘가로 도망치는 듯 보이는 제인이었다. 나는 충동적으로 헤드라이트 상향등을 켜서 그녀를 비추었다. 그러자 제인이 이쪽을 돌아보았다. 불빛에 적나라하게 드러난 얼굴을 바라본 순간 내 손목에 힘이 빠져버렸다. 그녀는 조금 전 무대 위의 그 제인이 아니었다. 헤드라이트 불빛에 갇혀 드러난 그녀의 민낯은 한없이 무력해 보였다.

가까스로 숨을 몰아쉬고 있을 때였다. 또다시 휴대폰이 울렸다. 나는 감정을 억누르며 전화를 받았다. 거친 숨소리가 더럽고 비릿한 강물처럼 흘러들어 머릿속을 헤집었다.

"아저씨, 나를 데리러 와줘요. 빨리요."

레나였다. 레나는 그동안 나에게 수없이 구조 신호를 보내왔던 것이다. 이 레나라는 아이는 연락할 데가 나밖에 없는 모양이었다. 운명은 나를 또다시 예상치 못한 방향으로 끌어가려 하고 있었다. 나의 몸을 이끌어 당기는 강력한 로프의 힘에 의해 버둥대는 무용수처럼 안간힘을 쓰며 저항했다. 그러나 소용없었다. 불길한 예감에 휩싸였다. 오래전 그날 빗속을 질주하던 맥스의 옆에 앉아 있을 때의 두려움이 되살아났다. 식은땀이 흐르고 맥박이 빨라졌다. 나는 불가항력적인 힘에 이끌리듯 빠른 속도로 차를 몰았다. 저녁의 풍광이 모조리 흩어지는 퍼즐 조각들처럼 차창 위로 부서져 내렸다.

*

레나가 와달라고 한 곳은 어느 숲속에 자리한 마을이었다. 울창한 나무들 사이로 등을 돌린 가옥들이 숨어 있었다. 빽빽하던 나무들이 자취를 감추고 갑자기 텅 빈 공터가 나오자 나는 멈칫했다.

공터에 댕그라니 서 있는 마트는 셔터를 내린 채 적막에 휩싸여 있었다. 공기 중에 떠도는 *끈끈한 열기*가 집요하게 살갗에 달라붙었다. 넓은 주차장 부지에는 화물트럭 한 대와 오토바이 몇 대가 세워져 있을 뿐이었다. 아마도 후미진 숲속 공터는 야심한 밤이 되면 건들건들한 아이들의 은밀한 공간으로 탈바꿈되는 듯했다.

주차장을 더듬어나갔다. 불빛들이 아스라이 먼 데서부터 번져와 차마 이곳까지 와닿지 못하고 사그라졌다. 몸이 뻣뻣하게 굳어졌다. 어디에도 레나는 보이지 않았다.

마트 뒤편으로 돌아서자 숲과 경계선을 맞대고 있는 비좁은 공터가 나타났다. 한층 서늘하고 어두운 그곳에는 술병들이 나뒹굴고 있었다. 거기에 마치 누군가 마시다 버리고 간 빈 병처럼 레나가 쓰러져 있었다.

숨 막히는 두려움이 나의 목구멍을 짓눌렀다. 모로 쓰러져 있는 레나의 얼굴은 검은 머리채에 가려져 있었다. 그러나 가까스로 그녀가 내뱉고 있는 거친 숨소리에 나는 귀 기울이며 다가갔다. 어둠 속에 내팽개쳐지며 아무렇게나 펼쳐진 그녀의 손바닥이 허공을 향해 무력하게 열려 있었다. 얼마 전 사원에 엎드려 간절하게 기도하고 있던 그 손이었다. 나는 숨을 깊이 들이쉬며 레나의 곁에 무릎을 꿇고 앉았다. 손을 뻗어 얼굴에 쏟아진 머리카락을 쓸어내리자 함몰된 듯 피멍이 들어 있는 처참한 얼굴이 드러났다. 나는 레나의 몸을 일으켜 내게 기대게 했다. 그러고는 등을 돌려 그녀를 업고 일어났다. 온전히 내게 실린 무게감이 가슴 깊은 곳을 짓눌렀다. 잠시 현기증으로 휘청댔지만 입술을 질끈 깨물고 한 걸음씩 내딛기 시작했다.

가장 가까운 병원은 오차드에 있었다. 나는 레나를 뒷좌석에 태우고 빠르게 차를 몰았다. 차 안에 피비린내가 진동을 했다. 사고가 났던 그날, 차 안에서 눈을 떴을 때 나를 바라보고 있는 맥스의 눈동자와 마주쳤다. 그의 눈은 멈춰 있었다. 더 이상 깜박이지 않았고, 흥분하지 않았고 분노하지 않았다. 아무것도 욕망하지 않았고 갈구하지도 않았다. 그저 멈춰버렸다. 나는 깨달았다. 이 세상에서 가장 슬픈 것은 절규도 비명도 고통도 아니다. 그것은 움직이지 않는다는 것, 그것이다.

응급실의 대기석에 앉은 채 더 이상 할 일이 없었다. 병원의 흐릿한 조명 불빛은 대기석에 무력하게 앉아 있는 보호자들의 얼굴을 비추었다. 이 병원은 오래전 먼 바다에서부터 배로 운반해온 수하물들을 보관했던 창고를 개조한 곳이었다. 그래서인지 천장이 기이할 정도로 높았고 어디선가 희미하게 바다의 비린내와 소금기가 떠도는 것만 같았다. 드높은 천장에서 더운 공기를 몰아내고자 느리게 회전하고 있는 선풍기 바람이 간혹 고개를 숙이고 있는 내 목덜미에 와닿았다. 섬뜩했다. 희미해졌던 정신이 점차 돌아왔다. 그제야 내 몸에서 피비린내가 맡아졌다. 레나가 흘린 피였다.

나는 제인에게 전화를 걸었다.

"텐입니다. 레나와 같이 있습니다."

그녀의 목소리가 싸늘하게 가라앉았다.

"이게 뭐 하는 짓이죠? 나를 협박하는 건가요?"

나는 되도록 감정을 절제한 목소리로 말했다.

"레나가 다쳤습니다."

잠시 동안의 침묵 끝에 그녀가 말했다.

"다, 당신, 정말……."

그녀는 말을 더듬고 있었다. 나는 차분한 톤을 유지하며 말했다.

"아직 의식이 돌아오지 않고 있습니다. 오차드에 있는 세인트 병원으로 오세요."

제인이 올 때까지 대기석 의자에 앉아 있었다. 그동안 하루도 쉴 수가 없었다. 나는 안무가로 데뷔한 이후 쉬지 않고 공연을 했다. 미친 듯이 일만 했다. 내 스타일을 고집하기 위해 많은 사람들과 불화했고 공격했다. 몇몇 심약한 무용수들은 나에게 정신적 피해 보상을 요구하기도 했다. 지독하게 앞만 보고 왔다. 그 모든 것은 다시 이곳으로 돌아오기 위해서였다. 그래서 나는 힘든 줄 몰랐고 나의 감정이 어떤지 돌아볼 겨를조차 없었다. 그런데 막상 다다른 곳은 무대가 아니었다. 싱가포르의 어느 오래된 병원의 대기실. 알코올 냄새와 피 냄새가 뒤섞여 있는 막다른 어느 이국의 골목. 나는 스스로를 몰아세워 결국 여기에 도달했다. 그런데 이상하게도 나는 이곳에 와서야 비로소 잠시 동안의 휴식이 허락된 기분이었다. 극도의 긴장감 속에서 오히려 감각이 둔감해졌기 때문일까. 벽에 머리를 기대고 눈을 감았다.

얼마쯤 시간이 흘렀을까. 어디선가 희미하게 사람들이 오열을 터뜨리기 시작했다. 울음소리는 점차 고도가 높아지는 파도처럼 공기 중을 흘러와 귓가에 부서졌다. 누군가 사투를 벌이다가 방금 전 이 세상을 떠난 것이다. 나는 그들의 울음소리에 귀 기울였다. 그렇게 울고 있는 사람들이 문득 부러웠다. 그들 중 한 사람이 되어보고 싶었다.

오래전 나는 죽은 맥스를 앞에 두고 저렇게 오열하지 못했다. 맥스가 죽은 순간 이후부터 한 번도 소리 내어 울어보지 못했다. 너무 오래도록 나 자신을 제어해왔다. 자장가처럼 들려오던 울음소리가 희미해지고 있을 무렵이었다. 누군가의 그림자가 내 얼굴에 드리워졌다. 눈을 떴다. 제인이 나를 내려다보고 있었다. 그녀의 푸석거리는 긴 머리채는 마른 어깨에 흩어져 있었다. 잠을 설치다가 얇은 스웨터만 입고 뛰쳐나온 모양이었다. 슬리퍼를 걸치고 있는 제인의 발가락은 죄다 비틀려 있고 멍들어 있었다. 제인이 떨리는 입술을 짓깨물며 내게 말했다.

"당신, 나에게 복수하러 온 거 아니었어? 그럼 나를 죽여. 지금 나를 죽이란 말이야. 왜 아무런 죄도 없는 레나에게 이러는 건데? 당신, 내가 가만두지 않을 거야."

제인은 흥분해서 이성을 잃은 것 같았다. 그동안 내가 한 번도 보지 못했던 얼굴이었다.

"내가 이제까지 당신 같은 괴물을 참고 견딘 건 조용히 넘어가길 바라서였어. 아무 일 없이 넘어가길. 그래서 당신의 그 역겨운 요구를 묵묵히 수용했던 거라고. 하지만 이젠 아니야. 나도 가만히 있지 않을 거야."

나는 미친 듯이 소리 지르고 있는 그녀의 얼굴을 가만 바라보았다. 제인에게 아직 분노와 흥분이라는 감정이 남아 있었던가. 대기석에 앉아 있던 사람들이 이쪽을 바라보고 있었다. 그들의 눈동자는 호기심으로 번들거렸다. 제인이 한낱 구경거리가 되고 있었다. 사람들이 그녀를 미친 사람처럼 바라보고 있었다. 나는 자리에서 일어나 목소리를 낮추어 말했다.

"제인, 보는 눈이 많아요. 다른 데 가서 이야기합시다."

"아니! 이제 당신이 하자는 대로 하지 않을 거야."

그녀는 날카롭게 소리치며 멀어져갔다. 나는 흥분을 가라앉히지 못하고 곧 무슨 짓이라도 저지를 것처럼 보이는 그녀를 뒤따랐다.

"레나라는 환자의 보호자입니다. 어디로 가면 되나요?"

제인은 원무과 창구 앞에 매달리듯 서서 그렇게 물었다. 응급실 간호사들의 눈동자는 피로함으로 충혈되어 있었다. 나이가 지긋해 보이는 간호사가 차분하게 차트를 넘겨보며 뭔가를 설명하기 시작했다. 고개를 몇 번 끄덕이던 제인은 간호사의 말이 다 끝나기도 전에 뒤돌아섰다. 순간 나와 눈이 마주쳤지만 내가 보이지 않는다는 듯 그녀는 나를 스쳐지나갔다. 그녀가 가까이 다가온 순간 나는 손을 뻗어 제인의 팔을 잡으며 물었다.

"레나는 어떤가요?"

그러나 제인은 내 손을 거칠게 뿌리쳤다. 복도 끝으로 멀어져가는 그녀를 바라보았다. 높은 천장에 매달려 회전하고 있는 선풍기의 날개 그림자가 그녀의 몸에 어른거리고 있었다. 꼿꼿하게 걸어가던 그녀는 어느 순간 비틀댔다. 벽을 짚고 잠시 숨을 고르더니 다시 걸음을 내디뎠다. 문득 흰 천으로 눈을 가리고 더듬거리며 어둠 속으로 걸어나가던 그녀의 모습과 겹쳐졌다. 그녀가 시야에서 사라졌을 때 나는 뒤돌아섰다.

복도 끝 문을 열자 뜻밖에 병원 뒤편 오래된 정원이 나왔다. 거대한 나무 아래 벤치로 가 앉았다. 어둠 속에서 꽃을 피운 난들이 진한 단내를 풍기고 있었다. 흥분한 벌들의 윙윙대는 소리가 다급하게 들렸다. 이마에서 땀이 흘러내렸다. 축제를 앞두고 정원 둘레에 연등이 밝혀져 있었다. 미약한 바람에도 가벼운 연등 불빛들이 흔들리며 춤을 추었다.

나는 그 불빛들을 홀린 듯 바라보았다. 여러 가지 잔상과 죄의식들이 무의식의 수면에 떠오른 불빛의 그림자들처럼 흔들리고 있었다. 병실의 불빛들이 하나 둘 꺼질 때마다 정원의 연등이 더욱 밝아졌다. 그제야 마음이 차분해지며 나의 의식이 명료해졌다. 아직 할 일이 남아 있었다. 나는 제인에게 문자를 보냈다.

'레나는 괜찮습니까?'

그러나 답문은 오지 않았다.

나는 잠시 시간이 흐른 뒤에 두 번째 문자를 보냈다.

'이대로는 공연을 할 수 없을 것 같습니다. 레나를 돌봐야겠지만 오늘 저녁이 공연인 걸 잊은 건 아니겠죠? 그만 갑시다. 지금 리허설 무대로 가야겠어요.'

나는 벤치에서 일어나 똑바로 서서 병원의 뒷문을 바라보고 있었다. 모든 창문들은 소등되어 있고, 일 층 복도만이 흐릿하게 밝혀져 있었다.

잠시 후 멀리서 이쪽을 다가오는 제인의 모습이 보였다. 그녀의 눈동자에는 어떤 고통과 혼란도 엿보이지 않았다. 평소와 다름없이 평정심을 잃지 않은 얼굴로 가까이 다가오고 있었다. 그런 그녀의 얼굴이 순간 섬뜩할 지경이었다. 제인은 피를 흘리며 혼수상태에 빠져 있는 레나를 병실에 내버려둔 채 나를 따라나서고 있었다. 제인과 눈이 마주치자 나는 싸늘한 얼굴로 뒤돌아섰다.

차 안에 아직 레나의 피비린내가 희미하게 남아 있었다. 구토가 일었지만 입술을 지그시 깨물고 차창을 열었다. 잠시 뒤에 제인이 조수석 문을 열고 들어왔다. 잠시 침묵이 이어졌다. 먼저 말을 꺼낸 건 제인이었다. 그녀는 태연을 가장하며 말했다.

"레나는 잠든 거래요. 다시 깨어날 거라네요. 지금으로선 어차피 제가 할 일도 없는 것 같아요. 차라리 공연 연습에 치중하는 것이 더 나을 것 같네요."

그녀가 동의를 구하듯 나를 돌아보았지만 나는 아무 대답도 하지 않고 차의 시동을 걸었다. 헤드라이트 불빛이 어둠을 갈랐다.

강변 가로수에 수없이 매달린 연등을 스쳐지나갔다. 제인은 말없이 고개를 돌려 창밖을 내다보고 있었다. 누가 본다면 우리는 밤늦도록 헤어지지 못하는 연인들처럼 보일지도 몰랐다. 시간은 새벽 네 시를 훌쩍 넘기고 있었다. 잠시 신호대기에 걸려 정체하고 있는 도중에 제인은 차창을 열었다. 습한 강바람이 얼굴을 훑고 지나갔다. 희끄무레한 어둠 너머로 몸피를 키우고 있는 스콜의 기운이 느껴졌다. 나는 숨을 크게 들이마시고 내뱉으며 고개를 돌려 강 건너를 바라보았다.

한참 전에 사람들이 모였다 파한 현장에는 거대한 크기의 손오공, 진시황, 고행 중인 싯다르타 혹은 한쪽 손만 쳐들고 있는 고양이의 조형물들이 환하게 빛나고 있었다. 한국의 댕기머리를 한 소녀도 보였다. 여러 인종이 모여 사는 나라의 축제답게 여러 상징들이 어둠 속에 환하게 빛나고 있었다. 신호가 바뀌자 나는 무심한 얼굴로 고개를 돌리고 앞만 보고 달리기 시작했다.

눈에 익은 길목이 나타났다. 강변을 따라 사차선 도로를 줄곧 달리던 차는 이제 방향을 꺾어 낮은 경사면을 타고 올라갔다. 이어 비좁은 길목에 들어섰다. 유럽풍의 주택이 모여 있는 잘 정비된 블록들을 지나가던 어느 순간부터 거리에 큰 나무들이 눈에 띄기 시작했다. 제인은 살짝 긴장한 듯 자세를 고치며 주위를 두리번댔다.

"지금 어디로 가는 거죠?"

담담한 척했지만 떨림이 묻어나는 목소리였다. 그러나 나는 대답하지 않았다. 어둠 속을 계속 더듬어나가는 것만이 지금 우리가 할 수 있는 유일한 일이라는 걸 제인은 모르는 것일까. 어느덧 숲속에 자리 잡은 예술대학이 시야에 들어왔다. 정문을 통과하여 한동안 언덕을 따라 올라가다 건물 두어 개를 끼고 돌았다. 또다시 이어진 비탈면을 따라 올라가자 멀찌감치 무용과 건물이 보였다. 나는 그쯤에서 핸들을 급하게 돌렸다. 제인의 몸이 와락 한쪽으로 쏠리며 그녀가 짧게 비명을 질렀다.

우리는 어느덧 경계석을 지나 숲으로 들어섰다. 거대한 나무둥치가 시야를 가로막자 나는 급브레이크를 밟아 차를 세웠다. 보닛에서 연기가 솟아오르고 헤드라이트 불빛이 컴컴한 숲속을 겨누었다. 그 누구도 말을 꺼내지 않았다. 숨조차 함부로 내뱉지 않았다. 수백 년 동안 허공을 찌르며 서 있었던 나무들만이 새벽의 갑작스런 침범자들을 내려다보고 있었다. 그날 맥스는 이곳에서 숨을 거두었다. 그의 시선은 숲속 어딘가를 향해 멈춰 있었다. 그의 마지막 얼굴이 떠올랐다. 핸들을 잡고 있던 나의 손끝이 차갑게 식었다. 먼저 입을 뗀 것은 제인이었다.

"여기엔 왜 온 거죠?"

제인은 떨리는 목소리를 가까스로 억누르며 태연을 가장하고 있었다. 그날 제인은 홀로 멀어져갔다. 맥스의 죽음이 자신과는 무관한 일이라는 얼굴로. 마치 아무 상관 없는 이의 사고를 목격한 듯 앞만 보고 걸어 갔다.

"당신은 단 한 번도 이쪽을 돌아보지 않았어."

"……무슨 소린지 전혀 모르겠군요."

나는 숲속 어딘가에 시선을 둔 채 냉정을 잃지 않으려 애쓰며 말했다.

"비가 내리면 맥스는 나를 숲으로 불러냈어. 맨몸으로 비를 맞으며 춤을 추었지. 나는 맥스에게 처음으로 비 내리는 숲을 온몸으로 뚫고 지나가는 법을 배웠어. 그전까진 그저 어두운 숲을 본체만체하며 겁에 질려 있던 겁쟁이였는데 말이지."

맥스라는 이름이 내 입에서 흘러나오자 제인의 몸이 경직되는 게 느껴졌다. 나는 계속해서 말을 이어나갔다. 옆에 있는 제인이 아니라 어둠 속에서 우리를 굽어보고 있는 나무들을 향해서, 아니 어딘가에 아직도 떠나지 못하고 남아 있는 맥스에게 나의 죄를 고하고 있는 것만 같았다.

"나는 견딜 수 없이 외로웠어. 더 이상 맥스가 나를 찾아오지 않았으니까. 기다리는 게 너무 힘겨웠어. 맥스가 오지 않는 이유를 나는 알고 있었지. 당신들의 춤을 날마다 문 뒤에 숨어 엿보았으니까. 내 손으로 학교에 신고를 했어. 그렇게 하면 맥스가 다시 나에게 돌아올 거라고 생각했으니까."

"당신, 누구야?"

제인이 떨리는 목소리로 속삭이듯 빠르게 물었다.

나는 두 손으로 셔츠 단추를 하나씩 풀어내기 시작했다. 가슴팍에 새겨진 흉측한 흉터가 적나라하게 드러나기 시작했다. 마치 두 개로 갈라진 몸뚱이를 아무렇게나 꿰맨 듯 거칠게 덧난 흉터에 도무지 익숙해질 수 없었다. 내려다볼 때마다 이질감이 느껴졌다.

나는 창백하게 지질린 그녀의 얼굴을 돌아보았다. 제인의 시선은 나의 흉터에 붙들려 있었다. 그녀의 눈동자가 혼란스러움과 두려움 속에서 흔들리고 있었다.

"그날 죽은 맥스 옆에서 보았어. 당신은 한 번도 뒤를 돌아보지 않고 걸어가고 있더군. 마치 아무 일도 없었던 것처럼 말이지."

제인이 더는 참을 수 없다는 듯 시선을 돌렸다. 그러고는 차문을 열고 뛰쳐나가려 했다. 나는 그녀의 한쪽 팔을 부서질 듯 붙잡고 읊조리듯 말했다.

"당신에 대한 증오심으로 여기까지 왔어. 그런데 당신은 파괴할 가치조차 없더군. 빈껍데기였어. 여기에 와서 알았어. 난 당신을 증오하면서 버텨왔던 거야. 사실은 나 자신을 죽이고 싶어서…….."

그녀는 빠져나가려고 몸부림쳤고, 그럴수록 나의 손은 사냥감의 살에 박아넣은 날카로운 덫처럼 그녀의 몸을 파고들었다. 그러다 제인은 기어이 나의 손아귀에서 벗어나 차문을 열고 나갔다. 그러고는 비틀거리며 또다시 도망치기 시작했다. 그날의 제인이 떠올랐다. 그녀는 그저 하루빨리 자신의 죄로부터 벗어나고 멀어져가기에 바빴다. 한 번도 뒤돌아보지 않았다. 나는 그때의 제인에게 외치듯 목소리를 돋우어 말했다.

"오늘 공연은 나오지 않아도 좋아. 영혼이 느껴지지 않는 허우적거리는 춤사위 따윈 필요 없으니까."

그제야 제인이 걸음을 멈추고 나를 돌아보았다. 그녀가 나를 향해 소리쳤다.

"아니, 나는 멈추지 않아. 나는 제인이어야 하니까."

내가 나지막한 목소리로 답했다.

"그래, 맞아. 당신은 제인이어야만 해. 그렇게 춤만 추는 허깨비가 아니고."

아무 대답 없이 서 있던 제인이 다시 몸을 돌렸다. 룸미러에 흐릿한 새벽빛을 뚫고 걸어가는 제인의 뒷모습이 비쳤다. 그녀가 입고 있는 흰색 마 소재의 원피스는 이제 막 밝아오는 새벽빛에 젖어 있었다. 나는 룸미러에서 그녀의 모습이 사라질 때까지 눈을 떼지 못했다.

어느 순간 그녀가 보이지 않자 그때까지 참았던 눈물이 터져나왔다. 가슴속에 그동안 억눌러왔던 슬픔이 차올랐다. 맥스를 목 놓아 부르고 싶었지만 끝내 그럴 수 없었다. 가쁜 숨을 몰아쉬며 나는 한동안 그 자리에 앉아 있었다. 내 몸에서 옅게 맡아지는 레나의 피비린내가 그날 맥스의 피 냄새와 혼동되었다. 여기까지 이를 악물고 달려왔다.

나무 사이에 밀도 높게 고여 있던 어둠이 희끗하게 벗겨지고 있을 무렵이었다. 허공을 가르며 벼락이 내리쳤다. 곧 이어 무자비한 스콜 같은 소나기가 쏟아졌다. 대기에 퍼져 있던 열기와 맞부딪친 차가운 비는 곧 자욱한 수증기를 피워올렸다. 차창 앞 나무들이 눈앞에서 아득하게 멀어진 것만 같았다. 수백 킬로미터 떨어진 상공을 거슬러온 빗발들이 차 지붕을 때리는 소리가 오래전 맥스의 음성처럼 들려왔다.

곧 비가 내릴 것 같은데, 함께 숲에 가보지 않을래?

나는 차문을 열고 바깥으로 나갔다. 두려움과 설렘이 뒤섞인 마음으로 빗발을 뚫고 숲으로 걸어나갔다. 눈을 제대로 뜰 수조차 없었다. 그러나 나는 멈추지 않았다. 계속 걷다 보면 자욱한 어둠이 걷히고 저 멀리 나신으로 춤을 추고 있는 맥스가 보일 것만 같았다. 내 몸에 피비린내가 빗물에 씻겨 내려갈 무렵이었다. 온몸을 깊숙이 찔러오는 서늘함에 몸을 떨며 멈춰 섰다. 아래턱이 덜덜 떨려오고 심장은 터질 듯 가빠졌다. 나는 다시 레이가 되어버린 듯 순간 두려움에 짓눌렸다. 그렇지만 눈을 질끈 감고 얼굴을 쳐들었다. 오랫동안 차마 불러볼 수 없었던 그 이름을 떠올려보았다. 마지막까지 부르고 싶었지만 부를 수 없던 이름.

'맥스…….'

그 순간 수만 개의 빗방울들이 조각난 맥스의 몸처럼 내게 와 부딪쳤다. 중력을 거슬러 올라 손이 닿지 않는 곳까지 날아올랐던 맥스. 그토록 가닿고 싶었던 그의 몸이 나의 몸에 부서져 내리고 있었다. 누군가 사원의 돌바닥에 새겨놓았던 꽃무늬처럼, 나의 맨살에 아로새겨진 흉터, 절박한 욕망이 새겨놓은 깊은 상처를 선뜩한 맥스의 손이 어루만지고 있었다.

에필로그

오늘 밤은 축제가 열릴 것이다. 아직 동이 터오기 전, 적도 부근 섬나라의 거리는 세찬 비에 휩싸여 있었다. 밤새 거리를 밝히고 있던 붉은 연등 불빛들은 희미해지고 있었다. 맑은 거울처럼 밤하늘을 되비치던 강줄기는 다시 본래의 싯누런 빛깔을 드러냈다. 사람들이 엎드려 기도하던 힌두교 사원의 바닥에도, 불당 부처상의 무릎에도, 그리고 잠시 적막에 휩싸여 있던 차이나타운에도 빗발이 꽂히고 있었다. 유람선들은 한쪽에 정박된 채 강물의 넘실댐과 함께 흔들리고 있었다.

사람들은 이제 막 깊은 잠을 털고 하나 둘씩 깨어나고 있었다. 아침이 밝아오는 하늘이 조금 어둡다는 것 말고는 여느 날과 다를 게 없었다. 언제나 여름인 나라의 유리창으로 보이는 나무들은 울창하고 푸르렀고, 길가의 꽃들은 끝없이 피고 지고 있었다. 밤사이 살짝 식었다 해도 공기는 후텁지근했다. 그러나 오늘 어둠이 몰려오면, 거리의 연등은 다시 선명한 빛을 띠며 밝아올 것이다. 거리에는 여러 나라의 음식들이 연기를 피워올리며 익어갈 것이고, 시타르와 아쟁 혹은 말레이시아 퉁의 맑은 음색이 허공으로 퍼져나갈 것이다. 화사한 빛깔의 사리를 몸에 걸친 여인들과 창파오를 입은 남성들이 불빛과 음악에 달뜬 얼굴로 거리를 배회할 것이다. 그랬다. 오늘 밤 축제가 시작된다는 것만으로 새벽의 거리는 어딘가 달뜬 분위기였다.

그러나 그런 거리의 열기로부터 동떨어진 이곳, 숲은 서늘하고 고요한 기운을 간직하고 있었다. 숲속의 나무들은 언제나 그렇듯 묵묵히 비를 맞으며 바람에 몸을 흔들고 있었다. 서서히 밝아오는 허공 속에서 나뭇잎의 잎맥들이 선연하게 드러나고 있는 중이었다. 잠시 비를 피하기 위해 잎사귀 속에 몸을 파묻고 숨죽이고 있던 새들이 지저귀기 시작했다.

숲에서 온몸으로 비를 맞고 서 있던 텐은 서서히 비가 그치며 다시 차오르는 적막함에 귀 기울이고 있었다. 어느 순간 적막함을 깨고 누군가의 인기척이 느껴져 뒤돌아봤을 때였다. 저 멀리 나무들 사이로 한 여자가 걸어오고 있었다. 제인이었다. 그녀는 이 숲에 두고 간 것이 떠오른 듯 기억을 되짚어 걸어오고 있었다. 자신의 몸을 결박한 로프에 저항하듯 한 걸음씩 힘겹게 내딛고 있었다. 흰 천으로 눈을 가린 듯 그녀는 어둠 속을 더듬으며 걸어오고 있는 것 같았다. 텐은 그런 제인을 말없이 바라보았다. 아주 오랜 시간이 걸려 제인은 다시 이 숲으로 돌아온 것이었다.

먼 데서부터 불어온 바람에 숲의 나뭇잎들이 일제히 흔들렸다. 이제 막 무대의 커튼이 오르듯 숲속이 환하게 밝아오고 있었다. 자욱한 어둠 속에 묻혀 있다가 슬며시 드러난 텐의 얼굴에는 뜻밖에 설렘과 긴장감이 감돌고 있었다. 그는 언젠가 그랬던 것처럼 맞은편에 서 있는 제인을 바라보며 깊게 심호흡을 했다. 이제 막 무대에 첫발을 내딛는 무용수처럼.

그는 오래전부터 이날을 기다려왔다.

작가의 말

오랜만에 혼자 떠난 여행이었다. 하루 종일 아무런 목적 없이 느리게 걸어 다녔다. 낯선 나라의 풍경이 너무나 아름답게 다가왔다. 그때 싱가 포르는 축제를 앞두고 있었다. 강변 거리에는 국수 볶는 연기가 피어오 르고, 허공에는 붉은 연등 불빛이 흔들렸다. 웃고 떠들던 사람들이 돌아 간 뒤에도 나는 거리에 남아 있었다. 낯선 밤거리를 걸었다. 언제까지나 그렇게 걷고 싶었다. 옆에는 묵묵히 강이 흐르고 있었고, 거리에 불빛이 있어 두렵지 않았다. 오랜만에 주어진 휴식 같은 밤이었다. 그 풍경을 가 슴에 새겼다.

한국에 돌아와서야 나는 이국의 거리에서 한 여자가 나를 따라왔음을 알아차렸다. 그녀의 이름은 '제인'. 한 번도 자신의 민낯을 거울에 비쳐볼

새 없이 저주받은 인형처럼 춤만 추었던 여자였다. 나는 그녀가 민낯을 마주하기를 바랐다. 그러니까 갇혀 있던 밀실에서 벗어나 삶 속으로 걸어 들어가보기를 바랐다.

소설을 쓰는 내내 제인의 상처에 손이 아렸다. 그녀는 자신을 사랑할 수 없는 사람이었다. 세상에서 가장 미워하는 것이 자신이었다. 타인의 사랑과 인정 없이는 스스로 존재할 수 없다고 그녀는 자주 읊조렸다.
나는 제인에게 간절하게 알려주고 싶었다. 결국 타인의 시선으로부터 자유로워지지 않고서는 '제인'일 수 없다는 사실을. 진짜 '제인'이 되고 싶다면, 억지로 '제인'이 되려고 해선 안 된다는 것. 느끼는 대로 세상을 마주 보고 시간이 내 안으로 흘러들어오는 것을 온전히 느껴야 한다는 것. 그러기 위해서는 때때로 세상이 허락하지 않는 '불온한 숨'이라도 깊게 내쉬어볼 수 있어야 한다는 것을 말이다.

춤을 표현하기 위해 독일의 세계적인 무용수 피나 바우쉬의 공연 자료를 자주 들여다보았다. 영상에서 그녀의 몸짓을 처음 본 순간부터 나는 그녀에게 매료되었고 사로잡혔다. 그녀의 춤을 볼 때마다 '해방'이란 말이 떠올랐다.
제인이 그녀처럼 춤추기를 바랐다.

《불온한 숨》은 《위안의 서》에 이은 두 번째 책이다. 나는 정말로 많은 것을 배우고 있다. 혼자만의 상상과 간절한 바람이 독자 분들에게 온전히 가닿기 위해 얼마나 많은 분들의 노고가 들어가는지에 대해서. 따듯한 격려를 아끼지 않는 은행나무출판사와 이진희 이사님께 진심으로 감사드린다. 첫 번째 책부터 두 번째 책까지 함께해준 편집자 강건모님께도 인사를 전한다. 소설에 대한 그의 진심 어린 피드백이 없었다면 《불온한 숨》은 여기까지 올 수 없었을 것이다. 또한 멋진 추천사로 응원해주신 방민호 선생님, 조남주 선배님께도 고개 숙여 감사드린다. 늘 곁에서 묵묵히 지지해주신 가족과 친구들에게도 수줍지만 이 자리를 빌려 사랑한다고 말하고 싶다.

2018년 여름
박영

불온한 숨

1판 1쇄 발행 2018년 7월 20일
1판 3쇄 발행 2018년 9월 10일

지은이 · 박영
펴낸이 · 주연선

책임편집 · 강건모
본문 디자인 · 한기쁨 안자은
마케팅 · 장병수 최수현 김다은 이한솔
관리 · 김두만 유효정 박초희

(주)은행나무
04035 서울특별시 마포구 양화로11길 54
전화 · 02)3143-0651~3 | 팩스 · 02)3143-0654
신고번호 · 제 1997-000168호(1997. 12. 12)
www.ehbook.co.kr
ehbook@ehbook.co.kr

잘못된 책은 바꿔드립니다.

ISBN 979-11-88810-28-4   03810